L'Alpha du Millénaire

À propos de ce livre

Veuillez noter que cette œuvre de fiction contient des éléments explicites et sombres ainsi que des passages qui sont susceptibles de heurter la sensibilité d'un public non averti.

First published by Inkitt and Galatea

Ouvrage dirigé par Bénita Rolland
Traduit par Anaïs Papillon
Graphisme de couverture : Laetitia Kalafat

Pour la présente édition

34-36, rue La Pérouse
75116 – Paris
www.hugopublishing.fr

ISBN : 9782755670424
Dépôt légal : juillet 2024
Imprimé par CPI BUSSIÈRE en juin 2024.
Numéro d'impression : 2078695

L'Alpha du Millénaire

Traduit de l'anglais (États-Unis)
par Anaïs Papillon

TOME 1

SAPIR A. ENGLARD

Hugo Roman

Romantasy

ÉPISODE 1

BELLE JOURNÉE

28 OCTOBRE 2017
NEW YORK

Ève

Je l'ai vu avant qu'il me voie.

Il était à quelques mètres, mais je l'ai reconnu toute de suite. Je pouvais le sentir. Mes yeux ont parcouru sa peau dorée, ses biceps bien définis, ses abdos ciselés, avant de remonter vers sa mâchoire puissante. Peut-être était-ce osé de le regarder de manière aussi insistante. Je ne voulais pas qu'il me surprenne.

Hors de question.

Cela aurait tout ruiné.

Parmi les arbres, j'étais bien cachée, les branches et les feuilles me servaient de camouflage. Je n'avais pas à m'inquiéter. Alors, j'ai continué à l'observer.

Ses doigts couraient sur l'écorce d'un vieil arbre.

Il regardait autour de lui, comme s'il cherchait quelque chose. Quelqu'un ?

Impossible. Il ne pouvait pas savoir que j'étais là.

J'étais suffisamment puissante, emplie d'assez de magie, pour me dissimuler avec succès.

Il a avancé vers un autre arbre. Cette fois, il y a placé ses deux mains, l'a serré contre lui. Ses doigts ont glissé vers le bas, j'ai profité du spectacle qu'offraient ses muscles bandés contre le fin tissu de son tee-shirt.

Comme j'aurais voulu que ce soit sur moi que ces doigts glissent… qu'il m'enlace comme ça… J'ignorais pourquoi il me faisait cet effet.

C'était le seul homme, la seule créature vivante, capable de m'exciter. Pas assez pour que je m'enflamme, mais j'étais physiquement transie de désir. Personne d'autre ne me faisait cet effet.

Mes yeux étaient rivés sur lui, sur ses muscles, sa mâchoire, ses cheveux sombres et fous. Mon corps réagissait. Certains endroits me titillaient de manière inédite, me pressaient de réduire la distance qui nous séparait.

Je le désirais tellement que je *pouvais* le sentir me toucher. Je *pouvais* toucher du doigt la satisfaction qui me faisait tant languir.

Je suis sortie de ma cachette. C'était sans doute une mauvaise idée, mais je m'en fichais. C'était ce que je voulais… *Non.* Ce dont j'avais besoin.

J'ai avancé d'un autre pas.

Je souhaitais qu'il me découvre autant que je l'appréhendais. Parce que je savais ce qui allait se passer. Mais là, je m'en fichais.

Un autre pas.

Il a tourné la tête.

Un autre pas.

Et puis, j'ai sursauté.

Parce qu'une dague venait de me frôler l'épaule, lancée de quelque part derrière moi. Sa vitesse était affolante et, une seconde plus tard, elle l'a touché. L'empalant sur le coup. En plein cœur.

Du sang s'est répandu sur son tee-shirt.

J'étais figée, choquée. Ma bouche s'est ouverte, puis fermée, sans pouvoir produire le moindre son.

Je me suis retournée, essayant de voir d'où venait la lame. Qui pouvait bien en être responsable ? Mais je n'ai vu personne.

Seulement lui, moi et la forêt.

À nouveau, mes yeux se sont posés sur lui. Il s'était écroulé sur le sol, les mains sur sa plaie, essayant de contenir l'afflux de sang.

Il a dû sentir mon regard, car il a aussitôt levé les yeux.

Droit sur moi.

Je ne pouvais pas courir. Je ne pouvais pas me cacher. Il m'a vue.

Et j'ai su. J'ai su qu'il croyait que c'était moi qui avais lancé la dague. Ça m'a attristée, j'ai même été prise de remords, alors que j'étais innocente. Au fond de moi, pourtant, je savais que je ne l'étais pas. Pas du tout.

À présent, il était à quatre pattes, essayant de garder les yeux ouverts. Essayant de les garder sur moi. Mon cœur battait à tout rompre. Après tout, c'était le seul homme qui faisait battre mon cœur de cette façon.

Approche-toi, Ève.

Aide-le.

Touche-le.

Mais je suis restée figée, à l'endroit où je me tenais.

Je voyais la vie le quitter, ses yeux se sont fermés lentement et ses doigts ont arrêté de trembler. Il fallait que j'y assiste, je ne me permettrais pas de détourner le regard.

Quand il a poussé son dernier soupir, devenu parfaitement immobile, un calme absolu a déferlé sur moi. J'ai relâché le souffle que j'avais si longtemps retenu.

C'était enfin terminé.

***

Bip. Bip. Bip. Bip.

Mes yeux se sont ouverts d'un coup. Qu'est-ce que c'était que ça ?

Bip. Bip. Bip. Bip.

Un foutu téléphone qui sonnait.

Mon foutu téléphone.

J'ai regardé autour de moi. J'étais dans un lit, un lit blanc. Tout était blanc.

OK. J'étais dans un hôtel, à New York. J'ai trouvé le téléphone sous l'oreiller à côté du mien, essayant d'ignorer le rêve que je venais de faire.

Pas le temps pour les interprétations. Et puis, pas besoin d'être un génie pour en tirer les conclusions qui s'imposaient.

Ces muscles… cette chevelure… Ce n'était pas sa première apparition dans mes songes. Pas la dernière non plus.

D'autant plus que plus les jours passaient, plus nous approchions de…

Bip.

Un texto.

J'ai regardé l'écran. Deux appels manqués de Killian. Et un, non deux SMS de sa part.

Je n'avais pas eu de ses nouvelles depuis deux semaines. Il avait dû trouver quelque chose d'important. Il me servait d'espion, il effectuait des recherches et des reconnaissances pour mon compte.

J'ai lu les messages.

Killian : J'ai trouvé ce que tu cherchais.

Killian : Je suis de retour à Londres.

Ève : Je peux être là demain soir.

Ève : 18 h. À notre endroit.

Killian : À bientôt.

***

29 OCTOBRE 2017
LONDRES

Je marchais sur le trottoir, mes bottes de combat frappaient le sol à chacun de mes pas. Il ne pleuvait pas vraiment, mais l'air était brumeux. Je me sentais humide, comme une éponge posée sur le bord de l'évier. Le moins que l'on pouvait dire, c'est que Londres ne m'avait pas manqué.

Quoique… Ce n'était pas tout à fait vrai. J'avais passé de bonnes années ici, avec Killian, pendant son enfance.

J'ai fait le tour de la vieille église et me suis retrouvée sur un parking vide, planqué dans le fond d'un quartier résidentiel de banlieue.

Killian et moi n'allions jamais à la messe, mais nous venions ici de temps à autre pour regarder le soleil se coucher. Il y avait fort longtemps.

Derrière moi, j'ai entendu le moteur de la moto et j'ai souri en vérifiant l'heure sur ma montre.

17 h 59. Pile à l'heure.

La moto a accéléré sur le parking et s'est immobilisée juste devant moi, en freinant si fort que de la vapeur s'est élevée dans les airs.

J'ai observé Killian sauter de sa monture avant de la stabiliser, puis de retirer son casque d'un noir luisant. Une fois ses longues mèches blondes libérées, il y a passé une main gantée.

Il me regardait, les yeux remplis d'espièglerie, son visage ne parvenant pas à dissimuler le sourire qui apparaissait sur ses lèvres.

– Tu essaies de m'impressionner, maintenant ? lui ai-je demandé en désignant sa moto de la tête.

– Je m'en sors pas mal, admets-le.

Il a ouvert sa besace pour en sortir un dossier qu'il m'a tendu.

Je l'ai pris.

– Si tout est là…

– Tout est là. L'intégralité de sa lignée, m'a-t-il assuré.

Je n'ai pas pu m'empêcher de me sentir fière. J'ai regardé ses joues creusées de fossettes et couvertes d'une barbe de trois jours, qui étaient désormais celles d'un homme. Un homme talentueux et d'une utilité incommensurable.

– Alors, c'est vrai ? a-t-il ajouté en désignant le dossier d'un signe de tête. Tu penses que les Morgan ont des ennuis ?

– Tu ne me soutireras pas une histoire de magazine people, Kil.

– Allez ! a-t-il insisté.

– Écoute, tout le monde est au courant pour les Morgan. Ce sont les humains les plus respectés des États-Unis, et parce qu'ils ont passé un accord avec la meute de la côte Ouest, il y a des années de cela, ils sont libres de vivre sur leur territoire sans qu'on leur cherche d'ennuis. Elena Morgan était comme une reine. Sa fortune a joué un rôle fondateur dans la puissance de la meute de la côte Ouest. Elle a été leur premier soutien, pendant longtemps. Mais elle a légué sa fortune à ses filles, son compagnon n'aura rien.

– Et donc ?

– Légalement, ses filles sont trop jeunes pour toucher leur héritage. La plus âgée a dix-sept ans.

Killian m'a dévisagée.

– Tu penses que la famille est en danger parce que quelqu'un en veut à leur fortune ?

Il a secoué la tête et a repris :

– Tout le monde connaît les Morgan, Ève. C'est quasiment une famille royale. Personne n'oserait s'attaquer à eux.

– Quoi ? Ils ne t'ont pas enseigné l'histoire à l'Académie ? lui ai-je demandé avec un sourire en coin.

Il a levé les yeux au ciel.

– L'héritage ne pourra revenir aux filles d'Elena qu'à leur dix-huitième anniversaire.

– Alors quoi, tu comptes protéger les gamines jusqu'à ce qu'elles soient en âge de réclamer leur dû ?

– Quelqu'un doit bien le faire. Car si quiconque les élimine d'ici là, la fortune familiale sera sérieusement disputée. Un tel chiffre est motivant.

J'ai tourné les talons pour partir, mais Killian m'a attrapé l'épaule.

– Tu en sais plus ? Sur les gens qui leur veulent du mal ?

Je me suis dégagée de sa prise.

– Ne t'en fais pas, Kil…

– Je ne peux pas t'aider s'il me manque des informations, a-t-il dit, les bras croisés.

– Très bien. Tu veux que je te parle de quoi ? De la mafia ? La mafia est au courant pour l'argent et elle manigance quelque chose. Sans parler des loups solitaires. Ils sont toujours à l'affût d'une rentrée d'argent. Et n'oublions pas les vampyres.

L'expression de Killian s'est assombrie. Il a toujours eu un petit faible pour les innocents.

Je l'ai rassuré d'une petite tape sur l'épaule :

– Elles iront bien, Killian. Je suis plutôt douée dans ce que je fais.

Il a hoché la tête.

– On reste en contact, ai-je conclu, en m'éloignant pour commencer ma longue route de retour vers l'autre côté de l'Atlantique.

Vers la meute de la côte Ouest.

– Pas d'adieux, a-t-il hurlé derrière moi.

J'ai souri.

– Pas d'adieux, non, ai-je répondu.

– Ne me fais pas attendre trop longtemps, je m'ennuie vite.

***

30 OCTOBRE 2017
LUMEN

Le taxi a accéléré sur la route à peine goudronnée en bordure de forêt, tout ce que je pouvais discerner, c'étaient des millions et des millions d'arbres de chaque côté.

Une fois qu'on a été assez loin, devant un chemin de terre à perte de vue, j'ai demandé au chauffeur de s'arrêter.

– Ici, ça ira.

Je suis sortie de la voiture.

Il a pris l'argent que je lui tendais et a fait demi-tour aussi sec, ne voulant pas s'attarder plus que nécessaire dans le coin.

Les humains comme lui n'étaient pas vraiment les bienvenus sur le territoire de la meute, à moins d'être autorisés à résider sur le territoire ou d'appartenir à la famille Morgan.

La Forêt nationale Deschutes, en Oregon, était la propriété de la meute de la côte Ouest, et elle n'était pas interdite qu'aux humains, mais à toutes les créatures, à part les loups. Moi y compris.

Mais j'étais là pour une raison. Et je n'aurais laissé rien ni personne m'arrêter. Ni un loup, pas même un Alpha.

Après tout, j'avais affronté bien pire par le passé.

Je me suis concentrée sur mon corps. Cette concentration intense a fonctionné et j'ai senti mes cellules s'écarter les unes des autres, rendant ma peau translucide.

Je n'étais pas exactement invisible, mais pas complètement visible non plus. J'étais comme une version atténuée de moi-même qu'on ne pouvait discerner qu'en plissant les yeux.

Satisfaite, je me suis avancée vers les arbres et j'ai invoqué mes pouvoirs, les utilisant pour me propulser en l'air. Je suis passée d'un arbre à l'autre, en sautant.

Après une quarantaine de kilomètres, j'ai ralenti mon allure. J'ai atterri finalement dans un dernier arbre, me dissimulant derrière ses feuilles, juste au cas où. Parce que là, devant moi, à moins d'un kilomètre, se trouvait Lumen, mieux connue comme la Cité des Loups, siège de la meute de la côte Ouest, une des meutes les plus puissantes des États-Unis, si ce n'est du monde.

J'ai pris une profonde inspiration, consciente que les derniers mètres seraient les plus durs.

Chacune des villes de la meute disposait d'un système de sécurité, composé de gardes très entraînés qui surveillaient les faits et gestes de chacun.

Le problème, c'était leur flair imparable.

Même sous forme humaine, ils pouvaient déceler l'odeur d'un intrus à des kilomètres à la ronde. Si je n'avais pas encore été repérée, cela n'allait pas tarder.

Mais ça n'avait pas d'importance.

J'avais une mission à accomplir.

J'ai pris mon élan et atterri sur un autre arbre, puis un autre. De branche en branche, je me suis rapprochée du sol tout en restant camouflée le plus longtemps possible.

C'est là que je l'ai repéré. À 300 mètres.

Un garde loup-garou.

Et pas n'importe lequel. J'ai aiguisé ma vision pour lire le badge accroché à sa veste d'uniforme. C'était l'un des gardes personnels de l'Alpha.

Génial.

Avant que j'aie pu faire quoi que ce soit, les yeux du garde se sont tournés vers moi. Il m'a sentie, mon odeur d'abord, puis mon regard posé sur lui. Je n'allais pas attendre qu'il appelle des renforts.

J'ai pris une bouffée d'air et j'ai sauté droit devant, espérant que mon corps translucide me rende difficile à discerner. Mais ça ne servait à rien que je sois à peine visible, car c'était avec son nez que ce garde se guidait.

Tout en courant à travers les arbres, et alors que j'approchais de l'entrée de la ville, j'ai entendu le garde se transformer et j'ai su que j'allais avoir des problèmes. C'est une chose de battre un humain à la course, ou un loup-garou sous forme humaine, mais un loup en chair et en fourrure ?

J'ai continué à bouger, à courir, risquant de temps à autre un regard par-dessus mon épaule.

Le garde était à mes trousses. Grognant, les dents découvertes. À seulement deux pas derrière moi.

ÉPISODE 2

LA POURSUITE

30 OCTOBRE 2017
LUMEN

Ève

Le garde était juste derrière moi.

Je savais que j'étais rapide. Ma génétique spécifique, mêlée à la magie que j'avais gagnée à travers les siècles, m'avait octroyé une des plus grandes vélocités au monde.

Mais un loup-garou sous sa forme animale était difficile à distancer. Celui-là semblait plus athlétique que la moyenne. J'avais vu son badge. C'était un membre de la sécurité personnelle de l'Alpha de la meute de la côte Ouest.

Cela n'avait aucun sens.

Pourquoi les hommes de main de l'Alpha montaient-ils la garde en dehors de la ville ? Les meilleurs agents surveillaient généralement la Maison de la Meute, pas les bois.

La seule explication plausible était que la meute attendait la visite de quelqu'un. Une personne extrêmement importante ou extrêmement dangereuse.

Gabriel, l'Alpha de la côte Ouest, avait dû ordonner à ce garde de surveiller son arrivée.

J'ai entendu un grognement. Il était à mes trousses. Une griffe s'est plantée dans mon épaule, lacérant ma veste en cuir.

J'ai usé de toute ma volonté pour bouger plus vite que jamais, un pied devant l'autre, jusqu'à ce que mes jambes avancent si vite qu'elles soient invisibles. J'ai levé la tête assez longtemps pour m'apercevoir que nous étions entrés dans Lumen.

On avait dû sprinter à travers les portes de la ville. À nouveau, j'ai risqué un regard par-dessus mon épaule. Le garde était un peu plus loin, visiblement épuisé.

Ça, c'était la bonne nouvelle.

La mauvaise ?

Quatre autres loups m'avaient prise en chasse. Je n'ai pas regardé assez longtemps pour voir s'ils faisaient partie de la garde rapprochée de l'Alpha. Peu m'importait.

Je ne pouvais pas continuer à courir, il fallait que je trouve une solution. J'ai pris un virage pour m'engager à toute vitesse dans une ruelle sombre. Les pavés me ralentissaient, c'est à ce moment-là que je l'ai vue.

La bouche d'égout.

Sans réfléchir, j'ai soulevé la plaque qui la recouvrait et j'ai sauté dedans, tombant de près de cinq mètres de haut. J'ai atterri sur mes pieds dans un bruit sourd.

Je l'ai sentie tout de suite. Mes bottes étaient enfoncées dans de la boue épaisse, j'ai remercié ma bonne étoile de ne pas être tombée là-dedans de tout mon long. M'imaginer à quatre pattes dans ce cloaque m'a donné des frissons. Courir, ça m'allait, me battre aussi. Mais le contenu des égouts, c'était trop pour moi.

J'ai commencé à remonter le tunnel vers le nord. Je ne comptais pas rester dans le coin pour voir si le garde me courait toujours après. J'ai fermé les yeux, essayant de me rappeler le plan de la ville.

Ça lui a pris du temps, mais Killian a localisé l'adresse dont j'avais besoin.

L'adresse de la nouvelle maison des Morgan. Dans un quartier qui portait le nom de Woodsmoke.

***

Une heure plus tard, je sortais des égouts dans Woodsmoke. Le soleil s'apprêtait à se coucher. Les rues étaient calmes. C'était un quartier riche, rempli de magasins de marque et de familles bien habillées.

Super. Ma tenue en cuir et mes bottes de combat vont m'aider à me fondre dans la masse…

J'ai commencé à marcher, fermant encore les yeux pour me remémorer le plan des environs fourni par Killian.

Dans mon esprit, le plan était clair. Je savais que je devais me rendre au 49 Jayden Street. Une ligne rouge s'est tracée dans ma tête, m'indiquant le chemin le plus direct.

J'ai ouvert les yeux pour me diriger vers la maison. Il fallait que je reste à l'affût.

Je me doutais bien que ce n'était pas parce que j'avais semé un garde qu'ils allaient abandonner leurs recherches. Ils savaient que je n'étais pas une des leurs, ils pouvaient le sentir.

Cela dit, il leur était impossible de déterminer ce que j'étais, juste à mon odeur. Personne n'en était capable. Mais ils savaient que je n'étais pas une louve, et cela suffisait pour que je représente une menace à leurs yeux.

Il fallait donc que j'ouvre l'œil et que je reste dans l'ombre le plus possible.

Quelque temps plus tard, je suis arrivée enfin au 49 Jayden Street.

C'était une maison traditionnelle de bonne taille, dotée de piliers blancs sur le devant et d'une pelouse fraîchement tondue.

Je savais que Gabriel était derrière leur emménagement, ils avaient passé une sorte d'accord sur cette nouvelle résidence. D'ordinaire, les humains n'étaient pas admis à Lumen. Mais les Morgan n'étaient pas des humains comme les autres.

Avant que la meute de la côte Ouest ne s'installe ici, c'était le territoire des Morgan.

L'histoire de leur lignée n'était que quête de puissance et de richesses.

Si les Morgan n'avaient pas signé un contrat avec la meute, lui permettant de se développer sur leur territoire, elle ne serait jamais devenue aussi prospère. C'était quelque chose que la MCO n'est pas près d'oublier.

Même si Elena n'était plus là, ils veilleraient sur les Morgan – et une fois que les filles seraient en âge d'hériter, la meute espérait qu'elles perpétueraient leur rôle de mécènes.

J'ai grimpé les marches et frappé à la porte des Morgan. J'ai attendu, mais rien…

J'avais vécu trop de choses aujourd'hui pour faire preuve de patience. J'ai frappé à nouveau. Plus fort. La porte s'est ouverte à la volée sur une adolescente d'une quinzaine d'années qui me dévisageait.

Elle était magnifique, c'était indéniable. Avec ses cheveux blond pâle et ses yeux bleus, elle ressemblait à une poupée Barbie.

– Euh… bonjour ? a-t-elle dit, le nez plissé.

J'allais lui faire une remarque sur son accueil, mais je me suis rappelé que je devais traîner l'odeur des égouts sur moi. Le nez plissé n'avait rien à voir avec un jugement de sa part.

– Ton père est à la maison ?

– PAPA ! a-t-elle crié, en retournant à l'intérieur.

Quelques secondes plus tard, Martin Morgan apparaissait.

– Bonjour ? Je peux vous aider ? m'a-t-il demandé.

– Non, Martin. Mais moi, je suis là pour vous aider. Votre famille est en danger.

Sa confusion était évidente, mais il s'est contenté de tapoter l'épaule de sa fille.

– Anya, va dans ta chambre, lui a-t-il dit.
– De quoi elle parle ? a-t-elle demandé en me regardant.
– File, a-t-il insisté plus fermement.
En levant les yeux au ciel, elle s'est exécutée.
J'ai repris la parole :
– Je suis ici pour protéger votre famille. Et pour ce faire, je vais avoir besoin de quelques petites choses…
– Attendez ! Qui êtes-vous au juste ?
– Je suis Ève, ai-je répondu en lui tendant la main pour qu'il la serre, mais il s'est contenté de la regarder.
– Vous êtes Ève.
– C'est ça.
– Je ne connais aucune Ève.
– Nous ne nous sommes jamais rencontrés, Martin.
– Vous n'êtes pas une louve-garou, a-t-il ajouté en me regardant dans les yeux. Gabriel a donné l'ordre à toute la meute de nous laisser tranquilles. Mais vous, vous savez qui nous sommes. Vous connaissez mon nom. Et vous débarquez chez moi. Aucun loup ne désobéirait ainsi à son Alpha.
– Vous avez raison. Je ne suis pas une louve.
– Alors vous ne devriez pas être ici. Lumen est la cité des loups.
– Je suis là pour protéger votre famille, ai-je répété.
Maintenant, c'était sûr, je n'avais plus aucune patience.
– Je peux entrer ?
– Quoi ? Non…
Mais c'était trop tard. Avant qu'il puisse ciller, je l'avais contourné en fermant la porte derrière moi.
Il a fait volte-face pour me regarder, fulminant de colère.
– Je ne vais pas laisser une… une… *femme étrange* forcer l'entrée de ma maison et menacer ma famille ! Et c'est quoi, cette odeur ?
– Martin, lui ai-je répondu calmement, ignorant son dernier commentaire, je connais votre situation. Je sais ce que vous avez traversé. Je comprends pourquoi il n'est pas évident pour vous de faire confiance à une inconnue. Seulement,

je vous assure que votre famille est en danger. Vos filles sont la proie de chasseurs.

– Je ne vous crois pas ! Sortez de chez moi…

Je n'avais pas le temps pour ça.

Je l'ai ignoré et me suis connectée à lui en ouvrant mon esprit. Puis j'ai débloqué un canal télépathique pour accéder à ses pensées. Le procédé était simple parce qu'il était humain. Il ne m'a fallu que quelques secondes pour lire ses pensées.

C'est un complot. C'est la mafia qui l'envoie. Elle va infiltrer la maison pour quoi… me séduire ? C'est ça, c'est une séductrice, toute de cuir vêtue. Sois fort. Vire-la d'ici. MAINTENANT ! Protège les filles.

Mon regard s'est posé sur lui et j'ai su qu'il n'avait pas l'air amical en voyant la façon dont il a réagi.

Le pauvre homme était terrifié.

– Allez Martin, s'il vous plaît… vous pensez vraiment que je suis une sorte de travailleuse du sexe ?

– Quoi ?

– Vous pensez vraiment ça de moi ? Que je laisserais la mafia me manipuler ?

– Comment pouvez-vous savoir ce que j'ai pensé ?

– La mafia est le cadet de vos soucis. Avez-vous entendu parler des loups solitaires ? Des vampyres ? Si vous désirez que vos filles survivent jusqu'à leurs dix-huit ans, jusqu'à ce qu'elles puissent hériter, vous accepterez mon aide. Je vais m'installer ici avec vous, et je les protégerai.

Martin s'est laissé tomber dans un canapé, essayant manifestement de trouver un sens à toute cette situation sans y parvenir.

– Comment savez-vous qu'elles sont…

– Traquées ? J'ai mes sources.

– Pourquoi ? Pourquoi protéger une famille que vous ne connaissez pas ?

J'ai pensé lui dire la vérité, mais il avait suffisamment de choses à digérer pour l'instant. Il n'était pas en état de gérer ce que j'avais à lui révéler.

– Je ne suis pas une louve, Martin, mais je suis très puissante. J'aimerais utiliser tout ce pouvoir pour faire le bien. Ce qui arrive à votre famille est injuste.

– Et si je dis non ? Si je refuse votre aide ?

Je me suis assise à côté de lui, et en regardant droit dans les yeux celui qui venait de perdre sa femme, prêt à tout pour protéger ses filles :

– Je le ferai quand même, ai-je répondu en haussant les épaules.

Au bout d'un moment, il a hoché la tête, résigné.

– Très bien, a-t-il concédé. D'accord.

– Je vais avoir besoin d'une chambre. Il faut que vous me briefiez sur votre emploi du temps et sur celui de vos filles et que vous me donniez la liste de vos amis. Avez-vous fait de nouvelles rencontres depuis votre emménagement ?

– On est arrivés hier, a précisé Martin en secouant la tête. Les filles n'ont pas fini de défaire leurs affaires.

– Très bien. Elles reprennent les cours la semaine prochaine, j'imagine ?

Il a acquiescé.

– Le lycée est à côté.

– Et votre rendez-vous d'accueil à la Maison de la Meute ?

– Ma priorité demain matin.

– Je vous accompagnerai.

– Papa ?

Nous nous sommes retournés tous les deux.

À l'entrée du salon se trouvait l'aînée de Martin, Reyna. Des cheveux bruns qui tombaient derrière ses épaules. Sa peau pâle semblait rayonner dans la pénombre. Elle avait l'air royale, ce qui tombait bien puisqu'elle serait bientôt l'héritière des Morgan.

– Bonjour, Reyna. Je suis Ève, me suis-je présentée en me levant. Je vais vivre avec vous quelque temps.

Elle m'a regardée avant de poser les yeux sur son père.

– Papa ?

– Nous sommes en danger, ma chérie, a-t-il répondu. Ève va nous protéger.

– Quel genre de danger ?

– Nous sommes traqués, a dit une voix venant de derrière le fauteuil d'où la tête d'Anya est apparue.

– Tu devais être dans ta chambre ! l'a rabrouée Martin.

– Et toi, tu devais nous dire la vérité !

– Les Morgan ! ai-je dit plus fort en me levant. Vous voulez la vérité ? Oui, vous êtes traqués. Votre mère a laissé de grandes richesses derrière elle, des richesses convoitées par des gens très dangereux. Mais tant que je serai là, près de vous, vous serez en sécurité.

Reyna a grogné.

– Vous faites à peine 1 mètre 50.

J'ai soupiré. Mes yeux se sont concentrés sur une lampe posée sur une table, juste derrière elle. La lampe s'est lentement élevée dans les airs, lévitant un instant. Puis elle a avancé, décrivant des cercles autour de Reyna jusqu'à flotter devant ses mains.

Anya a crié d'épouvante, Martin a hoqueté. Les yeux de Reyna se sont juste écarquillés. Elle a ouvert les mains et tenté de saisir l'objet qui est immédiatement tombé en poussière.

Tout le monde avait les yeux rivés sur le petit tas de cendres sur la moquette.

– Bon… ai-je repris, en me réjouissant de les voir bouche bée. Les choses sont-elles claires, à présent ?

ÉPISODE 3

UN CHOC PASSIONNÉ

30 OCTOBRE 2017
LUMEN

Ève

– Vous êtes prêt ?

Martin se tenait debout devant la porte d'entrée, je pouvais voir au choix de sa tenue, un chino et une chemise, qu'il était nerveux.

Personne ne peut se sentir en pleine confiance en optant pour pareil accoutrement.

– Qu'est-ce qui vous tracasse ? lui ai-je demandé en descendant les dernières marches de l'escalier. Je pensais que votre accord avec Gabriel était réglé ?

Nous nous apprêtions à partir au rendez-vous de Martin à la Maison de la Meute.

Et même si j'étais clairement celle qui pourrait avoir des ennuis, c'était lui qui angoissait.

– Je ne suis pas nerveux.

Je lui ai lancé un regard insinuant clairement : *Je suis capable de lire dans vos pensées, rappelez-vous !*

– Salut, les filles, a-t-il crié, et quand j'ai tourné la tête, j'ai vu Reyna et Anya attablées en train de manger leurs céréales dans la cuisine.

– Oh non ! Qui va nous protéger en son absence ? a demandé Reyna, sur un ton plein de sarcasme, à sa sœur.

J'ai souri, les lèvres pincées. Il me faudrait bien plus que des sautes d'humeur adolescentes pour me faire sortir de mes gonds.

– Allez-y, je sortirai par la fenêtre, ai-je dit à Martin.

– Par la fenêtre ?

– Je ne peux pas vraiment marcher à vos côtés pour aller à la Maison de la Meute, Martin.

Il m'a lancé un regard vide. J'ai dû préciser ma pensée :

– Les non-loups-garous doivent avoir une autorisation pour être à Lumen. Comme je n'en ai pas, je vais rester discrète.

– Je croyais que vous veniez au rendez-vous ?

– Je serai là. Ne vous en faites pas.

Il a hoché fébrilement la tête avant d'ouvrir la porte.

Je suis retournée à l'étage, dans la chambre d'amis que j'avais accaparée.

Une fenêtre donnait sur le côté de la maison et sur un arbre assez proche pour que je puisse y sauter. De là, j'ai bondi sur le toit du bâtiment voisin, puis de toit en toit jusqu'à apercevoir la Maison de la Meute.

Il allait falloir que je fasse une ronde autour du bâtiment pour localiser la pièce où Martin rencontrerait l'Alpha. Je n'avais pas une minute à perdre.

Prenant mon inspiration, j'ai sauté à terre.

***

J'étais perchée sur un escalier de secours, derrière la fenêtre de la pièce où Martin faisait les cent pas.

Un réceptionniste l'avait invité à entrer. Nerveux, il attendait maintenant l'arrivée de Gabriel. Il n'arrêtait pas de regarder dehors, comme s'il voulait vérifier que j'étais bien là. Mais il ne pouvait pas me voir. J'avais pris soin de me camoufler derrière un mur en briques, hors de portée des regards.

La porte s'est ouverte et j'ai vu Gabriel entrer avec son Bêta, Zavier.

Au cours de la dernière décennie, j'avais croisé Gabriel quelquefois. C'était un Alpha plutôt classique. Aussi charmant qu'imbu de lui-même.

J'ai amplifié mes pouvoirs d'audition pour me permettre d'entendre tout ce qui se passait de l'autre côté de cette vitre pare-balles.

– Martin Morgan, ravi de vous voir, a dit Gabriel en serrant la main de Martin.

– De même, Alpha, a répondu l'intéressé.

– Appelez-moi Gabriel et asseyez-vous, je vous en prie.

Gabriel s'est avancé vers la table du conseil, laissant Martin s'installer en face de lui :

– Vous connaissez mon Bêta, Zavier.

– Bonjour, a dit Martin en hochant la tête.

– J'ai quelques documents à vous faire remplir. Une fois que ce sera fait, votre statut de résident de Lumen sera officiel.

Zavier a posé une pile de papiers aussi épaisse qu'une encyclopédie devant Martin.

– Ça fait un bon paquet de documents, a soupiré celui-ci.

– On n'est jamais trop prudent, a répondu Gabriel avec un sourire malin.

Avec ses gros muscles et ses cheveux épais, l'Alpha étai un tel cliché que j'en ai levé les yeux au ciel. Il avait clairement l'habitude d'être au centre de l'attention. Il aimait dominer, même quand il était face à un humain qui venait de perdre sa femme.

J'ai observé Martin s'emparer d'un stylo et se mettre au boulot sur la paperasse. Mon téléphone a vibré dans ma poche, je l'en ai sorti.

Anya : Ève ?
Anya : SOS !!
Ève : Que se passe-t-il ?
Anya : Viens à la maison ! stp !!!

Immédiatement, j'ai bondi sur l'arbre le plus proche et me suis propulsée sur le toit voisin, me dépêchant de retourner chez les Morgan par le même chemin que j'avais pris à l'aller.

– Anya ? ai-je crié en m'engouffrant par la fenêtre de ma chambre et en me précipitant dans le couloir. Reyna ?

Aucune réponse. J'ai vérifié dans leurs chambres, rien, alors j'ai couru en bas.

– LES FILLES ?

– On est là, a dit une voix derrière moi, et je me suis retournée pour découvrir Reyna.

Elle était devant le bureau de Martin, elle a fait passer un objet entre ses mains.

– Où est Anya ? Elle m'a parlé d'une urgence ?

– Désolée, parfois je dramatise un peu, a dit Anya en sortant du bureau.

– Pourquoi je suis ici, alors ?

Reyna a arrêté de jouer avec l'objet qu'elle tenait et l'a levé au niveau de ses yeux, en les plissant. C'est là que j'ai compris ce que c'était.

Une boîte de pilules.

Ma boîte de pilules.

– R21 ? a-t-elle demandé en lisant l'étiquette, mais avant qu'elle ait fini de tout déchiffrer, je me suis approchée et lui ai attrapé l'objet des mains.

– Hé ! a-t-elle crié.

– Où as-tu trouvé ça ?

– Tu as emménagé avec nous. Nous avons le droit de savoir qui tu es, a répliqué Reyna.

– Surtout si t'es genre, une junkie, a ajouté sa sœur.

– Ce n'est pas de la drogue ! ai-je répondu en levant les pilules en l'air. Ce sont des médicaments.

– Exactement ce que dirait une junkie, a marmonné Anya.

– Ça suffit, ai-je ordonné. Si vous fouinez encore dans ma chambre, je vais…

– … quoi ? Nous traquer ? a lancé Reyna, moqueuse.

– Pas besoin, Reyna. Je vis déjà avec vous. Et je sais tout de vous. Peut-être même plus que vous-mêmes.

J'ai marqué une pause pour les laisser cogiter.

– Vous savez combien je suis puissante. Vous l'avez vu de vos yeux. Mais ce n'était rien, comparé à ce que je peux vraiment accomplir. Alors quand je vous donne des ordres, vous feriez mieux de croire qu'il y va de votre intérêt de les suivre !

Les deux filles ont dégluti.

– Bien. Maintenant, je retourne surveiller votre père. Restez hors de ma chambre !

***

J'ai réintégré ma place sur l'escalier de secours au moment où Martin rebouchait son stylo, clairement épuisé par la montagne de paperasse qu'il venait d'affronter.

– Alors, c'est bon, maintenant ? a-t-il demandé à Gabriel en se massant les tempes.

– Tout à fait, a souri l'Alpha.

Zavier a pris les papiers et Martin s'est levé pour partir, pourtant j'ai senti que Gabriel n'en avait pas fini avec lui.

– Une seconde, Martin, a-t-il commencé en faisant le tour de la table pour se rapprocher de lui. J'aimerais vous présenter quelqu'un.

C'est là que je l'ai senti.

Lui.

Celui qui avait hanté mon rêve. Tous mes rêves, en fait.

Je ne pouvais pas le voir, mais je le sentais. Je pouvais presque le *goûter* et j'ai été prise de panique.

Il était là.

La porte de la salle de réunion s'est ouverte sur lui.

– Raphael, nous sommes très heureux que vous ayez pu venir, a dit Gabriel en lui souriant, l'invitant à s'avancer.

Ma bouche s'est ouverte toute seule, et j'ai senti ma langue passer sur mes lèvres pendant que je le reluquais.

Sa peau hâlée, ses bras musclés et cette mâchoire si masculine, aux traits anguleux.

Merde alors...

Raphael a adressé un sourire à Martin – même à cette distance, mes genoux ont failli céder sous moi – et les deux hommes se sont serré la main.

– Enchanté de vous rencontrer, Martin. Toutes mes condoléances.

– Merci, Monsieur, a réussi à articuler Martin, encore plus nerveux qu'avant.

Il venait de serrer la main du loup-garou le plus puissant d'entre tous – l'Alpha du Millénaire.

L'Alpha des Alphas.

À cet instant, Raphael s'est tourné vers la fenêtre. J'ai immédiatement reculé d'un pas, me pressant contre le mur en briques et baissant mon opacité corporelle au maximum tout en fermant les yeux.

Qu'est-ce qu'il fiche ici ?

Que pouvait bien faire l'Alpha du Millénaire à Lumen ?

Et là, j'ai compris. La sécurisation extrême du périmètre. La détermination des loups qui m'avaient poursuivie. Tout faisait sens à présent.

Quand l'Alpha des Alphas était dans le coin, chaque inconnu représentait une menace potentielle.

Quel trou du cul ! Toujours à me rendre la vie plus compliquée...

– Elle est là, ai-je entendu dire Raphael à l'intérieur.

Même si je ne pouvais rien voir, je savais qu'il s'était rapproché de moi. Je le sentais, tout comme il m'avait détectée.

– Qui donc ? a demandé Gabriel.

Raphael l'a ignoré.

– Je sais que tu es là, a-t-il dit à mon attention. Je sens ton odeur.

J'essayais de réduire ma respiration à son minimum. Mais mon excitation... impossible de la contrôler. Rien que de l'entendre, la chaleur entre mes jambes grandissait.

– Je ne plaisante pas, a grogné Raphael plus fort, ce qui signifiait qu'il se rapprochait encore. Montre-toi ! Je te l'ordonne !

C'est tout ce que je souhaitais. Être près de lui, être touchée par lui.

Mon corps tremblait de faim, de désir, mais mon esprit ne voulait rien savoir. Ou plutôt, il en savait trop.

– Montre-toi avant que je vienne te chercher, a-t-il rugi, devenant menaçant.

C'était la goutte d'eau. Je n'allais pas me laisser intimider par lui. Pas aujourd'hui.

Je me suis avancée devant la fenêtre, maintenant complètement visible. Il n'était qu'à quelques centimètres de moi, de l'autre côté de la vitre.

– La voilà.

Il m'a souri et mes mains sont devenues moites.

– Que fais-tu là ? ai-je lancé.

Il s'est approché plus près et a ouvert la fenêtre en grand. Plus rien ne nous séparait. Je pouvais tendre le bras et le toucher si je le voulais.

Et, oh, j'en ai envie.

Mais je ne pouvais pas.

– Des affaires à régler pour la meute, a-t-il répondu. Et toi, que fais-tu là, ma chérie ?

Nos regards se sont rivés l'un à l'autre. Des frissons ont parcouru ma colonne vertébrale. La chaleur a grandi en moi. Je pouvais pratiquement sentir le goût de ses lèvres d'ici. Mais c'était impossible.

Je ne pouvais pas le laisser gagner.

Plus jamais.

– Je ne suis pas ta chérie.

– Tu es sûre que ton corps est au courant ?

Ses yeux m'ont parcourue de bas en haut. J'avais envie de gémir.

– Quitte Lumen, va-t'en, ai-je exigé.

Il s'est contenté de sourire à nouveau, plus largement cette fois, avant de pencher sa tête à l'extérieur. Nous n'étions plus qu'à quelques centimètres l'un de l'autre.

– Oh, ma chère Ève, maintenant que tu es là, j'ai encore plus de raisons de rester.

Avant que j'aie pu réagir, il a escaladé la fenêtre et m'a rejointe sur l'escalier de secours. Je suis restée figée, comme dans mon rêve.

Mon corps brûlait de désir pour lui. Il avait besoin de se rapprocher, de le sentir contre lui. Mon esprit, pourtant, me hurlait de fuir.

Cours, Ève ! Cours !

Il a tendu la main. J'ai observé ses doigts s'approcher de ma joue, comme au ralenti. Avant qu'il ait pu me toucher, mon corps a réagi.

J'ai retrouvé mes capacités.

J'étais prête à prendre mes jambes à mon cou.

ÉPISODE 4

L'ESPOIR DE LA DAMOISELLE

2 NOVEMBRE 1516
LONDRES

Angeline

Je ne pouvais pas croire combien le sol de son manoir était poussiéreux. La veille, j'avais passé la soirée à balayer la bibliothèque, et voilà que je devais recommencer !

On aurait pu penser qu'en l'an 1516, quelqu'un aurait inventé une manière de garder propres les meubles en bois massif.

– Angeline ! Angeline, viens vite ! a hurlé Claudice, à bout de souffle, depuis le couloir.

– Que se passe-t-il ? ai-je demandé, luttant pour ranger le plumeau à sa place.

Je savais que dans cette maison, quand une des servantes se mettait dans tous ses états, c'est qu'elle avait une bonne raison de le faire.

– Il est de retour ! a-t-elle murmuré, les yeux écarquillés.

– Déjà !

– Allez, m'a-t-elle pressée, m'éjectant pratiquement de la bibliothèque.

Nous avons couru dans le couloir sombre avant de descendre les escaliers et de traverser la cuisine où nous avons marqué une pause pour renouer nos tabliers et lisser nos jupes.

La pièce était remplie de cuisiniers qui préparaient le dîner, manifestement mécontents de nous avoir dans leurs pattes.

– Bouge ! s'est exclamé l'un d'entre eux, une poêle à la main.

Nous nous sommes donc rapprochées de la porte.

C'est là que nous l'avons entendu. Le bruit bien distinct de quelque chose de lourd se brisant en mille morceaux. Claudice et moi avons échangé un regard, terrifiées.

D'ordinaire, Lord Maynard était déjà impossible, mais aujourd'hui cela avait l'air pire.

La porte de la cuisine s'est ouverte à la volée et Farrah est apparue.

– Les filles ! a-t-elle chuchoté, le plus fort possible. Qu'attendez-vous ?

C'est alors que j'ai remarqué du sang qui coulait de sa main, malgré le mouchoir qu'elle pressait contre la plaie.

J'ai crié en me précipitant vers elle :

– Farrah !

– Je vais bien, je vais bien, a-t-elle dit avant de me faire signe de bouger. Vas-y !

Je ne connaissais que trop bien le regard qu'elle m'avait lancé.

D'aussi loin que je me souvenais, Farrah avait toujours été ma protectrice. C'était elle qui m'avait recueillie le jour où ma mère m'avait vendue au manoir. Je n'étais qu'un bébé de trois ans à peine, et ma mère avait entendu dire par les autres filles du bordel que Lord Maynard offrait un bon prix en échange de bébés de sexe féminin.

Spécialement celles avec des yeux bleus et des cheveux blonds.

Farrah m'avait récupérée et s'était occupée de moi jusqu'à ce que je sois assez âgée pour passer le balai et effectuer de menus travaux.

À présent, j'avais quatorze ans et Farrah dirigeait toute la maisonnée.

Elle représentait ce que j'avais de plus proche d'une famille. C'était elle qui m'avait appris à devenir une bonne servante, mais aussi à lire et à écrire. C'était la femme la plus gentille que je connaissais, et elle était d'une franchise imparable.

Depuis toute petite, elle m'avait avertie de ne pas trop grandir, comme si c'était quelque chose que je pouvais empêcher.

Parce que, voyez-vous, j'étais belle. Anormalement belle. Ne croyez pas que je me vante, mais j'attirais bien trop les regards des hommes, d'hommes mal intentionnés. Comme Lord Maynard.

– Angeline, *allez*, m'a pressée Claudice en me tirant derrière elle.

Nous sommes passées par la porte pour arriver dans la salle à manger où, sur la pointe des pieds, nous avons rejoint le groupe de servantes déjà agglutinées contre un mur. Elles avaient toutes la tête baissée. J'avais aussi la tête basse, mais j'ai gardé les yeux ouverts pour observer ce que je pouvais. J'ai vu la partie de la pièce où le vase s'était brisé. Un million d'éclats de verre étaient éparpillés sur le parquet en bois massif.

J'ai vu des gouttelettes d'un rouge profond sur le verre et le sol – du sang. J'ai deviné que c'était celui de Farrah. Elle avait dû vouloir tout nettoyer quand…

– Tout le monde est là ? a-t-il hurlé depuis l'autre côté de la pièce, à quelques mètres du verre brisé.

J'ai risqué un regard dans sa direction. Il était de dos, il portait un long manteau noir trempé. Dehors, la tempête faisait rage.

Il a levé un bras au-dessus de sa tête et s'est retourné en nous pointant du doigt. Ses cheveux étaient trempés aussi, ils gouttaient sur le sol. Son visage était plus pâle que jamais, ses yeux pleins de fureur.

J'ai regardé autour de moi, en me disant que Farrah était peut-être toujours dans les cuisines. Mais j'ai fini par la repérer à quelques personnes de moi. Elle avait dû se glisser là en toute discrétion.

– J'ai demandé, a-t-il commencé en chancelant légèrement, le doigt toujours pointé sur nous, si tout le monde était *là* ?

– Oui, mon Seigneur, avons-nous répondu en chœur, encore plus terrifiées.

Il n'était pas juste en colère, il était ivre.

– Comme vous le savez, Lady Charlotte a… quitté le manoir.

Au bout d'un moment, ses yeux se sont posés sur nous.

– Oui, mon Seigneur, avons-nous répété.

– Cette salope a décidé d'annuler nos fiançailles !

Derrière moi, Claudice m'a serré la main.

Quelle horrible nouvelle !

Pas étonnant, cela dit. Nous redoutions tous que cela arrive. Parce que tant que Lady Charlotte vivait au manoir, Lord Maynard se contenait quelque peu.

– Apparemment, a continué Lord Maynard, la dame pense que je lui ai été infidèle. Que j'ai commis un adultère. Pouvez-vous imaginer une telle farce ? s'est-il exclamé en nous scrutant. Comment un homme de ma stature peut-il se retrouver jugé aussi bassement par une femme ? Une femme qui est parvenue, qui plus est, à convaincre son père, Lord

Oswald, que je suis pareil sauvage ? Est-ce juste ? Est-ce honorable ?

– Non, mon Seigneur.

– Non ! a-t-il crié. En effet. Et il est évident que cette putain de petite pimbêche n'avait pas raison. Mais maintenant, me voilà déshérité des biens et des propriétés de la famille Oswald. Farrah ! À boire !

– Peut-être devriez-vous vous reposer avant le souper, mon Seigneur ? a gentiment suggéré Farrah en s'approchant de lui.

– J'ai dit... à boire ! a-t-il hurlé, enragé.

– Oui, mon Seigneur, tout de suite.

Elle a fait un signe de tête à une des servantes les plus âgées, qui s'est précipitée en cuisine avant d'en revenir quelques secondes plus tard avec un verre de vin rempli à ras bord.

Elle l'a tendu à Farrah qui le lui a apporté. Il le lui a pris des mains et l'a porté à ses lèvres, l'avalant cul sec. Quelques gouttes sont tombées par terre, teintant un peu plus le bois de rouge.

– Maintenant, ce que je pense, a-t-il dit une fois son verre vidé, c'est que l'une de vous, petites putains, l'a dit à Lady Charlotte. L'une d'entre vous est responsable de mon triste sort.

Des murmures de terreur se sont échappés des lèvres des servantes qui m'entouraient. Je n'osais pas lever les yeux.

– Lord Maynard, je vous promets que ces jeunes filles n'ont rien à voir avec la décision de Lady Charlotte...

– SILENCE ! a-t-il hurlé, interrompant le plaidoyer de Farrah.

Elle s'est immédiatement tue. Le silence a empli la salle. Sûr que si un moucheron avait traversé la pièce, nous aurions pu entendre ses battements d'ailes.

Les yeux de Lord Maynard se sont éloignés de Farrah pour tomber sur nous. Une par une, il nous a dévisagées, laissant son regard traîner sur les uniformes des plus belles d'entre nous. Alors que son regard atteignait le centre du groupe et se prolongeait au-delà, j'ai senti mes mains devenir moites.

Mon cœur s'est emballé.

Jamais je n'avais été la cible de ses désirs physiques. J'étais toujours trop jeune. Mais maintenant, j'avais quatorze ans et, chaque jour, Farrah me faisait remarquer que je devenais de plus en plus belle. D'une manière qui m'indiquait que c'était une mauvaise chose, que c'était dangereux.

Les yeux de Lord Maynard se sont posés sur Claudice, à côté de moi, et j'ai serré sa main. Il l'a parcourue du regard, balayant d'abord sa tête, avant de descendre, centimètre par centimètre, jusqu'à ses pieds. Puis son attention s'est portée sur moi. J'ai senti Claudice soupirer, soulagée qu'il ne l'ait pas sollicitée. S'il s'était montré insistant avec les autres filles, j'ai eu l'impression qu'il me fixait depuis des heures. Je ne savais pas où poser mes yeux, alors j'ai regardé droit devant moi, essayant de toutes mes forces de ne pas ciller. Je sentais tout le poids de son regard sur moi, détaillant mon corps, avant de revenir à mon visage et de descendre à nouveau.

Finalement, il est passé à la fille à côté de moi. J'étais sur le point de souffler de soulagement quand…

– Toi, a-t-il dit en se tournant à nouveau vers moi, le doigt pointé.

Claudice m'a serré la main si fort que j'ai cru qu'elle allait tomber, mais j'étais glacée et je n'arrivais pas à lui rendre son geste.

– Tu ne m'as pas entendu ? m'a-t-il demandé en s'approchant.

J'ai regardé Farrah, la suppliant des yeux de me venir en aide.

– Mon Seigneur, elle a seulement quatorze ans…

– SILENCE ! a-t-il tempêté avant d'adoucir son expression et de continuer à s'approcher. Toi. Viens là.

J'ai pris une profonde inspiration, pour tenter de calmer mes tremblements. Puis j'ai avancé vers lui d'un pas. Et d'un autre.

– À quatorze ans, tu es une femme, a-t-il dit. (Nous n'étions plus séparés que de quelques mètres. Je sentais son haleine chargée d'alcool.) Une femme doit assumer les conséquences de ses actions.

Il m'a reluquée de plus belle, promenant ses yeux sur tout mon corps.

– Tu n'es pas d'accord avec moi ? a-t-il demandé, un sourire tordu sur les lèvres.

– Oui, mon Seigneur, ai-je réussi à articuler.

– Qu'as-tu dit ?

– Oui, mon Seigneur, ai-je répété, un peu plus fort.

Je sentais mes larmes monter, mais j'ai fermé les yeux bien fort, pendant une seconde, pour les retenir. C'est là que j'ai senti ses bras, tels des serpents, s'enrouler autour de ma taille. Il s'était mis derrière moi et se pressait contre mon dos. Ses mains se sont croisées sur mon ventre, sa tête juste au-dessus de la mienne. Il m'a fait tourner pour que nous nous retrouvions tous deux face aux autres servantes.

J'ai regardé Farrah, ses yeux étaient rouges.

– Ce soir, a-t-il repris, plus doucement qu'auparavant, tu vas en subir les conséquences. Je ferai de toi une femme.

C'était un cauchemar, mais c'était aussi ma réalité.

C'était bel et bien en train d'arriver.

Il y a eu un grand bruit à la porte et l'attention de tous a été attirée dans cette direction. Farrah s'est précipitée pour aller ouvrir, révélant le plus bel homme que j'avais jamais vu. Ses cheveux sombres étaient en désordre, sa mâchoire robuste, et ses yeux si masculins étaient remplis d'une grande force. À sa vue, Lord Maynard s'est éloigné de moi. Il semblait nerveux. Je ne l'avais jamais vu dans cet état.

Le bel homme s'est avancé vers nous et Lord Maynard s'est incliné.

– Alpha ! Cher Alpha du Millénaire. Que me vaut cet honneur ?

L'Alpha du Millénaire ? Impossible !

– J'arrive de la propriété des Oswald. Ils m'ont donné une nouvelle des plus alarmantes, a-t-il dit.

– Lady Charlotte n'est pas bien, mon Alpha, s'est empressé d'expliquer Lord Maynard. Elle est hystérique. Vous ne devez pas croire un mot de ce qu'elle dit !

– Assez ! l'a coupé l'Alpha en levant la main.

Puis il s'est tourné vers le groupe de servantes, percevant certainement la peur qui les tenaillait. Je l'ai vu jeter un œil sur les éclats de verre qui jonchaient le sol, ainsi que sur les gouttes de sang et de vin. Il s'est retourné pour faire face à Lord Maynard, mais avant de dire quoi que ce soit, ses yeux se sont posés sur moi. À la seconde où il l'a fait, je l'ai senti. Vraiment senti.

C'était un regard différent de celui des autres hommes.

De la chaleur m'a traversée, mais pas celle liée à la peur ou à l'angoisse. Une chaleur que j'avais envie d'attiser.

– Quel est ton nom ? m'a-t-il demandé avec un regard appuyé.

– An… Angeline, ai-je balbutié, surprise.

Il a souri avant de se tourner vers Lord Maynard.

– Bien. Je vais m'installer ici quelque temps pour vous superviser, Seigneur.

– Ici ?

– Oui, ici, dans votre manoir, et cette jeune fille, a ajouté cet homme magnifique – l'Alpha du Millénaire – en me pointant du doigt, cette jeune fille est maintenant mienne.

ÉPISODE 5

UN BANQUET DÉCHAÎNÉ

11 NOVEMBRE 2017
LUMEN

Ève

– Lâche ça ! a crié Reyna.

J'ai baissé les yeux vers les filles et remarqué les ongles peints en noir de Reyna, serrés sur la poignée de la dague.

– Toi, lâche ! a hurlé Anya, la main entre celles de sa sœur.

– Je l'avais avant !

– C'est mon tour !

– LES FILLES ! ai-je hurlé plus fort, n'en pouvant plus. Ce n'est pas un jouet !

J'ai rejoint les sœurs qui se disputaient mon arme.

– Dis-lui de lâcher ! m'a ordonné Reyna.

– Jamais de la vie !

– ARRÊTEZ TOUTES LES DEUX ! ai-je crié d'une voix ferme. Vous êtes ici pour apprendre à vous défendre, pas pour vous entre-tuer.

– Qu'elle essaie, tiens, a grogné Reyna.

– Oh, mais je serais ravie de te montrer, a répliqué Anya, pareille à une Barbie au tempérament bien trempé.

De son côté, Reyna était une magnifique punk. Ses cheveux sombres et bouclés étaient tirés en arrière dans une queue-de-cheval haute, et ses yeux étaient cerclés d'un épais trait noir d'eye-liner.

– Donnez-moi la dague, ai-je exigé, et comme ni l'une ni l'autre ne bougeait, j'ai ajouté en soupirant : Je vais devoir me répéter ?

Reyna a levé les yeux au ciel et, après avoir tiré une dernière fois sur le manche, elle a réussi à dégager la dague de la prise de sa sœur. Ensuite, elle me l'a tendue, lame en avant. J'ai fixé l'arme et l'ai soulevée télékinésiquement de ses mains, la faisant flotter plus haut dans les airs avant qu'elle ne se pose dans la mienne.

Maintenant, j'avais l'attention des filles.

– Pas besoin de magie pour vous protéger, leur ai-je dit en faisant tournoyer la dague.

– Ouais, mais ça aide, a marmonné Anya.

– Je te rappelle qu'on est entourées de *loups-garous*, a ajouté Reyna. S'ils décident de s'attaquer à nous, on est cuites.

– Là, maintenant, sans doute, mais si vous m'écoutez, si vous vous entraînez correctement, vous serez en mesure de les affronter.

– Pourquoi tu t'intéresses à nous, déjà ? a demandé Anya. Ses yeux étaient écarquillés et innocents. À ce moment-là, elle avait l'air d'une enfant.

– Ce qui m'intéresse, c'est que vous surviviez les deux années qui viennent. Jusqu'à ce que Reyna soit assez âgée pour hériter.

– Mais pourquoi ? s'est étonnée Reyna.

J'ai soupiré.

– Votre mère n'était que bonté. Comme je l'ai dit à votre père, je veux juste m'assurer que rien de mauvais n'arrive à une famille honnête.

– Conneries, m'a-t-elle interrompue. Tu nous caches quelque chose.

Je l'ai regardée, étonnée de sa réaction. Elle était plus maligne que je ne l'aurais cru. Plus observatrice.

– Pourquoi tu dis ça ?

– Tu te fiches de tout le monde. Tu dis que tu veux faire le bien, mais tu ne donnes jamais de coup de main à la maison. Pas une fois tu n'as présenté tes condoléances à notre père. Tu n'es pas une personne bien intentionnée. Tu cherches quelque chose, je ne sais juste pas quoi.

– Ouais, et d'abord, comment savoir si ce n'est pas toi qui nous traques ? a ajouté Anya.

– Très bien. Vous avez raison. Je suis liée à votre famille, plus que vous ne le pensez. Il m'est important de protéger votre lignée, c'est-à-dire vous deux. Je n'ai rien d'autre à ajouter pour l'instant.

J'ai observé Reyna digérer l'information.

– OK...

– Donc, en position. Je vais vous apprendre comment réagir si vous vous trouvez nez à nez avec un vampyre.

***

Toc toc toc toc.

Je me préparais un sandwich dans la cuisine quand j'ai entendu frapper. Reyna regardait la télé dans le salon.

– Tu peux aller ouvrir ?

Elle a soupiré et s'est traînée jusqu'à la porte.

À la seconde où elle l'a ouverte, c'était comme si un volcan avait explosé au plus profond de moi. De la lave chaude et ardente a coulé dans mes veines, alimentant mon désir, mon besoin de lui.

– Bonjour ?

– Tu dois être Reyna, a-t-il répondu de sa voix profonde.

J'ai hésité entre filer me cacher sous la table de la cuisine ou me précipiter dans ses bras. La semaine dernière, à la Maison de la Meute, je lui avais échappé de justesse. Mon corps n'allait pas coopérer une seconde fois, j'en avais peur. Quand il s'agissait de lui, je n'avais plus aucun contrôle. Tout mon pouvoir, toute ma force, plus rien ne comptait quand il était à proximité.

Je ne pouvais pourtant pas le laisser m'approcher. J'en savais trop.

Je l'ai entendu m'appeler et ma tête s'est tournée vers la porte.

– Ève ?

J'étais tellement perdue dans mes pensées que je n'avais pas remarqué que Reyna et lui étaient entrés.

– Quoi, tu n'es pas heureuse de me voir, chérie ? a-t-il dit, un sourire en coin, ignorant la surprise sur mon visage.

– Je te l'ai déjà dit, je ne suis pas ta chérie.

– Pas besoin de monter sur tes grands chevaux, ma belle. Je suis juste venu inviter les Morgan à dîner à la Maison de la Meute, ce soir. Ce sont les ordres de Gabriel, je ne suis que le messager.

Il s'est approché de moi.

– Et puisque, désormais, tu fais partie de la famille, tu te joindras à eux.

J'ai tenté de garder ma respiration sous contrôle, de lutter contre le désir qui s'emparait de moi, centimètre après centimètre. Entre mes jambes, mes sous-vêtements devenaient de plus en plus mouillés alors que ce bâtard ne m'avait même pas touchée.

– C'est une invitation de dernière minute, ai-je répondu.

– Je suis certain que tu n'as rien de prévu, a-t-il lancé avant de se tourner vers Reyna dont je venais de me rappeler la présence.

– 19 h. Préviens ton père, OK ?

– OK, a-t-elle répondu, son regard glissant de lui à moi comme si elle ne comprenait pas ce qui se passait entre nous.

Puis Raphael est sorti et la porte s'est refermée. Comme s'il n'avait jamais été là.

– Qu'est-ce que… a commencé Reyna, mais j'avais déjà fusé dans les escaliers.

J'avais oublié mon sandwich, mais je m'en fichais. Parce que, maintenant, je devais me préparer pour un dîner avec le seul homme qui me faisait me sentir… impuissante.

***

Nous avons été guidés à travers l'entrée de la Maison de la Meute, vers ce que j'ai imaginé être la plus belle salle de réception de toute la propriété. Je marchais derrière les Morgan, mémorisant tout ce qui m'entourait. Ce qui pouvait être utile, en cas d'urgence.

Quand l'hôtesse a ouvert les grandes portes en chêne, j'ai entendu Anya s'émerveiller. La pièce était immaculée et gigantesque. Une table ronde massive trônait en son centre. Toute la pièce était remplie de fleurs et éclairée de lampes anciennes. J'étais en vie depuis des siècles, alors le concept d'antiquités me faisait doucement rire. C'était un engouement si… mortel. Cela dit, force était d'avouer que ces lampes créaient une certaine ambiance. Elles me rappelaient des temps différents, plus simples.

L'époque où je ne *le* connaissais pas.

– Ils vont bientôt arriver, nous a informés l'hôtesse.

– Merci, a répondu Martin, avant d'être interrompu par des bruits de pas.

– Ah, bienvenue ! s'est exclamé Gabriel, Zavier sur ses talons. Installez-vous, je vous en prie !

L'Alpha s'est approché de la table et j'ai laissé les Morgan prendre place avant de les imiter. J'ai jeté un regard vers le couloir, mais je n'ai vu personne d'autre, alors je me suis assise. Instantanément, un serveur est apparu par une porte, sur le côté, menant probablement à une cuisine. Il a rempli les verres de vin.

– Rouge ou blanc ? m'a-t-il demandé en arrivant devant moi.

– Rouge.

Je ne ressentais pas les effets de l'alcool. Mais le goût suffisait parfois à me calmer les nerfs. Un genre d'effet placebo, sûrement.

Mais peu importait. Ce soir, j'allais avoir besoin de tout le calme que je pourrais rassembler. C'est au moment où je portais le verre à mes lèvres que j'ai senti sa présence.

Puis je l'ai vu.

Il est entré dans la pièce, suivi de ses loups du Millénaire. Les sept semblaient sortir tout droit d'une page de magazine. De vrais mannequins.

Les loups du Millénaire étaient les leaders du monde. Leur mission était de maintenir l'ordre entre les diverses meutes, ce qui signifiait qu'ils voyageaient constamment.

Tout comme moi, ils n'étaient vraiment chez eux nulle part.

Raphael semblait glisser sur le sol, des frissons ont parcouru chaque centimètre de ma peau.

– Chère famille Morgan, merci de vous joindre à nous, a-t-il lancé à la cantonade avant de se tourner vers moi. Ève, c'est toujours un plaisir.

Une vague de désir m'a traversée, mais j'ai réussi à répondre d'un sourire pincé. Jusqu'à ce qu'il s'avance vers le siège à côté du mien.

– Est-ce vraiment nécessaire ? ai-je demandé, les dents serrées.

Il a posé une main sur mon épaule et s'est penché vers moi.

– Plus que nécessaire, même.

J'ai senti son souffle sur ma joue et, immédiatement, j'ai croisé les jambes. Il fallait que je contienne mon désir. Il ne devait pas savoir ce que je ressentais.

Reyna a pris la parole depuis l'autre bout de la table, son regard passant de Raphael à moi.

– Et donc, vous vous connaissez comment ?

Les yeux de l'assemblée entière se sont posés sur nous. Je détestais ça. Je détestais être au centre de l'attention. Surtout quand il s'agissait de ma vie privée.

– Nous nous connaissons depuis très longtemps, lui a répondu Raphael, la voix teintée de malice. Ève était…

Je l'ai interrompu.

– Disons que nous nous sommes croisés à de nombreuses reprises dans le cadre de mes activités professionnelles.

– Et quelles sont ces activités professionnelles, exactement ? est intervenu Gabriel.

Bien que nous nous soyons rencontrés plusieurs fois dans le passé, je n'étais pas surprise qu'il ne me reconnaisse pas. C'était mon boulot de passer inaperçue, de me cacher dans les coulisses et de faire en sorte que les choses se passent sans heurts.

Je n'avais aucun intérêt à me faire remarquer.

J'accomplissais ma mission, point barre.

– Le maintien de l'ordre, ai-je répondu, me rappelant la formulation employée par un de mes collègues la première fois où l'on s'était rencontrés.

Je ne l'avais jamais oubliée.

– Ce n'est pas très précis, a répliqué le Bêta des loups du Millénaire, Zachary.

J'ai plissé les yeux, mais avant que je puisse lui répondre, Raphael a pris la parole :

– Très bien, cessons cet interrogatoire et mangeons, a-t-il ordonné en faisant signe aux serveurs pour qu'ils commencent à apporter les plats.

Je n'en étais que plus frustrée. Je n'avais pas besoin qu'il prenne ma défense ! Encore moins qu'il me protège.

– Je peux me débrouiller seule, lui ai-je dit, les poings serrés sur les cuisses.

– Je sais. C'est ce qui te rend si sexy, a-t-il répondu, ses yeux profondément ancrés dans les miens.

Putain. Je sentais mes tétons durcir contre la dentelle de mon soutien-gorge.

– Arrête de dire ce genre de choses. Vraiment, Raphael. Nous sommes à table.

– Quel dommage. Si ça ne tenait qu'à moi, la seule chose que je serais en train de dévorer, ce serait toi.

Ma bouchc s'cst ouvcrtc toute seule et le sang a afflué à mes joues. J'avais chaud, tellement chaud. J'avais besoin de son contact, qu'il me touche, qu'il me fasse…

– Tout va bien ? m'a-t-il demandé avec un sourire en coin.

– … *Oui,* ai-je répliqué, avant de prendre une gorgée du vin posé devant moi, cherchant à retrouver une contenance. Je suis ici pour affaires. Je ne te laisserai pas me distraire, Raphael. Rien de ce que tu dis ne m'intéresse.

– Oh, ma chérie, ce n'est pas de *parler* que j'ai envie…

– *Je te préviens,* si tu ne me laisses pas tranquille, tu vas le regretter.

Cela n'a fait qu'accentuer son sourire.

– Te voir aussi fougueuse m'excite encore plus.

– Contrôle-toi.

– Impossible quand tu es là.

J'ai levé les yeux au ciel, il m'attrapé la main sous la table.

– Ève, la saison de la Frénésie arrive. Tu le sais. Je le sais. Je n'en passerai pas une de plus sans t'avoir eue.

J'ai inspiré très fort.

J'avais été tellement concentrée sur les Morgan que j'avais oublié la Frénésie. Elle arrivait deux à trois fois par an. Elle rendait tous les loups âgés de seize ans et plus incroyablement excités sexuellement, hors de contrôle. Tout ce qu'ils pouvaient faire, c'était baiser.

Mais la saison ne se limitait pas aux loups, chaque espèce ressentait la Frénésie différemment. Chez certaines, les pouvoirs s'amplifiaient pendant quelques semaines. D'autres ressentaient une sorte d'euphorie digne d'un adolescent sous ecstasy.

Quant à moi ? C'était un mélange de tout ça.

La Frénésie me rendait plus forte, plus joyeuse et plus excitée que jamais.

Chaque année, c'était de plus en plus intense, et chaque année, elle prenait de plus en plus le contrôle sur moi.

Raphael était le seul homme qui me mettait dans cet état, et qui pouvait me donner envie de nourrir le désir qui me consumait. Mais je m'étais fait une promesse, il y avait fort longtemps, la promesse que je ne lui céderais pas.

Plus jamais.

Alors, à chaque saison, j'étais envahie par un désir que je ne pouvais pas nourrir. Une faim dévorante que rien ne satisfaisait. Et voilà que la Frénésie revenait. Et cette fois-ci, Raphael et moi étions dans la même ville.

Ça n'était jamais arrivé.

– Est-ce que tu m'écoutes ? a demandé Raphael, me tirant de mes pensées.

– Non, ai-je répliqué en me détournant pour porter un morceau de pain à ma bouche.

– J'ai besoin de toi. Je dois t'avoir. Les autres femmes, je n'en veux pas. Je ne peux pas les avoir. Il n'y a que toi.

– Je ne veux pas de toi, lui ai-je répondu fermement, en essayant d'ignorer sa main. Et la sensation qu'elle avait sur ma cuisse.

– Je ne te crois pas.

– Je. Ne. Veux. Pas. De. Toi, ai-je répété en le regardant droit dans les yeux.

J'étais une bonne menteuse, j'avais eu des siècles et des siècles pour me perfectionner.

Raphael a grogné mon prénom, un son impérieux est sorti de sa bouche. Puis il m'a saisie, m'a fait me lever de mon siège et m'a attirée hors de la salle à manger.

ÉPISODE 6

VOLTE-FACE

11 NOVEMBRE 2017
LUMEN

Ève

– Raphael, où est-ce que tu… me suis-je exclamée, mais avant d'avoir pu finir ma question, il m'a fait entrer dans une pièce.

Et a fermé la porte.

J'ai regardé autour de moi. Nous étions dans un bureau. Sûrement celui de Gabriel.

– Super. Un bureau. Tu veux bien me dire ce qu'on fiche ici ?

– J'avais juste besoin d'être seul avec toi, a-t-il répondu, les yeux brillants de malice.

– Combien de fois je vais devoir te dire que je ne suis pas intéressée avant que ça te rentre dans le crâne ? lui ai-je demandé, espérant que plus je serais désagréable, moins je sentirais le désir au fond de moi.

Ce feu qui brûlait pour lui.

– Je sais que tu mens. Je vois clair en toi.

– Pour la millionième fois, je ne m…

Mais avant que j'aie pu terminer, il m'a saisie et m'a poussée jusqu'à ce que mon dos rencontre la porte close. Son corps pressé contre le mien.

N'importe qui d'autre aurait osé ça se serait retrouvé sans tête.

Aucun homme n'avait le droit de me pousser ainsi et de se coller à moi sans que je lui en aie explicitement fait la demande.

Mais Raphael…

C'est comme s'il pouvait entendre mon corps le réclamer. Il répondait exactement aux demandes impétueuses de mon désir.

– Tu disais ? a-t-il murmuré dans mon oreille, et son haleine chaude a caressé ma peau.

Putain.

Il a bougé la tête et ses yeux se sont retrouvés à quelques centimètres des miens. Je voulais qu'il m'embrasse. Non, j'en avais besoin. J'avais besoin de goûter ses lèvres, de les sentir contre les miennes, qu'elles parcourent ma peau tout le long de mon corps.

Avant d'avoir pu fantasmer une seconde de plus, j'ai senti ses mains sur ma poitrine. J'ai sursauté quand il en a posé une contre mon cœur. Seul le fin tissu de mon débardeur nous séparait à présent.

– Ton cœur bat à tout rompre.

– C'est faux.

En un clin d'œil, il m'a attrapé la main et l'a posée contre ma poitrine. J'ai senti mon cœur battre et, bien sûr, il tambourinait.

– Si ton corps réagit de cette façon maintenant, imagine ce qui se passera pendant la Frénésie.

Il me regardait avec une telle intensité, une telle faim, que je n'avais qu'une seule envie, lui céder.

Je voulais oublier mon esprit et laisser mon corps prendre le contrôle… mais alors il gagnerait. Et je ne pouvais pas le laisser gagner.

Je l'ai repoussé, en m'éloignant le plus possible de lui.

– Il faut que tu me laisses tranquille.

– Impossible.

– Pourquoi ?

– Je te l'ai dit, je ne peux m'arrêter de penser à toi. De te désirer. Il n'y a que toi.

Il s'exprimait d'une façon tellement sincère que j'aurais pu me laisser avoir si j'avais été une fille lambda. Mais ce n'était pas le cas. J'étais en vie depuis trop longtemps, j'en avais trop vu pour que Raphael Fernandez se joue de moi.

– Je m'en fiche.

Il a continué en s'approchant :

– Personne d'autre. Chaque année, chaque fois que j'entre en Frénésie, je perds la tête. Pas toi ? Je deviens ivre de désir. Tout ce que je veux, c'est toi, Ève. Mais tu n'es jamais là.

– Et je ne le serai jamais.

– Je ne veux pas d'autres femmes, tu ne le vois pas ? Elles ne me font aucun effet. Aucun. Mais je n'ai pas d'autre choix. Tu ne m'en laisses pas…

Quoi ? Qu'est-ce qu'il raconte ?

– … Alors je leur cède, mais cela ne me satisfait jamais. Ce n'est pas ce dont j'ai besoin. Tu es la seule qu'il me faut.

– Tu couches avec elles ? Avec *d'autres filles* ?

Il a acquiescé.

– Mais je me déteste après. Il faut me croire. Je sais que ce n'est pas bien. Je sais que je ne devrais pas être aussi faible, mais c'est comme si… je ne pouvais pas me contrôler. Quand je suis en pleine Frénésie, tout ce dont j'ai besoin, c'est de sexe. Si je ne cède pas à mes pulsions, alors tout le reste est impacté, même mon rôle d'Alpha…

– Oh, ferme-la ! Ne me sers pas cette histoire tire-larmes du pauvre petit Alpha du Millénaire, Raphael.

Je me suis précipitée vers la porte, excédée par notre conversation.

À la seconde où il avait admis qu'il couchait avec d'autres femmes, mon désir s'était évanoui. Terminé, le fantasme.

Mais avant que j'aie pu tourner la poignée de porte, Raphael m'a attrapé le coude. Doucement, il m'a fait pivoter vers lui.

– Tu es fâchée.

– Je suis *agacée.*

– Pourquoi ?

– Tu peux baiser d'autres filles ! Tu es physiquement capable de... de passer à l'acte avec elles...

Je me suis interrompue, je me reprochais déjà d'avoir été si honnête avec lui. *Pourquoi est-ce que tu t'ouvres à lui, comme ça ?*

– Tu ne peux pas ? a-t-il dit doucement, presque pour lui, et il a levé les sourcils. Tu ne peux vraiment pas ?

– Ça ne te regarde pas.

Mais c'était vrai. Je ne parvenais pas à être excitée... Je ne pouvais pas avoir de relations sexuelles avec qui que ce soit. C'était injuste que lui en soit capable.

Il a levé la main pour remettre une mèche de mes cheveux derrière l'oreille avant de soupirer.

Son geste m'a prise au dépourvu. Je pensais qu'il allait me faire un petit sourire goguenard, qu'il me lancerait un de ses regards coquins et qu'il me plaquerait à nouveau contre le mur.

– Je ne voulais pas te bouleverser.

J'ai levé les yeux au ciel.

– Ce n'est pas le cas.

– Cette saison, cette Frénésie, tout sera différent, Ève. Nous sommes tous les deux à Lumen. Nous nous désirons. Nous avons besoin l'un de l'autre.

Il a pris ma main et, cette fois, je ne l'ai pas repoussé.

Quelque chose dans ses mots, dans sa façon de me regarder... c'était comme si j'avais une personne différente face à moi.

– Pourquoi es-tu venu ici ? ai-je murmuré.

– Tu connais déjà la réponse, n'est-ce pas ?

Il m'a attirée à lui, et la seconde d'après, ses lèvres étaient sur les miennes.

Le baiser était doux, puis il a changé. Le feu était de retour, me dévorant de l'intérieur – c'était brûlant, urgent, je voyais des étoiles.

Nous nous agrippions l'un à l'autre, nous avions besoin de nous rapprocher le plus possible. Puis j'ai senti le mur contre lequel Raphael m'avait poussée. J'ai senti son érection, mais ça ne me suffisait pas.

J'en voulais plus. Je voulais tout.

– Tu es tellement sexy, a-t-il murmuré entre deux baisers.

J'ai ouvert les yeux pour l'observer. Ses yeux d'un brun profond étaient posés sur moi, mais c'était un regard que j'avais vu bien souvent.

Qu'est-ce que tu fais, Ève ?

Je me suis dégagée de sa prise et j'ai couru à travers le bureau.

– Non. Non, Raphael. Ça ne peut pas arriver. Ce n'est pas possible.

– Qu'est-ce que tu racontes ? m'a-t-il demandé, laissant courir une main dans ses cheveux épais.

– Tu ne m'auras pas. Je ne te laisserai pas faire.

– Ce que tu dis n'a aucun sens.

– Que ce soit clair. Je ne te veux pas, et ne te voudrai jamais. Je ne veux rien avoir à faire avec toi. Tu me veux ? Alors essaie donc de me prendre ! Mais ce sera contre ma volonté.

– Je n'ai jamais fait une telle chose de ma vie ! a tempêté Raphael.

Je savais que mes mots le blesseraient, c'est pour ça que je les avais choisis.

Les loups-garous, et les Alphas spécialement, s'opposaient au viol déjà bien avant que je sois de ce monde. Pour eux, le viol représentait l'impossibilité de faire naître l'amour.

Le loup impliqué était considéré comme inférieur. Et sans leur complexe de supériorité, les loups-garous n'étaient rien.

– Je ne comprends pas pourquoi tu me fuis.

Il a fait un pas vers moi, mais j'étais lasse de ce petit jeu.

Peu importait à quel point j'étais trempée de désir, combien je désirais que ses lèvres couvrent à nouveau les miennes. Tout cela ne comptait pas.

J'ai ouvert la fenêtre derrière moi.

– Tu n'as pas besoin de comprendre, ai-je répondu avant de sauter à l'extérieur.

Je l'ai entendu courir vers la fenêtre pendant que j'agrippais une branche et me penchais pour sauter sur un autre arbre.

Je m'en fichais. J'ai secoué la tête pour me libérer de ces pensées, de tout ce qui avait trait à Raphael Fernandez.

J'étais à Lumen pour une seule raison, protéger les sœurs Morgan.

Pourtant, la date avait sonné l'alarme en moi.

Nous étions le 11 novembre.

Il ne me restait qu'un mois et demi.

Ève : J'ai besoin de ton aide.
Ève : On peut se voir maintenant ?

Je marchais dans Woodsmoke, le quartier des Morgan, quand j'ai aperçu l'aire de jeu, au loin. J'ai accéléré, mes bottes ont martelé le sol jusqu'à ce que j'atteigne le banc.

– Tu es venu, ai-je dit à l'intention de l'homme entre deux âges assis là.

Ses cheveux étaient bien entretenus et son sourire chaleureux. Il portait les lunettes les plus ringardes que j'avais jamais vues.

– Quoi ? C'est toute l'effusion à laquelle j'ai droit ? m'a-t-il dit.

J'ai souri et me suis assise à côté de lui.

– C'est un plaisir de te voir, Kim.

– De même. Tout va bien ?

Kimbringe me connaissait depuis longtemps. Des siècles. Il savait pertinemment que je n'appelais jamais uniquement pour papoter.

– Bien. J'ai juste besoin… d'infos.

– Ce n'est pas à ça que te sert ton petit orphelin ?

– Cela dépasse les compétences de Killian.

– Je t'écoute.

– C'est au sujet de… ai-je commencé avant de m'interrompre pour mieux regarder Kimbringe dans les yeux.

Il a hoché la tête, comprenant immédiatement.

– Je n'ai plus de nouvelles de lui. Pas depuis un moment.

J'ai soupiré.

– Tu me tiens au courant si tu apprends quoi que ce soit ?

– Bien sûr, Ève, a répondu Kimbringe, en me tapotant la main. Ah… et avant que j'oublie…

Il s'est levé, a fouillé dans ses poches, des deux côtés de sa veste, avant de mettre la main sur ce qu'il cherchait. Un petit paquet-cadeau. Comment avait-il pu tenir dans sa poche, mystère…

Les gens comme Kimbringe, les Divinités, possédaient plus de magie que quiconque. Ils étaient capables d'à peu près tout, même de cacher des paquets-cadeaux dans leurs poches de veste, apparemment. Il me l'a tendu.

Je l'ai dévisagé et il a laissé échapper un petit rire en voyant mon expression.

– Ouvre-le, je suis sûr que tu vas aimer.

– Si c'est du rouge à lèvres rose, notre amitié s'arrête ici, ai-je affirmé en me saisissant du cadeau et en plongeant ma main à l'intérieur du sac.

J'en ai sorti un flacon de pilules. D'autres R21.

– Merci, Kim.

Il ne me restait plus que quelques pilules chez les Morgan, et il n'y avait pas de marché noir à Lumen.

– C'est le rôle des Divinités des forces du bien, non ? a-t-il dit avec un sourire. Mais ce n'est pas tout. Il y a autre chose.

– Quoi ?

– Quelque chose dont tu auras bientôt besoin. Ne les perds pas de vue, tu m'entends ?

J'ai dévisagé Kimbringe avec l'envie de lever les yeux au ciel face à l'urgence dans sa voix. Mais je n'avais aucun intérêt à le faire. Kim était une Divinité puissante, certes, mais aussi la seule personne de ma vie qui s'était révélée une constante source d'aide.

Alors j'ai replongé la main dans le sachet, cherchant à l'intérieur sans rien trouver et, tout à coup, c'était comme si quelque chose se matérialisait. Quelque chose de dur. Du verre, on aurait dit. Cinq objets. Non, six.

J'en ai sorti un. Une fiole. Le genre qu'on utilisait en cours de chimie.

Personnellement, je n'en voyais qu'une utilité : prélever du sang.

– Kim, ça sert à quoi ? lui ai-je demandé en me retournant vers lui.

Mais le banc était vide.

Kimbringe était parti.

ÉPISODE 7

TOUT LE GROUPE EST RÉUNI

17 NOVEMBRE 2017
LUMEN

Ève

Un bruit de coups m'a réveillée.

Ce n'était pas contre ma porte, mais contre celle de la salle de bains du couloir.

– REYNA, GROUILLE-TOI ! a crié Anya dont la voix a résonné dans mon crâne.

– J'AI PRESQUE FINI ! a hurlé Reyna en retour, depuis l'intérieur de la pièce.

J'ai tenté d'entourer mon visage d'oreillers pour noyer leur vacarme, mais impossible. Pas moyen de calmer des ados qui se préparaient pour leur premier jour d'école.

Pendant qu'elles enfournaient leurs toasts et enfilaient leurs chaussures, prêtes à filer, j'ai remonté la fermeture Éclair de ma veste en cuir.

– Qu'est-ce que tu fiches ? m'a demandé Anya.

– Oh, non. C'est pas vrai ! a marmonné Reyna en réalisant ce que j'allais faire.

– Je viens avec vous. Mais pas d'inquiétude, c'est juste pour cette fois.

J'ai ouvert la porte et je suis sortie dans l'air frais d'octobre, ignorant les filles.

– Elle va trop nous mettre la honte !

– Anya, arrête de faire ta drama queen !

– Oh, donc t'as envie qu'elle nous suive, toi ?

– Bien sûr que non !

– C'est pas comme si t'avais des amis à impressionner, en fait.

– Toi non plus, tu connais personne dans ce lycée, Anya !

– LES FILLES ! ça suffit ! ai-je hurlé depuis l'allée.

Avant 9 h du matin, j'avais les nerfs fragiles.

– Montez dans la Jeep !

J'ai ouvert la portière côté chauffeur avant de grimper à l'intérieur, guettant dans le rétroviseur l'arrivée des filles. Une fois qu'elles ont été installées, j'ai démarré, appuyé sur l'accélérateur, la voiture a bondi de quelques mètres en avant, déclenchant les cris de mes passagères.

– Tu sais conduire au moins ? a lancé Reyna.

J'ai enclenché la marche arrière, sans réagir, et appuyé à nouveau sur l'accélérateur. Cette fois, nous avons quitté l'allée sans heurts.

En vérité, je n'avais plus conduit depuis les années 80. Je détestais me retrouver dans un véhicule, quel qu'il soit, surtout quand je pouvais me déplacer bien plus rapidement par moi-même.

Mais les ados en furie sur la banquette arrière n'avaient pas besoin de savoir tout ça.

– Je conduis depuis bien avant ta naissance, ai-je dit à Reyna.

Elle a reniflé.

– Ouais, c'est ça. T'as quel âge, vingt ans ?

Je l'ai regardée dans le rétroviseur avant d'observer mon propre visage.

Elle avait raison. C'est ce dont j'avais l'air.

Mes longs cheveux bruns, mon teint de porcelaine, mes yeux violets. J'avais un visage difficile à oublier, c'est ce qu'on m'avait toujours dit.

En fait, en regardant Reyna, j'étais effarée de constater à quel point nous nous ressemblions. Elle me scrutait toujours, suspicieuse.

– Je n'ai pas vingt ans, non, ai-je répondu, concentrée sur la route.

– Vingt et un ? Tu peux nous acheter du vin, alors ? est intervenue Anya.

– J'ai cinq cent quinze ans, ai-je répliqué, les yeux à nouveau braqués sur le rétro afin de voir leur expression choquée.

Leur silence était assourdissant.

Bien. Maintenant, j'allais pouvoir conduire tranquillement.

***

J'ai fait un tour des couloirs vides de l'établissement, visitant des salles de cours au hasard et jetant un œil aux bureaux de l'administration quand l'envie m'en prenait.

Tous les élèves du lycée de Woodsmoke, ainsi que leurs enseignants, étaient installés dans l'auditorium pour l'assemblée générale mensuelle, alors j'avais le champ libre.

Mon but était de cerner l'atmosphère de cet endroit et de comprendre son agencement afin d'identifier les points d'entrée les plus rapides pour le cas où les filles se trouveraient en danger et que je doive venir les sauver.

Loin de moi l'idée de me comporter en mère surprotectrice. Je ne comptais pas les accompagner à l'école tous les jours ou scruter leurs moindres mouvements. Les garder en laisse ne présentait aucun intérêt. Mon seul but était de les maintenir en vie. Et si cela impliquait de me coltiner la visite d'un gymnase qui puait la sueur, eh bien, tant pis. Je me dévouais pour l'équipe Morgan.

Anya : Elle est là.
Anya : Regarde derrière, elle vient d'entrer.
Reyna : Arrête de m'écrire.
Anya : Elle nous surveille, Reyna !!
Anya : Tous nos faits et gestes.
Anya : Ça ne t'énerve pas ?
Reyna : Ce qui m'énerve, c'est que tu m'envoies des messages.
Anya : On va plus avoir le droit de RIEN FAIRE, REYNA.

Reyna

J'étais agacée.

Non, plus que ça.

Il ne suffisait pas qu'on m'ait retiré du dernier lycée pourri que j'avais fréquenté. Non, maintenant, je devais recommencer de zéro dans un nouvel établissement. Tout aussi pourri.

Ici, je ne serais pas seulement la meuf émo un peu bizarre. Je serais aussi la nouvelle et la meuf émo un peu bizarre. Je me fichais d'être populaire. Ce n'était pas le problème. Je voulais juste obtenir mon diplôme, avoir dix-huit ans et oublier tout ça. Quitter Lumen, mon père hyper strict et mon odieuse sœur. J'aspirais à quelque chose de mieux. Quelque chose de différent.

Une aventure.

Mais maintenant qu'Ève était là, à traquer nos moindres mouvements, j'étouffais encore plus.

Pour qui se prenait-elle ? Je ne savais même pas ce qu'elle était vraiment. Tout à coup, j'ai réalisé qu'on ne savait pas grand-chose sur elle.

Je me suis retournée vers le fond de l'auditorium, et après quelques secondes, je l'ai localisée. Elle était assise sur une chaise à l'avant-dernier rang, le visage à moitié caché par sa veste en cuir. Je devais admettre qu'elle se camouflait pas mal.

Un instant, je me suis dit que tout à propos d'elle était un mensonge. Elle avait peut-être l'air d'un ange, mais je savais que c'était loin d'être le cas. Elle semblait jeune et innocente, comme une jolie oie blanche qui débarquait de nulle part, mais c'était tout sauf vrai.

Je voyais clair à travers sa beauté, tout comme je voyais clair dans le jeu de chaque fille populaire avec qui je m'étais retrouvée en classe. Chacune des amies débiles d'Anya. Elles avaient peut-être l'air sympas, mais il ne faut pas juger un livre à sa couverture.

Le regard d'Ève a croisé le mien et je me suis immédiatement retournée pour regarder devant moi.

Le proviseur déblatérait au sujet du harcèlement scolaire ou un truc du genre, je ne pouvais pas être moins intéressée… Jusqu'à ce que je le voie faire signe à quelqu'un, en coulisses.

Un type est entré sur scène et je l'ai reconnu tout de suite. Il était présent au dîner qu'on avait dû se fader, à la Maison de la Meute.

J'imagine qu'on pouvait dire qu'il était sexy, dans le genre bad-boy à la peau burinée. Il portait des lunettes de soleil, alors que nous étions à l'intérieur, et un jean déchiré.

Il a pris le micro des mains du proviseur et a salué l'assemblée.

– Salut. Je suis Zachary, le Bêta des loups du Millénaire.

À la seconde où il a fini sa phrase, tout l'auditorium est devenu fou. Les mecs hurlaient et les filles couinaient.

Les loups du Millénaire étaient comme le plus célèbre des boy's bands pour les loups-garous ados. Sérieux, c'étaient des stars.

Comme j'étais humaine, les fréquenter ne me faisait pas grand-chose. C'était peut-être parce que depuis la mort de ma mère, je n'avais plus vraiment rien ressenti ?

– Du calme, a souri Zachary depuis la scène. Bonjour, chers lycéens de Woodsmoke !

Nouvelle vague d'applaudissements et de cris.

J'ai levé les yeux au ciel.

– Comme certains d'entre vous ont dû le remarquer, il y a cette semaine plus de loups du Millénaire à Lumen que d'habitude. En fait, ils sont là tous les sept.

Il y a eu tant de hurlements suraigus que j'ai cru que j'allais devenir sourde.

J'ai repéré un attroupement de meufs blondes près de la scène et, bien sûr, Anya était parmi elles. *Évidemment.* Elle a levé les bras en l'air comme une idiote.

– Je vais vous en expliquer la raison… mais d'abord, j'aimerais accueillir sur scène quelqu'un de très spécial.

Comme synchronisées, derrière moi les portes principales se sont ouvertes à la volée. Sur l'Alpha du Millénaire. Il fallait bien admettre que c'était le plus beau de tous, et de loin. Il était grand et fort, et donnait l'impression d'être détaché de tout. Tout ce qu'il faisait semblait… facile.

Tout bien réfléchi, son Delta était tout aussi sexy. Jed. Jed le Delta. Je lui avais parlé au dîner de la Maison de la Meute. Plus qu'à tout autre homme dans ma vie.

– Désolé du retard, a tonné l'Alpha du Millénaire depuis le centre de l'auditorium.

Il s'exprimait aussi fort que Zavier, mais lui n'avait pas de micro.

Je l'ai vu lancer un regard à Ève avant de monter sur scène.

Il y a un truc entre eux ?

Manifestement, ces deux-là avaient un passif. D'ailleurs, au dîner, il l'avait emmenée hors de la pièce et elle avait disparu, sans revenir au dîner.

C'était étrange. Plus qu'étrange.

– Pour ceux d'entre vous qui ignorent qui je suis, mon nom est Raphael. Mon Bêta et moi sommes ici parce que nous avons une annonce importante à faire. Et vous, chers lycéens, allez être les premiers à l'entendre !

Autre tempête d'applaudissements.

C'est bon, c'est lourd, là !

– Les LM sont en ville parce que... la meute de la côte Ouest a décidé que cette année... roulement de tambours, s'il vous plaît... aura lieu une ASSEMBLÉE D'ÉQUINOXE !

Tout le monde s'est déchaîné, encore plus qu'auparavant.

J'allais avoir besoin d'une aspirine, et vite.

– Ce sera ce vendredi soir, à la Maison de la Meute, prévenez votre famille, vos amis...

J'ai déconnecté. Cette dose d'enthousiasme de la part de mes camarades était beaucoup trop pour moi.

Il faudrait se mettre sur son trente-et-un, pour cette Assemblée d'Équinoxe. Une soirée étouffante à parler à des gens que je n'aimais pas, à manger de la nourriture bien trop fine à mon goût et à regarder Anya danser avec des mecs.

Nous serions les seules humaines présentes. C'était toujours comme ça dans ces rassemblements et ces bals.

J'ai tourné la tête, essayant de repérer Ève. Mais la chaise qu'elle occupait était vide.

J'ai scanné la pièce sans la trouver nulle part.

ÉPISODE 8

TRAITEMENT DE FAVEUR

JOUR DE NOËL, 1516
LONDRES

Angeline

Toutes les servantes étaient réunies dans les cuisines, attendant de recevoir les ordres de Farrah.

Ce n'était pas un jour ordinaire. Aujourd'hui, nous fêtions Noël, le bal de Yule se tenait ce soir. Et il aurait lieu juste ici, dans le manoir de Lord Maynard.

Toute la ville se réunirait entre les murs que nous appelions notre foyer, alors nous devions tout nettoyer de fond en comble.

– Jolene et Marionette, salle de bal. Katherine et Georgette, foyer principal. Scarletta et Olive, mezzanine de derrière, a déclamé Farrah, et les filles dont le nom avait été appelé ont hoché la tête, attendant le signal pour partir s'affairer. Margaret et Elizabeth, vaisselle. Claudice et...

La porte des cuisines s'est ouverte à toute volée. Tout le monde a haleté en découvrant qui se tenait là.

L'Alpha du Millénaire.

L'homme qui, le mois dernier, avait saisi chaque opportunité de passer du temps en ma compagnie. Il habitait toujours au manoir, gardant un œil sur Lord Maynard. Il m'avait d'ailleurs confié que notre seigneur souffrait d'une réputation peu reluisante au sein de la meute de Londres.

Je n'étais qu'une simple humaine, comme la plupart des servantes, j'ignorais tout des ragots des loups-garous. Mais ces derniers mois, Lord Maynard avait eu le meilleur comportement possible. Encore mieux... Raphael m'avait fait la cour. Comme si j'étais une sorte de dame, et pas juste une servante comme les autres.

– Alpha ? a dit Farrah, aussi surprise que nous de le voir en ce lieu.

– Pardonnez mon intrusion, mais j'aurais aimé vous parler. En privé, a-t-il ajouté avec un sourire.

– Bien sûr, a-t-elle répondu avant de se tourner vers nous. Attendez-moi ici.

– Oui, Farrah, avons-nous répondu en chœur.

Ils ont quitté la cuisine. Quelques minutes se sont écoulées avant que Farrah ne revienne, elle m'a regardée pendant une seconde avant de commencer à parler.

– Il y a quelques changements. Margaret, tu t'occuperas de laver les plats seule. Quand les autres auront fini leurs tâches, elles viendront t'aider. Elizabeth et Claudice, vous serez en charge des tables. De les nettoyer et de les dresser. C'est compris ?

– Pourquoi je me retrouve seule ? a demandé Margaret en faisant la moue.

– Et moi ? ai-je ajouté.

Farrah s'est tournée d'abord vers Margaret.

– Ce sont les ordres. Fais ce qu'on te demande, a-t-elle asséné avant de se concentrer sur moi. Toi, tu ne travailles pas aujourd'hui.

J'ai senti aussitôt le poids du regard des autres filles. Le sang m'est monté aux joues. Immédiatement, j'ai compris que c'est de moi dont Raphael avait parlé à Farrah, qu'il lui avait demandé un traitement de faveur.

J'ai entendu une des filles s'exclamer.

– C'est injuste !

– Pourquoi est-ce qu'elle a le droit de se tourner les pouces ? s'est plainte une autre.

– C'est parce que l'Alpha l'aime bien. Elle le laisse venir dans son lit.

– Pas que dans son lit...

– C'est... c'est faux ! ai-je balbutié, les joues rouges.

– Assez, les filles ! a ordonné Farrah. Occupez-vous de vos tâches, a-t-elle dit en pointant la porte du doigt.

Les filles se sont exécutées en soupirant et en quittant les cuisines.

– Hé, ai-je murmuré en tirant légèrement sur le tablier de Claudice qui passait près de moi, mais elle ne s'est pas arrêtée, se contentant de secouer la tête.

Quelque chose s'est effondré en moi.

Je n'aimais pas l'injustice ni la méchanceté envers les autres filles, et je détestais toute cette attention. C'est déjà assez horrible de subir tous les regards des hommes que je croisais, mais recevoir ce traitement singulier devant une assemblée de femmes m'accablait.

Dans le même temps, je ne pouvais ignorer les papillons qui avaient commencé à s'éveiller dans mon ventre.

Raphael était l'Alpha du Millénaire, l'Alpha le plus puissant du monde, et il s'intéressait à *moi* ?

– Farrah, ai-je dit en m'approchant de l'endroit où elle empilait des bols. Tu penses qu'il... qu'il m'apprécie ?

– Bien sûr, Angeline. Il ne ferait pas tant d'efforts si ce n'était pas le cas, hum ? a-t-elle répondu en me lançant un regard appuyé.

Puis elle m'a observée alors que le sourire que j'essayais si fort de retenir occupait bientôt tout mon visage.

– Oh non ! Pas de ça, ma fille !

– Que veux-tu dire ?

– C'est un homme puissant, Angeline. Il a l'habitude d'obtenir ce qu'il veut. Sois prudente !

– Il n'est pas comme ça ! Il est gentil et attentionné, ai-je protesté en fermant les yeux pour mieux me représenter son visage.

– C'est un homme, a-t-elle insisté. Promets-moi de ne jamais l'oublier.

Je l'ai regardée en hochant la tête, mais mes papillons ont refusé de se disperser.

Dès que j'ai quitté les cuisines, j'ai senti qu'on me tirait par le bras. Il était là. Nos corps séparés de seulement quelques centimètres.

– Angeline, a-t-il murmuré.

– Bonjour, Raphael, ai-je répondu en souriant.

– J'aimerais que tu me retrouves ce soir, pour dîner. Si cela te fait plaisir.

– Et le bal de Yule ? Vous ne comptez pas y aller ? lui ai-je demandé, étonnée.

Tout le monde s'y rendait, surtout les notables.

– Je le manquerais avec plaisir pour être seul avec toi, en ta compagnie.

Mon cœur battait la chamade et une voix, en mon for intérieur, criait : *Oui ! Oui ! Oui !*

– Très bien, ai-je répondu en souriant, la tête baissée. Cela me plairait beaucoup.

Quand j'ai relevé les yeux, j'ai vu beaucoup de gentillesse dans les siens.

Je pouvais lui faire confiance, j'en étais certaine.

***

J'ai frappé doucement à la porte de Raphael, nerveuse à l'idée de ce que j'allais trouver de l'autre côté. J'ai baissé les yeux, lissant ma jupe et ajustant mon corsage.

Et si, après m'avoir jeté un regard, il me demandait de partir ? Et s'il décidait, tout à coup, qu'il ne souhaitait pas passer ce dîner – *ce dîner de Noël !* – avec une simple servante ?

Mais la porte s'est ouverte et les yeux de Raphael ont brillé quand il m'a vue.

Il était habillé avec goût, d'une élégante veste assortie à une chemise immaculée. À la seconde où je l'ai vu, j'ai rougi.

– Waouh, a-t-il soupiré, admirant ma longue robe.

Farrah m'avait aidée à la coudre cet après-midi, après avoir rassemblé les tissus de vieux rideaux remisés à la cave. Le corsage était serré comme un corset et lacé avec de la ficelle. La jupe était en satin, longue et élégante. Quand je marchais, elle traînait derrière moi.

– Tu es sublime, a-t-il dit en m'invitant à entrer dans sa suite.

– Merci, ai-je répondu avec modestie, appréciant le compliment.

D'ordinaire, je n'aimais guère la flatterie, mais venant de lui, ces mots m'ont semblé sincères.

– J'espère que tu as faim, a-t-il dit en me guidant vers la table pour deux déjà dressée avec de l'argenterie fine.

– Oh oui, ai-je répondu mais quand nos regards se sont croisés, j'ai compris qu'il faisait peut-être allusion à un autre type de faim.

Nous nous sommes assis et, immédiatement, une servante nous a apporté du vin et le premier plat. Pendant que nous mangions, la conversation n'a souffert aucun temps mort et mon anxiété s'est dissipée.

Je me sentais à l'aise près de Raphael. Il me faisait rire. J'étais excitée rien qu'à le regarder, ce qui ne m'était jamais arrivé.

Nous avons dégusté le deuxième plat, puis le troisième, et au moment où le dessert a été servi, j'ai cru que j'allais exploser.

Mais tout était si délicieux ! Je n'avais jamais rien goûté d'aussi exquis de toute ma vie. Comment refuser ?

– Je pourrais te regarder manger toute ma vie, a-t-il soupiré en s'enfonçant dans sa chaise.

Mes yeux se sont posés sur ses lèvres et je me suis demandé ce que cela ferait de les embrasser.

Angeline ! me suis-je réprimandée en silence. *Contrôle-toi.*

– Aimerais-tu danser ?

– Ici ?

– Oui, a-t-il répondu en se levant.

Il a contourné la table pour me tendre la main. Je l'ai saisie et il m'a guidée vers le centre de la pièce.

La musique montait du rez-de-chaussée, où le bal de Yule battait son plein. Il a placé ses mains sur mes hanches et j'ai tendu les bras pour les passer autour de son cou.

Nous étions proches à présent, plus proches que nous ne l'avions jamais été – que je ne l'avais jamais été d'un homme, à dire vrai.

– Oh, Angeline. Ton nom te va si bien, a-t-il murmuré, le nez dans mes cheveux.

Je l'ai interrogé du regard :

– Hum ?

– Tu es semblable à un ange.

Puis il s'est penché, doucement, et a goûté mes lèvres. Nous nous sommes embrassés !

C'était doux et tendre. J'aurais pu ne faire que ça pour l'éternité. Mais, soudain, il s'est passé quelque chose. Tout était devenu plus intense, plus passionné. Tout à coup, j'en voulais plus. Plus de ses lèvres, plus de *lui*. Je ne pouvais pas l'expliquer, mais le feu brûlait en moi avec davantage d'urgence. Il devait le ressentir aussi. Ses mains ont caressé mes épaules, mes bras, et laissé des frissons partout où elles passaient. Il a reculé, juste un peu, et m'a regardée. Il était si beau, si fort, et je voulais être aussi près de lui que possible.

– J'en veux plus, ai-je murmuré, sûre de moi.

– Tu es vraiment prête ? m'a-t-il demandé en me sondant du regard.

J'ai acquiescé.

Il a pris ma main et m'a guidée jusqu'au lit. Il m'a embrassé le front, puis les lèvres. Doucement. En s'asseyant au bord du matelas, il m'a fait tourner sur moi-même.

Ses doigts ont parcouru mon dos et j'ai senti le désir grandir en moi quand il a délacé mon corset. Quand il a eu fini, ma robe est tombée au sol et il m'a fait à nouveau pivoter.

J'aurais pu admirer son expression pendant des décennies. Il m'a observée comme si j'étais une œuvre d'art, comme s'il ne pouvait croire que j'étais réelle.

Il a tendu la main vers moi, ne me frôlant que d'un doigt, dessinant une ligne de mes lèvres jusqu'à mon cou, puis ma poitrine et mon ventre. Mon désir allait me rendre folle. J'avais besoin de lui. De l'avoir tout entier.

Je me suis baissée pour que nos visages soient au même niveau et, cette fois, c'est moi qui ai pris l'initiative de l'embrasser. Il m'a attirée sur le lit, sur lui. Ses mains m'ont caressée, touchant mes seins, jouant gentiment avec mes tétons. J'ai gémi. Mais je n'en avais toujours pas assez.

Il a déplacé ses mains et j'ai senti un de ses doigts s'insinuer en moi. Doucement, avec patience, mais d'une manière qui a attisé le feu dans mon entrejambe.

J'ai pensé qu'il allait me dévorer tout entière.

Je l'ai caressé à travers le tissu de son pantalon, j'ai senti combien il était dur.

Mon geste a provoqué un grognement et m'a donné envie de recommencer. J'ai bougé ma main de bas en haut, encore et encore, avant de décider de lui retirer son pantalon.

– Je ne veux pas te faire du mal, a-t-il murmuré à mon oreille.

– Je veux te sentir en moi, ai-je répondu.

Il a hoché la tête et m'a embrassée à nouveau, se positionnant doucement sur moi.

Je l'ai senti à l'entrée de mon sexe, se frottant contre l'endroit le plus sensible de mon corps. Puis il m'a pénétrée.

– Oh… mon…

C'était si bon, si *normal*, que je n'ai rien pu ajouter.

– Mon Dieu.

Il a commencé à bouger plus vite, j'entendais des gémissements… avant de réaliser que c'étaient les miens. Je me sentais si connectée à lui, si connectée à moi-même. J'avais besoin qu'il accélère.

Encore.

Et encore.

Nous étions en sueur, serrés l'un contre l'autre, et après un dernier coup de bassin, je me suis comme envolée.

Je volais, extatique, avant de revenir sur terre pour remarquer qu'il était aussi essoufflé que moi.

– Tout va bien ? m'a-t-il demandé, le visage rayonnant de bonté.

– C'était incroyable, ai-je murmuré, incapable d'en dire plus.

Après cela, je suis tombée dans la torpeur la plus douce, bien au chaud entre ses bras si puissants.

***

Quelques heures plus tard, j'ai entendu les oiseaux gazouiller à la fenêtre.

Le soleil doit se lever, ai-je pensé en ouvrant doucement les yeux.

J'ai senti un sourire s'étirer sur mon visage avant même que mes paupières soient tout à fait ouvertes. Les souvenirs de l'extase de la veille au soir me sont revenus.

Les sensations, la chaleur.

Cet homme.

Mes yeux étaient bien ouverts à présent, et j'ai remarqué qu'un rayon de soleil s'était frayé un chemin à l'intérieur. Je me suis tournée dans le lit, m'attendant à découvrir Raphael à mes côtés.

Mais il n'y avait personne.

Je me suis redressée, confuse. Peut-être était-il allé chercher de l'eau ou le petit déjeuner ? Mais en étudiant la pièce, j'ai remarqué la porte ouverte du placard, celui qui était plein de vêtements, la veille.

Il était vide.

L'Alpha du Millénaire… était parti.

ÉPISODE 9

SE FAUFILER DEHORS

24 NOVEMBRE 2017
LUMEN

Anya : Tu peux me couvrir ?
Anya : Dis que je suis juste partie me promener ou un truc du genre.
Reyna : Un jeudi, à 21 h ?
Reyna : Elle va jamais croire ça, Anya.
Anya : Alors dis que j'avais besoin d'acheter des tampons.
Reyna : Non.
Reyna : Arrête de m'écrire.
Anya : Mais il faut que j'aille à la fête !!!
Anya : Sinon ma vie sociale sera FINIE.
Reyna : T'en as pas de toute façon.
Anya : C'est TOI qui dis ça ?!?!
Reyna : Arrête. De. M'écrire.

Anya : OK déso.
Anya : Stp.
Anya : Écoute c vraiment important pr moi OK y'aura pas que des gens du lycée.
Anya : C'est chez une terminale et c'est la cousine de Zack.
Anya : Tu c le bêta des lm.
Anya : C'est une fête avec des stars !!!
Reyna : Y'aura qui d'autre ?
Anya : Jsé pas plein de gens.
CHAT :
Reyna : Les loups du Millénaire ?
Anya : Sûrement.
Anya : Pkoi ?
Anya : OMG.
Anya : TU KIFFES CELUI AVEC QUI TU PARLAIS AU DÎNER.
Anya : LE DELTA.
Anya : JE LE SAVAIS.
Reyna : Ferme-la.
Reyna : C'est faux.
Anya : SI CARRÉMENT !!!!
Anya : Il sera là c sûr.
Reyna : Je m'en fiche je n'y vais pas.
Reyna : Arrête de m'écrire.

Ève

Je m'apprêtais à me mettre au lit quand j'ai entendu des bruits de pas quittant une chambre du palier avant de descendre les escaliers. Trop légers pour que ce soit ceux de Martin. Je me suis dit que ce n'était rien. Une des filles avait sans doute eu faim.

Puis j'ai entendu la porte d'entrée s'ouvrir et se refermer.

Putain…

J'allais devoir passer à l'action. Et je n'étais vraiment pas d'humeur.

Je n'avais même pas encore enfilé mon jean, quand j'ai entendu d'autres pas émerger d'une chambre et dévaler les marches. La porte d'entrée s'est ouverte et s'est fermée à nouveau.

J'ai enfilé mes bottes avant de quitter ma propre chambre, mon agacement s'amplifiant de seconde en seconde.

J'ai ouvert la porte d'entrée, repérant tout de suite les deux ados, plus bas dans la rue, qui semblaient se disputer.

Un sourire est apparu sur mon visage. Même quand il s'agissait de faire le mur, elles ne parvenaient pas à se mettre d'accord.

J'ai marché vers elles, mais elles ne m'entendaient pas.

– Admets-le. Tu l'aimes bien. C'est pour ça que t'es là.

– C'est pas vrai, Anya. Arrête.

– Alors pourquoi tu es venue ? Tu ne viens jamais aux fêtes.

– J'avais juste besoin de sortir de cette maison, d'accord ? Ève me donne la chair de poule.

– Vraiment ? suis-je intervenue, les faisant sursauter.

– Pourquoi est-ce que tu nous harcèles, comme ça ? s'est exclamée Anya, les mains sur les hanches.

– Vous vous rendez compte qu'une soirée lycéenne signifie des tas d'ados rassemblés, sans personne pour les surveiller, et drogues et alcool à volonté ?

Je me suis détestée tout de suite d'avoir prononcé ces mots. Je n'avais rien contre les fêtes ou le fait que les ados passent du bon temps. Je n'étais pas ce genre de parent cinglé.

– Ouais, on sait, merci, a répondu Anya avec un sourire insolent.

Exactement comme si j'étais une mère trop sévère.

– OK, Anya. Donc que va-t-il se passer si tu te rends à cette fête, qu'un garçon qui te plaît t'offre un verre et que tu es ivre ? Parce que ce gars, il sait tout de toi. Il sait qui était ta mère. Alors il décide d'en finir avec toi, une Morgan de moins se dressant sur le chemin de l'héritage.

Les yeux d'Anya se sont écarquillés.

Je me suis tournée vers Reyna.

– Quant à toi, je ne pense pas qu'un garçon te ferait tourner la tête. Mais je ne crois pas que tu sois assez forte pour te défendre seule, non plus. Tu vas te retrouver dans une maison que tu ne connais pas, tu vas faire le tour du propriétaire, observer tes idiots de camarades et, d'un coup, une main va t'attirer dans une pièce. Là, il y aura trois mecs, des loups solitaires qui auront senti ton odeur dès le moment où tu auras mis les pieds dans cette baraque.

Reyna a croisé les bras.

– Tu penses que tu peux nous foutre la trouille pour nous empêcher de vivre nos vies ? On est des ados. Tu ne peux pas nous garder enfermées.

– Reyna, on devrait peut-être faire demi-tour, a dit Anya, la lèvre tremblante.

– *Non.* Je ne vais pas laisser une femme qu'on connaît à peine diriger ma vie ! Je me fiche qu'on soit en danger. Quelle surprise ! On est *toujours* en danger ! Une voiture pourrait nous renverser n'importe quand ! C'est la vie.

– Tu veux vraiment aller à cette fête je suppose, ai-je ajouté en observant l'aînée.

Ses bras étaient peut-être croisés, mais elle ne semblait pas aussi gothique que d'habitude. Ses yeux étaient moins maquillés et, sous sa veste, on devinait un débardeur blanc.

– Je me fiche de cette fête. C'est une question de principe.

Ses yeux lançaient des éclairs et sa mâchoire était serrée. C'était bien la soirée qui la mettait dans tous ses états.

Ma curiosité était trop forte. Il fallait que je sache pourquoi elle était si déterminée à s'y rendre.

– Très bien, mais je vous accompagne.

Reyna

En arrivant devant de la maison, je me suis passé une main dans les cheveux. C'était la soirée d'une meuf qu'Anya avait rencontrée au lycée. Une terminale, ai-je imaginé.

À notre ancien lycée, je n'étais jamais allée à aucune fête. On ne m'invitait pas beaucoup non plus… Mais Anya avait dit qu'un tas de loups du Millénaire seraient là et j'étais… curieuse.

Pas obsédée par eux comme les autres ados. Je me fichais des stars. Mais celui avec qui j'avais parlé au dîner… Jed… il était cool. Plus cool que la plupart des mecs de mon âge.

– Tu vas sonner ou juste rester plantée là ? a lancé Anya.

J'ai levé les yeux au ciel et frappé à la porte. Quelques secondes plus tard, elle s'est ouverte, et tout ce que j'ai vu, c'était beaucoup de monde. Partout où je posais les yeux, il y avait des grappes d'adolescents. Chacun d'entre eux tenait à la main un gobelet en plastique rouge. C'était exactement comme je l'avais imaginé. Horrible.

– OK, peut-être que tu avais raison. Peut-être bien qu'on ne devrait pas être là, ai-je dit à Ève, essayant de la dépasser, mais elle a levé une main, m'arrêtant net.

– Trop tard, Anya est déjà à l'intérieur.

J'ai regardé à côté de moi, où ma sœur était il y a quelques secondes de ça, mais elle n'était plus là.

– Tu ne vas pas rentrer à pied à cette heure.

À nouveau, j'ai jeté un œil à la fête, c'était toujours aussi effrayant.

J'ai entendu Ève me parler dans mon dos :

– Ne t'inquiète pas, ce n'est pas aussi épouvantable que ça en a l'air.

J'ai pris une profonde inspiration et je suis entrée.

Une fois la porte fermée, la musique tonitruante a tout noyé, mon hésitation et mes pensées.

J'ai observé Ève se faufiler dans la foule, vers la cuisine. Je l'ai suivie, remarquant que chaque mec à côté de qui elle passait la reluquait. Dans le genre « je me fiche de quoi j'ai l'air », elle était belle. Je ne pensais pas l'avoir déjà vue maquillée ou coiffée. Elle portait toujours ce vieux jean noir et ses bottes de combat, comme une hipster vénère.

Mais qu'est-ce que j'en savais ? Moi, l'émo de service…

Dès qu'on est entrées dans la cuisine, j'ai senti une main m'attraper le coude. Je me suis retournée et il était là. Jed. Bon sang, qu'il était mignon !

– Hé, tu es venue, m'a-t-il dit en souriant.

– Oui, c'est ma sœur qui m'a parlé de cette soirée. Qu'est-ce que j'allais faire d'autre un jeudi soir ?

– Eh bien, je suis ravi de te voir. Tu veux boire quelque chose ?

Les mots d'Ève ont résonné à mes oreilles, chaque personne ici était une menace potentielle, une simple boisson pouvait nous amener à une mort certaine.

Mais Jed était un loup du Millénaire. C'était son boulot de protéger les gens. De s'assurer que tout allait bien.

Et puis, à la façon dont il m'a souri, vu comme ses yeux verts s'illuminaient… je ne pensais pas pouvoir lui refuser quoi que ce soit, même si je le voulais.

Ève

Dès que j'ai vu ce type aux cheveux en bataille s'approcher de Reyna, tout a pris sens.

Voilà la raison qui l'avait motivée à venir à cette soirée. C'était une adolescente, et les adolescentes sont toujours motivées par leurs crushs.

Je savais que ce type était un loup du Millénaire.

Je me suis souvenue de la première fois que je l'avais vu en compagnie de Raphael. Il y avait dix ans, peut-être.

Il avait l'air d'avoir vingt ans, et portait le même style de vêtements que les gens de la fête. Mais je voyais clair dans son jeu. Les plus puissants d'entre nous ont toujours l'air plus jeunes qu'ils ne le sont réellement.

J'ai laissé les tourtereaux seuls, à flirter maladroitement, me disant que j'allais en profiter pour faire un tour de la maison et essayer de repérer les menaces potentielles.

Au premier regard, on aurait juste dit un groupe de gamins bourrés à l'alcool pas cher. Mais au cours de mes quatre cent quatre-vingt-dix-neuf dernières années de vie, j'avais appris à ne jamais baisser ma garde.

J'ouvrais une nouvelle porte quand j'ai entendu quelqu'un m'appeler.

– Ève ?

Je me suis retournée pour découvrir Zachary, le Bêta de Raphael.

– Bonsoir, Zachary. Cette soirée est organisée par votre cousine, n'est-ce pas ? J'ignorais que votre famille était établie dans la meute de la côte Ouest.

– Eh bien, on ne se connaît que peu, pas vrai ? a-t-il répondu, les yeux plissés malgré un sourire indéboulonnable.

– J'imagine que vous avez raison.

– Pouvez-vous venir avec moi, quelques secondes ? m'a-t-il demandé en me montrant d'un signe de tête une pièce plus loin dans le couloir.

Une pièce que je n'avais pas encore fouillée.

Quelque chose clochait, mais ma curiosité a encore une fois dépassé mon hésitation.

J'ai haussé les épaules et hoché la tête, lui emboîtant le pas. Il a ouvert la porte et nous sommes entrés. La pièce était sombre, mais je n'ai pas eu besoin de davantage de lumière pour deviner que nous n'étions pas seuls.

– Qui d'autre est là ?

Quelqu'un a appuyé sur un interrupteur. J'ai regardé autour de moi et reconnu deux autres loups du Millénaire.

Shade et Omar, respectivement Gamma et conseiller en communication. Si c'était censé m'impressionner, c'était vraiment adorable.

– Qu'est-ce que vous fabriquez ? ai-je soupiré à l'intention de Zachary.

– Nous souhaitons juste apprendre à vous connaître un peu mieux.

– Qu'est-ce que vous êtes ? a demandé Shade.

Ce que je suis ? C'est quoi, cette question ?

– Pardon ?

– Votre odeur est différente de tout ce que nous avons déjà croisé. Vous n'êtes pas louve, pas humaine, ni vampire ou vampyre, alors, qu'êtes-vous ? a insisté Zachary.

– En quoi ça vous regarde ? ai-je répondu, la main prête à saisir la poignée de la porte.

Avant que j'aie pu l'atteindre, Omar a attrapé mon poignet.

– Nous n'en avons pas terminé.

– Je pense que si, ai-je répliqué en m'arrachant sèchement à son emprise.

– Qu'y a-t-il entre vous et Raffe ? a demandé Zachary.

– Quoi ? me suis-je exclamée.

Maintenant, j'en avais plus que ras le bol.

– Nous avons remarqué la manière qu'il a de vous regarder. Il n'est plus dans son état normal. Il est instable. Il disparaît. Quel genre de dossier avez-vous sur lui ? m'a interrogé Shade.

– Je n'ai rien sur lui.

– Il se passe quelque chose. Nous avons le droit de savoir quoi, tonne Zachary. Nous sommes son équipe.

– Vous êtes ses *laquais*, ai-je clarifié.

Zachary m'a foncé dessus, me poussant contre l'un des murs. À travers sa poigne, j'ai senti toute sa puissance de Bêta. Si j'avais été qui que ce soit d'autre, j'aurais sans doute été morte de peur.

Mais j'étais moi.

– Enlève tes vilaines pattes de moi, *maintenant*, ai-je exigé.

– Je te lâcherai quand tu auras répondu à mes questions, a-t-il répliqué à travers ses dents serrées.

ÉPISODE 10

ATTRAPÉE

24 NOVEMBRE 2017
LUMEN

Ève

– Je te lâcherai quand tu auras répondu à mes questions, a répliqué Zachary à travers ses dents serrées.

Ses mains se sont crispées autour de mes épaules, son visage n'était qu'à quelques centimètres du mien.

Je n'avais pas le temps pour les tentatives d'intimidation d'un Bêta, pas alors que les sœurs Morgan étaient à une fête lycéenne sans supervision.

– Dernière chance, l'ai-je averti, et mon ton ne laissait pas le moindre doute quant à mon sérieux.

– Tu inverses les rôles, là, a grogné Zachary.

Alors, en un seul geste, j'ai balancé mon genou dans son ventre, avec la force d'un homme de trois fois ma taille. Zachary s'est plié en deux et j'ai saisi l'opportunité pour lui filer un coup de pied à l'arrière des jambes, faisant céder ses genoux. Je me suis jetée sur son dos, serrant ses poignets derrière lui.

– ARGH ! a-t-il grogné, la face contre le sol.

J'ai lancé un regard aux deux autres loups du Millénaire qui me dévisageaient comme s'ils n'en croyaient pas leurs yeux. Une femme de ma taille venait de mettre Zachary à terre.

– Vous avez quelque chose à ajouter, les garçons ?

– On s'inquiète juste pour Raffe, a précisé Shade, les bras toujours croisés.

– L'Alpha du Millénaire n'a pas besoin que vous le protégiez, ai-je répliqué, avant de marcher sur le Bêta étendu par terre pour sortir de la pièce.

***

Le lendemain, j'ai été réveillée par quelqu'un qui frappait à la porte d'entrée.

C'est quoi cette maison où les gens viennent tout le temps vous déranger ?

Chaque jour, c'était quelqu'un d'autre. Tout ce que je voulais, moi, c'était une bonne nuit de sommeil...

J'ai entendu des pas lourds, ceux de Martin. Les filles devaient déjà être au lycée.

La porte s'est ouverte.

C'est là que je l'ai senti. Il était là.

Raphael était là.

J'entendais sa voix. Même à cette distance, elle me provoquait des frissons.

Je ne voulais pas le voir. Hors de question que je me remette dans cette position, je ne prendrais pas à nouveau le risque de céder. Et après ce que ses petits potes m'avaient fait endurer, hier soir, je n'étais pas d'humeur à faire semblant d'être de bonne humeur.

J'ai décidé de me cacher dans mon lit et j'ai fermé les yeux. Mais son visage est apparu dans mes pensées.

Je me suis représenté ses yeux bruns, son regard si profond, affamé, qui me fixait. Il se léchait les lèvres, et je ne pouvais pas l'empêcher.

De la chaleur s'est propagée aussitôt entre mes jambes.

La veille, je m'étais endormie en ne portant que ma culotte en dentelle. J'avais été trop flemmarde pour enfiler ma nuisette.

Avant que j'aie pu me retenir, ma main s'est approchée de ma hanche. Le visage de Raphael était toujours au centre de mes pensées, ses yeux me dévisageaient en retour.

Ne communiquant qu'avec ses yeux, il m'a parlé.

Je te veux, Ève.

Il n'y a que toi.

Mes doigts ont commencé à me caresser doucement, je sentais ma peau à travers la dentelle. J'imaginais ses doigts à lui. Qu'il était au-dessus de moi et que c'était lui qui me faisait gémir.

Putain.

Ça faisait une éternité que je ne m'étais pas masturbée, je n'en avais même plus envie. Mais là, ce n'était pas seulement du désir. C'était du besoin.

Dans mon esprit, Raphael a enlevé sa chemise. J'ai observé sa peau dorée se tendre sur ses muscles. J'ai parcouru ses abdos des doigts, sentant leur forme ciselée.

Ils étaient passés sous ma culotte à présent, et ils s'agitaient plus fort. Bien plus fort. Et plus vite.

J'étais tout près. Je pouvais pratiquement sentir son corps sur le mien. Je pouvais goûter ses lèvres. Sentir son parfum.

– Oh, ai-je gémi. Ne t'arrête…

– Ève ?

J'ai ouvert les yeux. Ce n'était pas mon imagination. C'était la vraie vie.

Immédiatement, je me suis redressée.

– DEHORS ! ai-je hurlé à Raphael en lui jetant un oreiller.

Ses yeux se sont écarquillés. Je ne parvenais pas à savoir s'il avait compris ce à quoi il venait d'assister.

– Je vais attendre… je vais attendre en bas… a-t-il dit en sortant de ma chambre, fermant la porte derrière lui.

Je me suis effondrée sur le dos.

Merde. Merde. Merde.

***

Quand, finalement, je suis descendue, Raphael était assis sur le canapé.

– Où est Martin ?

Raphael s'est levé.

– Il est sorti faire quelques courses.

Nous sommes restés à nous regarder en silence pendant un moment.

Je n'en pouvais plus. Qu'il puisse penser à moi en train de faire ça… cela me rendait folle. Il n'avait aucun droit de débarquer ainsi dans ma chambre !

Ma propre voix m'a engueulée.

Ce n'est pas pour ça que tu es en colère, Ève.

Tu es en colère parce que tu as aimé qu'il te prenne sur le fait.

Tu es en colère parce que tu pensais justement à lui.

– Ferme-la ! ai-je crié.

– Mais je n'ai rien dit…

– Pas toi.

Raphael m'a dévisagée, confus. Mais c'était ma maison. J'avais le droit d'être confuse, pas lui.

– Qu'est-ce que tu fais là ?

– Je suis venu te parler. Je ne voulais pas me montrer intrusif. Là-haut… est-ce que tu… ?

– Ne me demande pas ça !

Je sentais la chaleur revenir. Il s'est approché encore et je l'ai observé avec attention.

Ces yeux malicieux, ces cheveux en pagaille. Ces bras si forts, que le tissu de sa chemise avait du mal à contenir. Le feu en moi n'en finissait plus de demander à être attisé.

– De quoi veux-tu parler ? ai-je réussi à articuler, me forçant à écarter ces pensées intrusives.

Ces pensées sexuelles. Difficile quand il s'approchait de moi de cette façon...

– J'ai appris ce qui s'est passé hier, a-t-il dit, s'arrêtant pile en face de moi.

Je ne pouvais plus reculer. J'étais contre le mur.

– Qu'est-ce que tu as appris au juste ? Que ton petit fan-club a essayé de me passer à la question ?

Il a souri.

– Oh, ce n'est pas mon fan-club...

– OK. Ton petit gang.

– Tu me fais passer pour une idole pour adolescentes.

– Ce n'est pas ce que sont les loups du Millénaire ?

– Ce sont mes soldats, Ève. Ce sont de bons gars.

– De « bons gars » ne m'auraient pas attirée et isolée dans une pièce pour mieux m'intimider, surtout pas lors d'une soirée de lycéens.

– Rien ne t'impressionne, pas vrai ? m'a-t-il demandé en me regardant comme si j'étais la personne la plus étrange qu'il ait jamais vue.

– Si tu me demandes si je suis impressionnée par toi, alors la réponse est : arrête de flatter ton ego.

– Il faut bien que je m'en occupe, parce que tu n'as clairement pas l'air décidée à le faire, a-t-il répondu, un sourire en coin.

J'aurais voulu lui arracher cet air arrogant du visage.

Mais je voulais aussi l'embrasser.

L'embrasser si fort, le sentir contre moi, tout contre mon corps.

Dès que Raphael était dans les parages, c'était comme si je devenais deux personnes différentes, constamment en guerre l'une contre l'autre.

– C'est pour parler de ça que tu as fait tout ce chemin ?

– Si j'ai fait tout ce chemin, c'est pour te présenter mes excuses. Je veux que tu saches que je n'ai rien à voir avec ce qu'ils ont fait. Je condamne fermement ce genre de comportement.

– Eh bien, quel charmant politicien tu fais !

– Je suis sérieux, Ève. Ils n'avaient aucun droit de te poser ces questions.

– Là, on est bien d'accord.

– Cela n'arrivera plus. Ils savent qu'ils doivent te laisser tranquille.

Son visage était très près du mien, ses mots semblaient si sincères. J'ai senti ma colère se dissiper lentement… et ce faisant, mon désir pour cet homme l'a remplacée.

J'ai tenté de l'ignorer, de l'enfoncer loin dans la boîte d'où il venait de s'échapper, mais c'était trop tard. La chaleur entre mes jambes s'étendait. Plus je le regardais dans les yeux, moins je pouvais contrôler le feu qui s'intensifiait en moi.

Tout mon corps le réclamait. Toutes mes forces étaient nécessaires pour ne pas plonger vers lui, pour ne pas lui avouer combien je le désirais.

– Merci, ai-je marmonné, essayant de me frayer un chemin pour retourner à l'étage.

– Attends un peu, a-t-il dit en m'attrapant la main.

J'ai tourné la tête pour le regarder. Et c'est tout ce qu'il a fallu. J'ignorais qui avait fait le premier pas, mais nous nous sommes embrassés. Avec urgence.

Mon dos était à nouveau contre le mur et je le sentais contre moi. C'était à la hauteur de toutes mes attentes : un torrent de passion pure, brûlante, incontrôlable.

Il se frottait contre moi, son érection en contact avec mon sexe, et je savais qu'il ne me faudrait pas longtemps pour exploser.

– Ève, a-t-il grogné à mon oreille, tout en me léchant le lobe.

Puis il l'a pris entre ses lèvres et l'a sucé. C'était si bon. Si *délicieux*.

– Ève, je me fiche de ce que tu es. Je… te… veux… *toi*.

Mes yeux se sont ouverts en grand.

Non.

Je me suis dégagée, m'éloignant le plus possible de lui.

– Non, ai-je dit, cette fois à voix haute.

– Non ? a-t-il répété.

– Non, tu ne m'auras pas.

– Mais… tu me désires aussi fort que je te désire ! Je le sens. Je sais ce que tu ressens…

– Peu importe, ai-je affirmé en le regardant droit dans les yeux.

Je n'allais pas lui mentir comme je l'avais fait à la Maison de la Meute. Ce mensonge n'avait servi à rien.

– On ne peut pas faire ça. On ne peut pas être ensemble.

– Mais *pourquoi* ?

– Parce que c'est comme ça, Raphael.

– Donne-moi une raison. Juste une. Si elle est bonne, alors je te laisserai tranquille.

J'ai observé son visage parfait, la passion qui dansait dans ses yeux, et j'ai su que j'allais dire quelque chose que je ne pourrais jamais retirer. Mais je m'en fichais. Il fallait que ça sorte.

– Très bien. Je ne t'aime pas.

Il a levé les yeux au ciel.

– Ève, je sais que c'est un mensonge. Je sais comment tu réagis chaque fois que j'entre dans une pièce. Je sais que je t'excite. Merde, tu m'as dit toi-même que j'étais le seul à pouvoir le faire !

– Ce n'est pas ce que j'ai dit.

– C'est ce que tu as sous-entendu à la Maison de la Meute. Quand tu t'es énervée parce que j'ai admis que je voyais d'autres femmes.

– Merci de me le rappeler !

– Je voulais juste éclaircir les choses.

– Eh bien, tu as en partie raison. Mais moi aussi. Mon corps t'aime. Rien ne sert d'affirmer le contraire. Oui, tu m'excites. Comme personne. Je suis dans tous mes états quand je pense à toi, Raphael, quand j'imagine tes mains sur moi.

Il a dégluti. J'ai souri, me sentant pour une fois en contrôle de la situation face à lui.

– Alors pourquoi ne pouvons-nous pas être ensemble ? a-t-il fini par articuler.

– Parce que je ne t'aime pas.

Il a plissé les yeux, comme s'il ne me suivait pas.

Je me suis impatientée.

Comme il faisait durer le silence, j'ai soupiré :

– Raphael, je n'aime pas qui tu es. En tant que personne. Et je ne t'aimerai jamais.

Ses yeux se sont écarquillés, quand j'ai ajouté :

– En fait, je te hais.

ÉPISODE 11

ÉCHAPPÉE RAPIDE

26 DÉCEMBRE 1516
LONDRES

Angeline

– Allez, dépêche-toi, a murmuré Farrah en me houspillant jusqu'en bas des escaliers du manoir Maynard.

Elle a ouvert la porte arrière des quartiers des servantes.

Il était encore très tôt, et la plupart des gens n'étaient pas levés.

Après que je l'avais prévenue de ce qui s'était passé avec l'Alpha du Millénaire – que nous avions passé la nuit ensemble et qu'il avait disparu –, Farrah ne m'avait pas réconfortée comme j'aurais pensé qu'elle le ferait.

Elle n'a pas essuyé mes larmes, ne m'a pas dit que tout irait bien. Au lieu de cela, elle est passée à l'action.

– Si Lord Maynard apprend que l'Alpha est parti, il va profiter de toi. Ce sera pire qu'avant, a-t-elle dit en s'agitant pour me faire enfiler sa lourde cape. Pas de temps pour les adieux. Tu dois partir maintenant, et tu ne t'arrêteras de courir que lorsque tu auras atteint cette maison près du fleuve, de l'autre côté de la ville. Celle qui a une porte rouge. Demande à voir Honey, m'a-t-elle ordonné.

– Honey ?

– C'est ma tante. Une femme pleine de bonté. Elle t'aidera.

– Quand te reverrai-je ? ai-je demandé, terrifiée de sa réponse.

– Bientôt. Dès que je pourrai venir. Maintenant, pars, Angeline. Pars !

J'ai ouvert la porte au pied des escaliers et me suis précipitée dans l'air glacial de l'hiver.

J'ai jeté un œil par-dessus mon épaule pour voir le visage de Farrah une dernière fois, mais la porte était déjà refermée.

Le temps que j'atteigne la maison à la porte rouge, il faisait nuit. J'ai frappé, et une femme avenante aux cheveux gris a ouvert.

– Bonsoir. Je suis Angeline, ai-je annoncé, les yeux baissés. Je suis la pupille de Farrah, au manoir Maynard. J'ai… Je… Je n'ai nulle part où aller.

C'est à ce moment-là que j'ai pris conscience de ma situation. J'étais toute seule. L'Alpha du Millénaire… m'avait laissée sans personne au monde.

Je ne pouvais retourner au manoir, ni maintenant, ni jamais.

C'en était fini de mon ancienne vie.

Terminé.

– Ma chère, je suis Honey, s'est présentée la femme en me scrutant de la tête aux pieds avant de m'attirer à l'intérieur. Tu es la bienvenue. Allons sécher tout ça, a-t-elle ajouté alors qu'il n'avait pas plu.

– Pardon ? ai-je demandé, confuse.

Elle a pointé mes joues du doigt, et j'y ai passé la main. Les larmes avaient coulé sans que je m'en aperçoive.

***

Quelques semaines plus tard, je nettoyais les draps quand, à la porte, j'ai entendu la voix de Farrah. Immédiatement, j'ai laissé tomber les linges dans l'eau pour courir l'accueillir, dépassant Honey pour me jeter au cou de ma protectrice.

– Oh, Farrah ! me suis-je exclamée, enfonçant mon nez dans ses cheveux.

– Angeline, ma douce enfant, a répondu Farrah en me frottant le dos.

Ces dernières semaines, tout ce dont j'avais rêvé, c'était de la revoir. C'était la seule personne au monde qui se souciait de moi.

– Merci, a dit Farrah à l'intention de Honey quand nous avons eu fini de nous serrer dans les bras.

Honey a attrapé une des mains de Farrah et une des miennes, son regard est passé de l'une à l'autre.

– Ce n'est pas un problème, a-t-elle dit avec sincérité. C'est une gentille fille.

J'ai souri mais, à ce moment, j'ai senti un malaise se nouer dans mon estomac. Comme si tout ce que j'avais mangé au petit déjeuner s'apprêtait à ressortir.

Ces nausées m'avaient prise deux semaines plus tôt, ne me permettant pas de garder la nourriture. J'ai couru près du seau de déchets, m'agenouillant juste à temps.

– Angeline ! s'est exclamée Farrah en m'emboîtant le pas. Es-tu malade ?

– Des semaines que cela dure, lui a dit Honey en apparaissant dans l'encadrement de la porte.

Je me suis nettoyé le visage avant de lever les yeux vers les deux femmes, surprenant un échange de regards appuyés.

– Qu'y a-t-il ? ai-je demandé.

Farrah s'est approchée plus près avant de s'accroupir.

– Si je suis venue aujourd'hui, c'est que j'ai appris qui était ta famille. Ta véritable famille.

– Je n'en ai pas, ai-je asséné, me tordant les mains. Seulement toi.

– Mais non, ce n'est pas vrai, m'a corrigée Farrah. Ta mère…

– Elle m'a vendue.

– Oui, mais ton père, Angeline, c'était un seigneur. Il a visité par deux fois le bordel où ta mère travaillait. Tu es le résultat de sa seconde visite, mais la première…

Elle s'est interrompue.

– Quoi ?

– Tu as un frère. Un frère aîné, a-t-elle déclaré en me serrant les mains.

Ma bouche s'est ouverte. Je ne pouvais y croire. Je n'aurais jamais imaginé avoir un frère ou une sœur. J'allais exprimer ma joie quand un nouvel assaut de nausée m'a prise. Plus fort que le premier.

J'ai plongé mon visage dans le seau, sentant la main de Farrah frotter mon dos.

– Là, là, ma fille.

Quand j'ai eu fini, elle m'a tendu un mouchoir et je me suis essuyée.

– Tu dois le rejoindre, m'a dit Farrah avec douceur. Tu n'es pas en sécurité ici. Surtout maintenant que… a-t-elle dit en regardant mon ventre de manière appuyée.

– Quoi ? ai-je demandé, dans un souffle.

– Tu es enceinte, Angeline.

Dès que les mots ont franchi ses lèvres, j'ai su qu'elle avait raison.

Les femmes enceintes tombaient souvent malades, c'était la seule explication à mon malaise constant.

Cela me faisait si mal de savoir que l'homme qui m'avait amenée à lui faire confiance, qui avait pris ma vertu et m'avait abandonnée sans un au revoir, était responsable de cet état.

Quelque chose d'autre, pourtant, papillonnait dans mon cœur, quelque chose comme… de l'espoir.

Un bébé signifiait un nouvel avenir. Et c'était tout ce que je désirais.

– Où vit-il ? Mon frère ?

– Dans le sud de l'Angleterre, a répondu Farrah. J'ai réservé un attelage pour toi, tu partiras au crépuscule, ce soir.

– Ce soir ?! me suis-je exclamée. Si vite ?

– Tu n'es pas en sécurité, Angeline. Lord Maynard fouille toute la ville à ta recherche, il retourne tout sur son passage. S'il te trouve dans cet état… a-t-elle dit en posant à nouveau son regard sur mon ventre.

Elle n'avait pas besoin de terminer sa phrase. J'avais compris.

J'étais en danger.

Et je n'étais plus seule, mon bébé l'était aussi. J'allais tout faire pour le protéger.

***

L'attelage s'est arrêté devant un large manoir, érigé au sommet d'une colline.

Cela faisait trois jours que nous voyagions, mon cocher et moi, et j'avais vraiment hâte d'enfin rencontrer mon frère.

J'ai levé les yeux vers la bâtisse. Elle était bien plus grande que celle de Lord Maynard. En plissant les yeux, j'ai même discerné un deuxième bâtiment.

Il était très tard, mais la lune brillait fort. Je n'avais pas d'autre choix, alors j'ai pris une profonde inspiration et je me suis dirigée vers la porte, j'ai frappé doucement.

À l'intérieur, des pas lourds se sont fait entendre et j'ai retenu ma respiration.

Oh, s'il vous plaît, faites qu'il soit gentil…

La porte s'est ouverte et un homme plus âgé que moi m'a dévisagée. Il portait une chemise de nuit et ses cheveux gris étaient tout emmêlés.

– Oui ? a-t-il demandé sans arrêter de me fixer.

– Bonsoir, ai-je dit. Mon nom est Angeline. Je suis ici pour voir… Solomon Knox.

– Il est tard, a répondu l'homme.

J'ai hoché la tête.

– C'est très important.

Il a soupiré.

– Eh bien, je ne peux pas laisser une dame dehors. Entrez, et attendez là. Je vais faire appeler Lord Knox.

– Merci, ai-je dit en le regardant disparaître dans un couloir.

Quand il est revenu quelques minutes plus tard, il était en uniforme de valet et un homme plus grand que lui l'accompagnait.

Quand ils ont été assez près, j'ai discerné les traits de son compagnon. Il avait de grands yeux, comme moi, et des cheveux blonds qui lui tombaient sur le front.

Il était très beau, c'était évident. Nous nous ressemblions, sans conteste.

– Bonsoir, ai-je dit.

– Jotham me dit que l'affaire est urgente ? a demandé Lord Knox.

– Oui. Voyez-vous… Je suis… Vous êtes… mon frère, ai-je balbutié.

Le Lord a semblé secoué, puis il m'a regardée avec précaution, comme s'il faisait l'inventaire de mes traits comme je l'avais fait pour lui.

– J'ignorais avoir une sœur, a-t-il répondu.

– Tout comme moi un frère, ai-je avancé. Jusqu'à il y a trois jours, pour être exacte. Il y a eu du grabuge au manoir Maynard, où je résidais, et ma protectrice s'est mise en quête de mon père, et c'est là qu'elle vous a retrouvé…

– Le manoir Maynard, dites-vous ?

– Oui.

– Le même manoir qui a fait les gros titres de la presse à travers la nation entière avant-hier ?

– La presse ? Je... je l'ignore. J'étais sur les routes.

– Oui, un certain Lord Maynard a fait pendre une de ses employées en place publique. En plein jour.

– P... pendre ?

La cruauté de Lord Maynard m'était familière, ainsi que sa violence. Pourtant, jamais je n'aurais pensé qu'il irait jusqu'à tuer quelqu'un. Surtout quelqu'un se trouvant à son service... quelqu'un comme moi.

– Peut-être vaut-il mieux que je n'en dise pas plus, vous avez l'air bouleversée, a proposé Lord Knox en hochant doucement la tête.

– Non, je vous en prie, poursuivez, ai-je soufflé.

Il a soupiré.

– Il s'agissait de sa gouvernante, je crois. La connaissiez-vous ?

Au fond de moi, la boule de malaise présente depuis des semaines a explosé. J'ai senti ses fragments se disperser dans mes veines. Une immense tristesse s'est abattue sur moi. De la tristesse, mais aussi de l'horreur et de l'incrédulité.

Et la nausée, bien sûr.

Avant que j'aie pu demander un seau, j'étais à genoux et je vomissais sur le parquet.

– Oh, mon Dieu. Oh... Jotham, veuillez aller chercher une serviette pour cette dame.

– Je suis... désolée, ai-je réussi à balbutier malgré les larmes qui roulaient sur mon visage.

– Vous connaissiez cette femme...

J'ai regardé mon frère et j'ai hoché la tête.

– Farrah. C'était elle, ma gardienne, ai-je répondu en prenant la serviette que me tendait le valet pour m'essuyer le visage. Celle qui m'a envoyée à vous.

– Une femme pleine de bonté, je présume ?

J'ai à nouveau acquiescé.

– C'est à cause de moi qu'elle est morte...

– Je suis certain que ce n'est pas vrai, a déclaré Solomon.

J'étais persuadée du contraire. Elle avait tout risqué pour me faire m'échapper du manoir, pour m'aider à retrouver mon frère. Elle avait tout mis en péril pour que le bébé, dans mon ventre, ait une chance de vivre. Ce bébé était tout autant celui de Farrah que le mien, à présent.

Je faisais plus que protéger mon enfant. Désormais, je protégeais l'héritage de Farrah.

– Vous sentez-vous bien, Madame ? a demandé mon frère en s'approchant. Si vous êtes trop fatiguée pour parler ce soir, nous pouvons continuer au matin.

J'ai secoué la tête.

– Farrah a retrouvé la trace de mon père. Ma mère travaillait dans un bordel. Il lui a rendu visite à deux reprises. La première fois, vous êtes né, ai-je indiqué en pointant Solomon du doigt. La seconde, ce fut moi, ai-je ajouté en me désignant.

– Comment êtes-vous arrivée chez Lord Maynard ?

– Notre père... Il ne souhaitait pas garder une enfant de sexe féminin. Alors il m'a laissée aux bons soins de ma mère... qui m'a vendue au manoir dès qu'elle a pu, ai-je expliqué doucement.

Solomon a hoché la tête.

– Dites-moi, ma sœur, quel est votre nom ?

– Angeline.

– Angeline. Je vois bien que votre situation est désespérée. Vous êtes la bienvenue en ces murs.

J'ai baissé les yeux, traversée par une vague de soulagement.

– Merci, merci infiniment, Solomon.

– Je possède une auberge qui se situe juste à côté. Vous pourrez y travailler pendant la journée.

J'ai hoché la tête, me remémorant le second bâtiment.

– Bien entendu.

– Mais, pour l'instant, allez dormir. Cette soirée a été pleine d'émotions. Jotham, montrez sa chambre à cette dame, a ordonné Solomon en tournant les talons pour remonter les escaliers.

Le malaise est revenu au creux de mon ventre, comme pour me rappeler que j'avais omis de partager à mon frère l'information la plus importante, celle qui expliquait mon départ en hâte de Londres.

Mon corps tremblait, mes paumes transpiraient.

J'ignorais comment il réagirait si je lui confiais la vérité. Mais comment mentir à un homme qui m'avait ouvert les portes de son foyer ?

– Solomon ? ai-je appelé dans la pénombre, la voix tremblante.

Il s'est retourné.

– Qu'y a-t-il ?

– Il y a… quelque chose d'autre… ai-je commencé tandis qu'une larme solitaire roulait sur ma joue.

Lui dire la vérité me mettrait peut-être à la rue, j'en avais conscience. N'importe quel Lord respectable ostraciserait une femme tombée enceinte en dehors des liens de l'union.

Pourtant, j'étais incapable de lui mentir.

– Angeline, je suis très fatigué, a répondu Solomon, et même si je ne pouvais pas voir clairement ses traits à cette distance, j'ai deviné qu'il s'impatientait.

Il fallait que je le fasse. Que je lui dise tout.

Avant de me décourager, j'ai pris une profonde inspiration et placé une main sur mon ventre, essayant de me calmer.

– Je suis enceinte.

ÉPISODE 12

L'HEURE DE SE BATTRE

14 DÉCEMBRE 2017
LUMEN

Ève

– C'est MA robe ! a protesté Anya.
– Elle était à moi avant ! a répliqué Reyna.
– TROP PAS ! MAMAN ME L'A DONNÉE À MOI !
– OUAIS ! C'EST DANS MON PLACARD QU'ELLE S'EST SERVIE !

J'ai grogné, plissant très fort les yeux. Même à travers ma porte fermée, j'entendais les cris d'Anya et Reyna comme si elles étaient dans ma propre chambre.

Si je voulais être en état d'assister à l'Assemblée d'Équinoxe, ce soir – l'énorme bal qui me forcerait à me presser dans une salle de réception en compagnie de l'intégralité de la population de Lumen –, je n'allais certainement pas supporter ça tout l'après-midi.

– COMME SI T'AVAIS L'INTENTION DE LA METTRE !

– C'EST PAS LA QUESTION, REYNA !

C'était la goutte d'eau. J'ai ouvert ma porte à la volée et je me suis rendue dans le couloir, prête à leur rentrer dedans.

Anya et Reyna tiraient chacune de leur côté sur une robe bleu électrique, aucune ne semblait vouloir lâcher prise. Des larmes maculaient les joues d'Anya et Reyna avait l'air sur le point d'exploser.

– Les filles.

Elles se sont tournées vers moi.

– C'est quoi, le problème ?

– Reyna veut pas lâcher *ma* robe !

J'ai regardé l'intéressée.

– Mais c'est MA robe ! a-t-elle rétorqué.

– Anya, c'est la tenue que tu comptes porter ce soir ?

Anya a secoué la tête de gauche à droite.

– Mais c'est la mienne. Maman me l'a donnée, à moi. C'est le dernier cadeau qu'elle m'a fait !

– C'est pas un cadeau, c'est un transfert ! De mon placard au tien. Et moi, je compte bien la mettre ce soir, a plaidé Reyna.

Je ne l'avais jamais vue dans cet état.

– Pourquoi tu la veux ? Elle est même pas noire ! a lancé Anya.

Même si elle était insolente, elle marquait un point.

La seule fois où j'avais vu Reyna porter autre chose que du noir, c'était ce fameux débardeur blanc. Et maintenant, elle faisait une crise pour une robe bleu pétard ?

– C'est la robe que j'ai portée à mon bal de troisième, a dit Reyna doucement. La seule soirée officielle à laquelle je me sois rendue. Maman m'avait aidée à me préparer et… c'est la seule fois où je me suis amusée à un bal, d'accord ? Je veux juste m'amuser autant ce soir.

J'ai observé Anya lentement lâcher prise du satin qu'elle serrait entre ses doigts, dévisageant sa sœur comme si elle ne pouvait pas croire ce qu'elle venait d'entendre.

Pour être honnête, moi non plus.

Cela faisait beaucoup plus d'émotions que ce à quoi m'avait habituée l'aînée des Morgan.

– On y va dans vingt minutes ! a hurlé Martin depuis le rez-de-chaussée, et les filles se sont précipitées chacune dans sa chambre.

Mais l'explication de Reyna me trottait toujours en tête. Quelque chose clochait.

Je suis entrée dans ma propre chambre et j'ai enfilé ma veste en cuir par-dessus mon débardeur noir.

Assemblée d'Équinoxe ou pas, j'étais ici pour bosser. Pas question de danser ce soir. Ni de m'amuser. Et pas seulement parce que Raphael serait présent. Bien sûr, il serait là. C'était le foutu Alpha des Alphas ! Ce serait même la star de la soirée. Mais après la façon dont on s'était séparés la semaine précédente, je n'avais aucune envie de lui adresser la parole. Plus jamais.

J'avais dit ce que j'avais sur le cœur. Je m'étais montrée honnête, et qu'il comprenne ou non mes raisons m'importait peu. Je le haïssais. Vraiment et profondément. Cela ne changerait jamais.

J'ai lacé mes bottes de combat et jeté mon sac à main sur mon épaule.

Depuis que Kimbringe m'avait confié ses fioles, elles étaient soigneusement rangées à l'intérieur. Kimbringe était un homme intelligent et une Divinité bienveillante. S'il me donnait un avertissement, ou un conseil, je le prenais à cœur. Alors ces fioles ne me quitteraient pas. Où que j'aille.

– Cinq minutes ! a beuglé Martin, en bas.

J'ai soupiré tout en jetant un regard rapide à mon reflet dans le miroir. Même pas maquillée, ma peau rayonnait sous la lumière. Mes yeux étaient grands, leur étrange couleur violette étincelait et mes lèvres étaient roses et rebondies. J'étais telle que j'avais toujours été.

Je suis sortie dans le couloir pour descendre les escaliers, juste à temps pour voir Anya arriver à son tour. Elle était à couper le souffle, avec ses cheveux blonds tombant en vagues souples sur ses épaules et sa robe courte rose pâle qui mettait en valeur ses longues jambes bronzées.

Puis j'ai vu Reyna apparaître derrière elle. Et elle… avait l'air d'une reine. Cette robe bleu électrique était l'écrin parfait pour sa silhouette de liane. Ses cheveux sombres étaient relevés. Elle rayonnait. Rayonnante et royale.

– Mes filles… vous êtes… magnifiques, s'est étouffé Martin, dont les yeux passaient d'une fille à l'autre.

– OK, assez d'effusions. Allons-y avant que chaque Morgan fonde en larmes, ai-je ordonné en ouvrant la porte.

***

Nous nous sommes garés sur le parking de la Maison de la Meute, où nous sommes arrivés en même temps que des centaines d'habitants de Lumen.

L'Assemblée d'Équinoxe n'était pas un événement annuel. En fait, la plupart des meutes n'en avaient jamais connu. Le bal de Yule, le soir de Noël, et l'Assemblée du Solstice, au printemps, étaient les seules festivités communes à toutes les meutes.

J'ignorais pourquoi Gabriel avait décidé de cette assemblée extraordinaire. Ce n'était pas comme si Lumen traversait une crise.

J'ai entendu gémir à quelques mètres de là.

– Dépêchez-vous ! a dit Anya.

Elle avait déjà commencé à avancer avec les grappes de gens endimanchés se dirigeant vers la salle de bal.

Reyna a tout de suite pressé le pas pour rejoindre sa sœur, mais quand j'ai regardé vers le siège conducteur pour vérifier où en était Martin, je l'ai vu affaissé contre le volant. J'ai soupiré et me suis approchée de sa portière pour frapper à sa vitre.

Il m'a regardée et j'ai vu des larmes rouler sur ses joues. Il a essayé de les essuyer, sans y parvenir tout à fait.

Il a baissé sa vitre.

– Je ne suis pas sûr d'en être capable... a-t-il commencé.

– Bien sûr que si. Et vous allez le faire, lui ai-je ordonné.

– C'est la première... la première Assemblée... sans Elena.

– Martin, je ne suis pas votre psy, encore moins votre amie. Mais ce que je sais, c'est que vos filles ont besoin de vous. Il va falloir être fort. Pour elles.

Mes mots cinglants ont semblé l'atteindre. Il a hoché la tête, défait sa ceinture et ouvert sa portière. En le regardant sortir du véhicule, j'ai réalisé combien il était important que je mène à bien cette mission. Que je sois là pour protéger les filles...

Avec seulement Martin pour veiller sur elles, je n'étais pas certaine qu'elles survivent la semaine.

Reyna

À la seconde où j'ai posé le pied dans la salle de bal, une sensation bizarre s'est insinuée en moi. Comme si... les gens me dévisageaient. Pas à cause de mes vêtements gothiques ou de mon eye-liner ou parce que j'écoutais du métal trop fort. Non. C'était comme s'ils me regardaient parce que j'étais belle. Ou un truc du genre.

– Anya ! a couiné une blonde à quelques mètres de moi, avant que ma poupée Barbie de sœur ne coure vers elle.

Elles se sont serrées dans les bras. J'ai failli vomir.

– La voilà, ai-je entendu papa dire derrière moi.

Je me suis tournée pour le regarder et j'aurais juré qu'il venait de pleurer.

Ces jours-ci, il avait été si émotif... Je pigeais pourquoi. Maman n'était morte que depuis trois mois. J'étais triste, moi aussi. Sauf que lui, c'était un adulte. C'était pas son rôle de se montrer stoïque ? Il était insupportable avec sa tristesse, surtout en ce moment.

Je me sentais bien, je portais une robe que jamais je n'aurais eu l'idée de porter en temps normal… et je savais que Jed serait présent.

Bon, d'accord. Je le trouvais très mignon. Je l'appréciais plus que je ne l'aurais admis à quiconque. C'était comme s'il me comprenait. Et aucun garçon ne m'avait jamais comprise.

J'ai continué à marcher tout droit dans la salle de bal en le cherchant des yeux. J'allais baisser les bras quand j'ai repéré ses cheveux en bataille, près du bar.

Immédiatement, je me suis mise à sourire, sans pouvoir m'arrêter. Dès qu'il m'a vue, il m'a tendu les bras pour qu'on s'enlace.

– Salut ! s'est-il exclamé.

Même si notre contact avait été rapide, ma peau était couverte de chair de poule. Je sentais mon cœur battre la chamade juste parce que j'étais à côté de lui.

– Coucou, ai-je répondu en rougissant.

– Waouh, tu es… magnifique, a-t-il lancé en me balayant des yeux.

Impossible qu'ils ne voient pas la couleur de mes joues.

– T'es pas mal non plus, ai-je répondu, avant de m'insulter intérieurement.

Non mais le malaise…

Mais je l'ai à nouveau regardé et j'ai réalisé que c'était la vérité : il était franchement pas mal. Il portait un smoking, comme la plupart des mecs ici, et son nœud papillon était adorable. Ses cheveux étaient toujours un peu trop longs et sauvages, et son visage rasé de près le faisait ressembler à… un garçon. Un garçon très mignon. Qui me rendait nerveuse.

– Qu'est-ce que tu regardes comme ça ? a-t-il demandé avec un sourire en coin.

– Rien. Toi.

Reprends-toi, Reyna !

Un serveur est passé avec un plateau couvert de flûtes de champagne. Jed en a attrapé deux au passage.

– Pour vous, ma Dame, a-t-il dit en s'inclinant, puis en me tendant un des verres.

Je n'avais jamais bu de champagne de ma vie, mais je ne pouvais pas vraiment refuser. Il s'était incliné et tout…

Alors j'ai pris la flûte et nous avons trinqué.

Puis j'ai bu.

Ève

J'avais trouvé l'endroit parfait, au cinquième étage, pour avoir une vue d'ensemble de la salle de bal. De là où j'étais accroupie, je pouvais voir tout ce qui se passait en bas.

Tout de suite, j'ai repéré Reyna, près du bar, discutant avec un homme.

C'est qui ? J'avais déjà vu cette tignasse quelque part… *Oh,* ai-je pensé. *Bien sûr…*

Jed. Le Delta de Raphael.

Mes yeux les ont quittés pour parcourir la foule à la recherche d'Anya. C'est là qu'ils sont tombés sur Raphael. Immédiatement, j'ai senti une chaleur naître entre mes jambes. Il avait beau être cinq étages plus bas, il parvenait à m'exciter. Je ne l'en haïssais que plus… Je ne l'en désirais que plus.

Putain.

Impossible de le quitter du regard.

Il portait un blazer bleu marine et une chemise d'un blanc immaculé. Il était sexy sans le vouloir, et la façon dont sa peau bronzée contrastait avec ses vêtements… Même d'ici, tout m'atteignait.

Son aura.

Son charisme.

Qui m'appelaient.

Non. Ça suffit, Ève.

À ce moment, il a relevé la tête, a scanné le bâtiment tout autour de lui. Comme s'il avait senti ma présence.

Je savais qu'il ne pourrait pas me repérer. J'étais dissimulée derrière la rambarde en bois et il avait beau avoir un flair hors du commun, sa vision n'était que moyenne. Après quelques secondes, il a arrêté de chercher.

Je l'ai observé parcourir la foule, serrer des mains et distribuer des sourires comme un foutu politicien. Puis il a placé une main sur l'épaule d'une jolie petite blonde. Je l'ai regardée se tourner vers lui, un sourire choqué sur le visage.

C'était Anya. Il lui tendait la main pour l'inviter à danser.

Le fils de pute.

Utiliser contre moi une ado sous ma protection, jouer de ses charmes pour l'attirer et, quoi, me rendre jalouse ?

D'une élève de seconde ?

D'une gamine avec du gloss parfum barbe à papa dans son sac à main ?

Cela ne fonctionnait pas.

Pas du tout.

J'ai observé ses mains se poser sur ses hanches tandis qu'ils glissaient sur la piste de danse, en rythme avec la musique. C'est là que je me suis forcée à les quitter des yeux.

Ne les regarde pas. C'est ce qu'il veut, alors arrête...

J'ai tourné la tête juste un peu, histoire d'observer Reyna danser avec Jed.

Ils se dévoraient du regard, se mouvant plus lentement que les autres couples. C'est à ce moment-là que j'ai ressenti une sensation étrange. Comme si quelqu'un était là. Quelqu'un de puissant. Quelqu'un ayant accès à la magie.

J'ai fixé la porte de la salle de bal.

Aussitôt, j'ai repéré un homme. Il avait l'air âgé d'une vingtaine d'années, mais je savais mieux que quiconque que cela ne voulait rien dire. Moi aussi, j'avais l'air d'avoir vingt ans. Il avait les cheveux sombres et portait un jean noir ainsi qu'un tee-shirt de la même couleur.

Comme moi, il n'était pas habillé pour assister à une Assemblée.

Il était en tenue de combat.

ÉPISODE 13

DE PLUS EN PLUS CHAUD

14 DÉCEMBRE 2017
LUMEN

Ève

Mes yeux étaient rivés à l'homme en noir debout près de la porte.

Je ne le reconnaissais pas, ce qui m'inquiétait encore plus.

J'ai amplifié mon ouïe et l'ai focalisée pour mieux capter tout ce qui se passait autour de lui. Mes sens étaient en état d'alerte. Au premier signe de danger, je serais en bas.

Il a avancé de quelques pas dans la salle de bal.

Tous les poils de mon corps étaient dressés. J'avais un mauvais pressentiment. Et mon intuition ne me trompait jamais.

Mais Shade, le Gamma des loups du Millénaire, est apparu derrière lui. Il était en smoking noir, comme la plupart des hommes de la soirée, mais son expression était loin d'être à la fête.

Apparemment, je n'étais pas la seule à me faire du souci.

– Je vais vous demander de venir avec moi. Reculez lentement jusqu'à la sortie, l'ai-je entendu dire à l'inconnu.

– Non, a simplement répondu l'homme qui avait un accent prononcé.

Européen, je dirais. Italien ?

J'ai observé Omar et Zachary se rapprocher de l'intrus, mais celui-ci n'avait pas l'air intimidé pour un sou. Encore une fois, ce n'était pas bon signe. En général, la simple présence des loups du Millénaire suffisait à impressionner.

L'inconnu s'est retourné pour leur faire face à tous les trois. Il avait le sourire.

– *Je suis ici pour vous tuer,* a-t-il affirmé en italien, provocant la confusion chez les loups du Millénaire.

Bien sûr, aucun d'entre eux ne parlait cette langue. Quelle incompétence…

– *Je vais tous vous tuer. Et vous êtes trop idiots pour le voir. Mais ce n'est pas la seule raison de ma présence,* a continué l'homme, accentuant le malaise en moi.

Il était là pour les Morgan, j'en étais certaine.

J'ai sauté par-dessus la rambarde et atterri sur la piste de danse avec un son mat. Autour de moi, les habitants ont sursauté, mais je les ai ignorés. Pas le temps pour les politesses.

J'approchais de l'Italien quand j'ai vu Shade sortir une arme à feu et la diriger vers lui. Le type lui a ri au nez. Puis il a levé une paume.

En une seconde, une flamme a jailli de sa main et il l'a précipitée devant lui.

Droit sur Shade.

Putain.

Ce n'était pas un simple guerrier, c'était un vampire. Ce qui était impossible. Mais vrai.

Shade a esquivé la boule de feu avant qu'elle ne l'atteigne, mais la flamme s'est écrasée sur une nappe, embrasant toute la table.

Les habitants de la ville n'étaient plus simplement interloqués, ils hurlaient, courant dans tous les sens pour sortir de la salle aussi vite que possible.

– Que tout le monde garde son calme ! Attention où vous mettez les pieds ! a ordonné Gabriel depuis la scène.

Mes yeux étaient toujours rivés à l'Italien et à ses mains produisant des flammes. Pas étonnant qu'il n'ait pas été impressionné par les loups du Millénaire. Ce n'était pas un loup-garou. Cet homme était comme moi. Pire, il possédait un pouvoir unique, un pouvoir que je n'avais jamais vu auparavant. C'était un pyrokinésiste.

Alors que les loups du Millénaire tentaient de retrouver leur calme, je me suis dirigée droit sur l'intrus, m'exprimant dans un italien parfait :

– *Nous ne nous sommes pas présentés,* l'ai-je interpellé, le faisant se retourner vers moi.

Manifestement, il était surpris que je l'approche quand tout le monde le fuyait.

– *T'es qui toi, putain ?* a-t-il craché, une flamme naissant dans sa main.

Je sentais les regards des loups du Millénaire posés sur moi, ils devaient sans doute penser que j'étais folle de m'approcher si près des flammes.

Rien n'était plus dangereux que le feu, après tout. Mis à part pour moi.

– *Tu as peut-être entendu parler de moi. Les gens comme toi, comme moi... m'ont donné un surnom. Un surnom que je n'ai plus utilisé depuis longtemps,* ai-je affirmé.

– *Lequel ?*

– *Le Diable.*

Son visage est devenu pâle.

– *Tu n'es pas le Diable.*

J'ai souri, avant de regarder tout autour de moi. Les invités étaient tous partis. Zachary, Shade et Omar se trouvaient à quelques mètres sur ma gauche ; derrière eux, j'ai remarqué la présence de Raphael. Il m'observait intensément, une main protectrice posée sur l'épaule d'Anya. Aux côtés de la jeune fille, j'ai aperçu Martin, Reyna et Jed. Tout le monde avait l'air d'aller bien. Pour l'instant.

Je me suis tournée vers l'Italien, qui semblait avoir retrouvé de sa superbe. Il me toisait.

– Eh bien, laisse-moi te faire une petite démonstration, lui ai-je lancé.

J'ai plongé vers lui, mon pied visant son ventre, alors qu'il me balançait sa boule de feu. Je l'ai esquivée facilement, plongeant de nouveau, et cette fois, j'ai atteint ma cible.

Il s'est effondré, les mains sur l'abdomen.

Je me suis jetée sur lui, mes doigts enserrant son cou.

– *Qui t'envoie ?* ai-je demandé, tandis que son visage perdait de ses couleurs.

– ÈVE ! ai-je entendu Raphael hurler, me faisant tourner la tête juste à temps pour voir les mains de l'Italien s'enflammer.

Ce n'étaient pas juste des flammèches. C'étaient de vraies boules de feu. Aussi grosses que moi.

J'ai bondi loin de lui pour les éviter. Ma force était formidable, oui, mais je n'étais pas immunisée contre le feu. Et ça faisait un mal de chien.

L'Italien s'est redressé, faisant des gestes derrière lui avec ses mains comme s'il s'apprêtait à lancer une balle de base-ball.

Il commençait à vraiment m'énerver.

Dès qu'il a libéré ses boules de feu en l'air, je me suis concentrée dessus. Avec mon esprit, je les ai figées avant de les renvoyer vers mon assaillant.

Des petits cris se sont élevés du côté des spectateurs. Les boules de feu se sont jetées sur l'envoyeur, le forçant à les absorber.

Je me suis focalisée sur le pyrokinésiste, le faisant léviter jusqu'à ce qu'il flotte à trois mètres du sol, les bras battant l'air, prisonnier de mon champ télékinétique.

C'était trop demandé, une soirée tranquille ?

Je me suis approchée.

– *Prêt à parler, maintenant ?* ai-je demandé en italien, en me rapprochant de lui, mes yeux violets pleins de rage.

Il essayait de gigoter, le visage figé par la peur.

– *Qu'est-ce qui se passe ? Qu'est-ce qui me retient ?* a-t-il crié.

– *Tu es là pour les Morgan ?*

Il m'a dévisagée, la bouche serrée. J'ai redoublé de force télékinétique, augmentant d'autant la pression de toutes parts. Il se sentait probablement comme un papillon coincé dans son cocon.

– *AAAARGH !* a-t-il hurlé de douleur.

– *Ne me force pas à me répéter,* l'ai-je averti.

– *Oui… pour les… Morgan ! La nouvelle reine !*

J'ai soupiré.

C'était Reyna qu'il voulait. Son sang.

– *Qui t'envoie ?* ai-je crié.

– *P… personne,* a-t-il balbutié.

Mais je ne l'ai pas cru.

Il était peut-être pyrokinésiste, mais ce type n'était pas assez futé pour travailler en solo. J'allais devoir le faire parler.

J'ai ôté mon anneau d'argent, celui que je portais à l'annulaire de la main gauche. Puis je l'ai jeté en l'air, le faisant léviter juste devant lui. Sous les yeux de l'assemblée, la bague s'est transformée en une faux aussi grande que moi, dotée d'une pointe de lance.

– *C'est ma faux,* ai-je dit avec emphase. *Une arme très spéciale. Capable de tout trancher. Même le feu.*

J'ai attrapé la faux et je me suis rapprochée de lui.

– *Je n'ai pas le temps de jouer à tes petits jeux. Alors je vais te le demander une dernière fois avant de débiter tes membres un par un. Et je vais commencer par celui que tu aimes le plus,* ai-je dit en désignant des yeux son entrejambe. *Qui t'envoie ?*

Il a tremblé.

– *L'homme, l'homme mauvais...*

– *Qui ?*

– *Barron Von Logia.*

En entendant ce nom, mon cœur s'est figé.

Mon esprit s'agitait dans tous les sens, mes pensées me ramenant à un autre temps, une époque plus douloureuse. Non. Il ne fallait pas que j'y pense maintenant. Il fallait que je me concentre.

J'étais tout près de l'Italien, qui lévitait toujours loin du sol.

– *Merci pour ton honnêteté,* ai-je dit, puis j'ai planté ma faux dans son cœur.

J'ai entendu des cris, mais je n'ai pas levé la tête. Même quand j'ai entendu la voix de Raphael crier :

– Que personne ne bouge !

Dès que j'ai retiré la lame du cœur de l'intrus, il s'est effondré à terre. La faux s'est retransformée en anneau que j'ai aussitôt enfilé à mon doigt. Je me suis accroupie près de l'homme, j'ai tiré les fioles de mon sac, en regardant le sang s'écouler de la plaie que j'avais créée.

Ma tête me faisait atrocement souffrir. Utiliser autant de pouvoir n'était pas sans conséquence. Ma vision était floue et mon corps me faisait aussi mal que si j'avais couru un marathon tout autour du globe.

J'étais épuisée, mais ce n'était pas fini. Après avoir remercié Kimbringe par télépathie pour les fioles, je me suis mise au travail. Je me suis concentrée sur le sang qui s'écoulait du cœur du cadavre, j'ai convoqué toute la magie qui me restait pour le faire léviter jusque dans la fiole que je tenais dans la main. Faire bouger des objets ou des gens par la force de mon esprit n'était pas trop difficile. Épuisant, oui, mais pas difficile. Les substances liquides, en revanche, ou les choses minuscules comme le sable, c'était une autre affaire.

Ma concentration était à son maximum et le sang s'élevait dans les airs et remplissait un premier contenant, puis un deuxième. Ma vision était de moins en moins bonne, ma tête me martelait, mais je restais concentrée. J'étais allée si loin, je n'allais pas abandonner maintenant.

La troisième fiole s'est remplie, puis la quatrième. De plus en plus de sang flottait, quittant le corps de l'homme pour venir se loger dans le contenant en verre.

Mon crâne semblait sur le point d'éclater, comme si un batteur de rock venait d'y emménager. J'entendais les gens, autour de moi, mais je ne parvenais pas à comprendre ce qu'ils disaient. C'était comme si j'étais sous l'eau. Je commençais à manquer d'air.

Tout s'obscurcissait.

Et le martèlement… *Mon Dieu…*

Et là, avant que la cinquième fiole ne soit remplie, tout est devenu noir.

ÉPISODE 14

RESTER AUX AGUETS

14 DÉCEMBRE 2017
LUMEN

Reyna

Je n'en croyais pas mes yeux. Cet homme… ses mains lançaient du feu !

Et il a dit qu'il était là pour nous. Pour nous !

Puis Ève, elle l'a fait léviter. Et elle l'a tué !

Elle lui a planté une lame en plein cœur.

Et puis elle s'est… évanouie. Sur le sol.

J'ai commencé à respirer si vite que j'ai bien pensé tomber dans les pommes moi aussi. J'étais en hyperventilation, en fait. Jed l'a remarqué. Il s'était tenu près de moi pendant tout ce qui s'était passé. Il m'a pris la main et m'a guidée hors de la salle de bal.

– Allez, on va se mettre en sécurité.

Reconnaissante, j'ai hoché la tête, mais avant qu'on ait pu sortir, j'ai remarqué que l'Alpha du Millénaire ramassait le corps d'Ève. Elle était toujours inconsciente.

Je n'ai pas vu la suite parce que Jed et moi avons continué à marcher vers le bâtiment principal de la Maison de la Meute.

– Tu es glacée, a-t-il dit en portant une main à ma joue.

– Je vais bien.

– Viens, on va trouver de quoi te réchauffer, a-t-il déclaré en m'attirant à l'intérieur d'un genre de bibliothèque.

Il m'a conduite vers un fauteuil et a enroulé une couverture autour de mes épaules avant de s'asseoir près de moi.

– Tu… tu connaissais cet homme ? m'a-t-il demandé, l'air inquiet.

J'ai secoué la tête.

– Je ne l'avais jamais vu avant, ai-je murmuré.

– Mais il était là… pour ta famille ?

J'ai acquiescé. Avant de pouvoir articuler quoi que ce soit, j'ai éclaté en larmes.

– On nous traque, ai-je réussi à balbutier.

Jed m'a attrapé la main et l'a serrée.

– Tout va bien, Reyna. Ne t'en fais pas. Je suis là. Je te protégerai. Personne ne te fera de mal.

Je l'ai observé, sentant les papillons se réveiller dans mon ventre.

Mon Dieu, qu'il est mignon.

Je me suis forcée à écarter ces pensées. Ève venait juste de s'évanouir en tentant de nous sauver ! Et moi, je me pâmais pour un type !

– Reyna, a continué Jed. C'est pour cette raison qu'Ève vit avec vous ?

J'ai fait oui de la tête.

– Elle veille sur nous.

– Pourquoi ?

– Qu'est-ce que tu veux dire ?

– Qu'a-t-elle à y gagner, au juste ?

– Je... j'en sais rien. Elle prétend que notre lignée est importante pour elle. Quoi que ça veuille dire.

– La lignée des Morgan ?

– Ouais... pourquoi ? ai-je demandé.

– C'est juste que... ça ne colle pas. Je veux dire, tu ne la connaissais pas avant, n'est-ce pas ? Et maintenant, elle vit avec vous. Elle risque sa vie pour protéger une famille qui lui est étrangère ? Et puis, qu'est-ce qu'elle est, déjà ? Tu as vu ce qu'elle a fait, là-bas. C'est pas normal. Personne ne sait rien à son sujet.

– Ton Alpha, si, ai-je dit doucement.

– Quoi ?

– Raphael. Ève et lui se connaissent.

Jed s'est levé de sa chaise pour s'agenouiller devant moi, serrant ma main plus fort.

– Tu en sais plus à ce sujet ? Sur leur histoire ?

J'ai plissé les yeux. Son comportement était vraiment étrange.

– Non, pourquoi ? T'as pas d'infos, toi ?

Jed a secoué la tête.

– Non, Raffe ne veut rien nous dire à propos d'elle. Et quand Zack a essayé de lui poser des questions, elle lui a cassé la figure. Elle l'a mis à terre.

Je n'ai pas pu m'empêcher de sourire. M'imaginer la minuscule Ève faire tomber le Bêta bien baraqué était impressionnant.

– Hé, tu pourrais me rendre un service ? m'a demandé Jed, ses yeux verts pleins de détermination.

– Bien sûr.

– Tu pourrais la surveiller ? Et creuser un peu ? Voir si quoi que ce soit te semble... étrange... Je pense vraiment qu'on est en droit de savoir. Raphael n'est plus lui-même, ces derniers temps. Depuis qu'ils sont tous les deux dans la même ville, en fait. Et on a besoin de lui pour s'assurer que le monde tourne rond.

J'ai acquiescé, comprenant doucement où il voulait en venir.

Il me demandait d'espionner la femme qui nous protégeait.

– Tu pourrais faire ça pour moi, Reyna ?

Ève

J'ai entendu des voix tout autour de moi. Des voix d'hommes. Qui criaient, se disputaient.

– Silence ! a lancé quelqu'un près de moi.

Cette personne était à portée de bras. Mais ce n'était pas n'importe quelle voix. C'était *sa* voix.

Mes yeux ont cligné jusqu'à s'ouvrir. La lumière, j'ai vu beaucoup de lumière. Elle m'a fait mal à la tête, d'abord, mais j'ai fini par m'habituer et par observer la pièce qui m'entourait.

J'avais un plafond en face de moi. *Hein ?* C'est là que j'ai compris que j'étais allongée. Sur un canapé. La tête posée sur les genoux de quelqu'un. J'ai relevé la tête un peu plus, repérant le visage de Raphael au-dessus du mien. C'étaient ses genoux.

J'ai essayé de me redresser pour lui échapper, mais il a posé une main ferme sur mon épaule, me maintenant allongée.

– Détends-toi, a-t-il dit. Tu as besoin de repos.

Il portait un blazer bleu marine et une chemise d'un blanc immaculé.

Oh.

L'Assemblée d'Équinoxe.

Tout me revenait, à présent.

Le pyrokinésiste.

La bataille.

Le sang.

J'ai fermé les yeux, juste une seconde, et j'ai réalisé combien j'étais épuisée. Peut-être que Raphael avait raison. J'avais besoin de repos. Mais alors, j'ai entendu Martin hurler :

– Il en est *hors de question* !

J'ai à nouveau ouvert les yeux et j'ai tourné la tête vers le centre de la pièce où j'ai vu Gabriel et Martin s'engueuler.

– Il n'y a pas d'autre choix, a répondu Gabriel d'un ton calme.

– C'est impossible ! a déclaré Martin.

– Qu'y a-t-il ? ai-je demandé d'une voix faible. Qu'est-ce qui se passe ?

Les hommes se sont tournés vers moi.

– Ce type, le pyrokinésiste. Il a brûlé la maison des Morgan avant de venir ici, a expliqué Gabriel. Zavier et quelques autres membres de la meute viennent de s'y rendre pour sauver ce qui pouvait l'être, mais la maison est cramée.

– Il veut qu'on emménage *ici* ! a dit Martin, incrédule. Je refuse que mes filles soient constamment entourées de loups-garous ! Ne le prenez pas contre vous. Mais c'est la Maison de la Meute, bordel ! C'est plus dangereux que…

– Que quoi ? Votre maison a été réduite en cendres ? a répliqué Gabriel. Avec vos filles entre ces murs, nous pourrons garder un œil sur elles. Cet endroit est surveillé 24 heures sur 24.

– Je n'aime pas cette idée, a maintenu Martin.

Je suis intervenue et, là encore, tous les regards se sont posés sur moi.

– Elle n'est pas mauvaise, pourtant, La sécurité est maximale ici. Tous ces agents sauront mieux vous protéger que moi toute seule. Et ils se relaient en continu, comme il l'a dit.

– Alors c'est décidé, a décrété Gabriel. Nous vous installerons dès ce soir.

Le regard de Martin est passé de moi à Gabriel avant de revenir sur moi. Il ne s'attendait pas à ce que je prenne le parti des loups. Quand il a réalisé qu'il avait perdu la bataille, il a grogné et s'est précipité hors de la pièce.

– Merci, a dit Gabriel en hochant la tête. Pour ce que vous avez fait… comment avez-vous…

– Pas maintenant, ai-je lancé.

Je ne pouvais supporter un interrogatoire.

– Vous pouvez nous laisser seuls ? a demandé Raphael, et cela sonnait plus comme un ordre que comme une question.

Gabriel a hoché la tête une fois de plus et nous a laissés.

Je me suis rendu compte que cette pièce… c'était celle où Raphael m'avait attirée lors du dîner. Le premier endroit où nous nous étions embrassés, depuis des années.

Malgré mon immense fatigue, mon rythme cardiaque s'est accéléré.

– Ce que tu as fait… a commencé Raphael, s'avançant sur le même terrain que Gabriel.

– Raphael, l'ai-je averti.

Je refusais de répondre à des questions maintenant. Surtout si elles émanaient de lui.

– … c'était incroyable. C'est tout ce que je voulais dire. Tu es la femme la plus puissante que j'aie jamais vue, la plus intrigante, la plus belle et… la plus forte. J'ai été émerveillé.

Ces mots… ont envoyé mon corps au bord du précipice. Le sang est monté à mes joues, de l'extase a envahi mon sexe. J'étais de plus en plus excitée.

Sur la brèche.

Et je savais qu'il le sentait aussi.

En un instant, ses mains ont été sur moi, sa bouche sur la mienne. C'était chaud, plein de passion, de désir. J'ai laissé mon corps s'abandonner. Je le voulais. Lui, ainsi qu'un moment pendant lequel la douleur s'en irait.

Avant que je n'aie pu l'anticiper, il m'a relevée et m'a posée de l'autre côté du canapé pour pouvoir s'allonger sur moi, une main protégeant toujours ma tête.

Tout est devenu plus intense. La douce chaleur a soudain été remplacée par un besoin fulgurant, j'étais plus qu'en appétit. J'avais besoin de lui. Mon désir *devait* être rassasié. Encore une fois, il était sur la même longueur d'onde. Ses lèvres ont quitté les miennes pour couvrir mon visage de baisers, puis mon cou.

– Hum, ai-je gémi, mon esprit vide de tout sauf de ces sensations délicieuses.

– Est-ce que c'est bon ? a-t-il grogné.

– Humm… ai-je répondu.

Il m'embrassait de plus en plus bas et, de ses dents, agrippait ma peau, me faisant frissonner des pieds à la tête. Les frissons les plus remplis de désir qui ne m'avaient jamais traversée.

Il m'en fallait plus.

– Encore, ai-je gémi.

Mon esprit était vide, à l'exception de toutes ces délicieuses sensations. Mon désir me consumait et ses dents m'égratignaient de plus en plus fort jusqu'à ce qu'il me morde carrément. Il me mordait, et j'en ressentais un plaisir intense, un jaillissement d'euphorie et de douleur à la fois.

Mais…

Cette morsure. Cette douleur. Elles signifiaient quelque chose.

Mon cerveau tournait à toute vitesse. Mes mains se sont posées sur ses épaules et l'ont repoussé.

– Raphael, ai-je murmuré, le plus fort que ma voix me le permettait. Relève-toi ! Maintenant !

J'ai eu besoin de toutes mes forces, mais j'ai réussi à sauter du canapé. Ma main s'est posée sur mon cou et quand je l'ai regardée, elle était couverte de sang.

De mon sang.

Ce bâtard m'avait apposé sa marque.

Ce qui signifiait que tout le long de la prochaine Frénésie, je serais sienne.

ÉPISODE 15

ÉPARPILLÉE

18 SEPTEMBRE 1517
SUD DE L'ANGLETERRE

Angeline

Cela faisait neuf mois que je vivais au manoir appartenant à mon frère, Solomon, les meilleurs mois de ma vie.

Au moment où je lui avais confié être enceinte, le soir de mon arrivée, il m'avait accueillie à bras ouverts, et il s'était montré si bienveillant envers moi depuis.

Solomon n'était pas seulement mon frère. Il était devenu mon ami. Alors que mon ventre se gonflait, mon cœur aussi. Il était rempli de tant d'amour, de joie que, chaque matin, je me réveillais excitée d'être en vie. Après tout ce qui s'était passé au manoir Maynard, avec l'Alpha du Millénaire, avec Farrah, j'avais pensé ne plus jamais pouvoir être heureuse. J'étais convaincue que je passerais le restant de mes jours dans la honte, à travailler en comme servante, en attendant la mort. Mais ce n'était pas ce qui s'était passé. Pas du tout.

Au manoir de Solomon, j'étais plus qu'une simple servante. J'étais son bras droit, et j'aidais à la bonne gestion de l'auberge attenante. J'accueillais tous les voyageurs qui souhaitaient venir s'y reposer. Ils m'apprenaient tant de choses sur le monde !

Chaque soir, je dînais en compagnie de Solomon et de Jotham.

J'avais tout le temps faim, à présent, et Jotham n'était même plus étonné de me voir terminer trois assiettes du plat qu'il avait préparé. C'était si bon !

La vie était si douce.

Je me sentais en paix ici. Chez moi.

Et puis, un jour, tandis que je souhaitais la bienvenue à un couple de voyageurs, à l'auberge, j'ai senti mon ventre gronder.

Quelque chose a comme éclaté, et c'était comme si un seau de liquide s'échappait de moi. Solomon a quitté le comptoir derrière lequel il faisait les comptes et s'est précipité vers moi.

Il a appelé Jotham et tous les deux m'ont transportée jusqu'à la salle de soin avant de convoquer la guérisseuse la plus renommée de la ville, une dame brune nommée Maribelle. Quatorze heures plus tard, je tenais dans mes bras une magnifique petite fille. Le travail s'était révélé long, c'était la douleur la plus terrible que j'aie jamais connue, surpassant même les deux fois où mon cœur avait été brisé.

Par Raphael et par la perte de Farrah.

J'ai poussé et poussé et, à travers les larmes, je me répétais que mon futur était sur le point de devenir mon présent. Que cette douleur déboucherait sur ma plus grande joie.

Et c'est ce qui s'est passé.

Je l'ai bercée dans mes bras, ressentant instantanément pour elle ce que je n'avais jamais ressenti pour qui que ce soit d'autre dans mon existence. C'était l'amour de ma vie, même si elle ne respirait que depuis quelques instants.

Tout en elle était parfait : les touffes de cheveux blond blanc sur son crâne, ses yeux bleu glacier et son teint de porcelaine. Sa peau était si pâle que c'en était à peine croyable.

– Comment comptes-tu la nommer ? s'est enquis Solomon, la tête juste derrière mon épaule.

Il tapotait mon front humide à l'aide d'un mouchoir, mais il s'est interrompu pour sourire au nouveau-né que je tenais dans mes bras.

– Snow, ai-je répondu, sûre de moi, même si je n'y avais pas beaucoup réfléchi.

Comme la couleur neige de sa peau, comme le froid de l'hiver où j'avais rencontré mon propre frère. L'hiver venait toujours avec un nouvel espoir, l'espoir de la chaleur, d'une nouvelle année, de grands changements. Et c'est ce qu'incarnait Snow à mes yeux.

L'espoir.

Les semaines ont passé, nous laissant, Snow et moi, nous créer notre routine. Je l'emmenais se promener sur les terres du manoir et de l'auberge, elle rencontrait des voyageurs. Tous les clients l'adoraient. Il n'y avait pas une âme en ce monde qui ne tombait sous le charme de ma fille. En leur souriant, elle se mettait tous ceux qui la voyaient dans la poche. J'étais si pleine d'amour pour elle que j'avais du mal à y croire.

Chaque jour, après être passées par l'auberge et avoir salué ses résidents, nous nous baladions. Une forêt calme s'étendait juste derrière le manoir. Pendant le jour, elle resplendissait. Le soleil rayonnait sur les arbres, se reflétant sur la neige fraîchement tombée.

Cet après-midi-là comme toutes les autres, j'ai enveloppé ma fille dans des couvertures avant de la prendre dans mes bras pour aller nous promener au milieu des arbres.

Dès que nous avons posé le pied sur le chemin, j'ai senti le soleil caresser mon visage.

– Snow, regarde comme c'est beau ! ai-je dit en tournant sur moi-même pour montrer le paysage à ma fille.

Elle a gazouillé, un sourire sur les lèvres, et j'étais sur le point d'exploser de fierté. Elle était à moi, pour la vie. Nous nous sommes enfoncées plus loin, pour écouter le chant des oiseaux. C'était la promenade la plus parfaite.

Soudain, j'ai entendu quelque chose derrière nous, une branche cassée peut-être. Je me suis retournée, serrant Snow contre moi, mais il n'y avait rien. J'ai soupiré.

Détends-toi, Angeline.

Il était temps de rebrousser chemin pour entamer la préparation du déjeuner, me suis-je dit.

Mais à ce moment, quelque chose a attiré mon attention. Une silhouette sombre, pile à l'endroit où j'avais entendu du bruit. Quand j'ai plissé les yeux pour mieux la discerner, j'ai réalisé qu'il s'agissait d'un homme qui sortait des arbres.

J'ai reculé de quelques pas.

– Ne vous approchez pas ! ai-je crié en essayant d'employer un ton ferme.

– Oh là ! a-t-il dit d'une voix sirupeuse qui a éveillé de la peur en moi. N'ayez crainte, jeune dame.

– Que voulez-vous ? ai-je demandé, la voix tremblante.

– Quelle question complexe... a-t-il répondu, en s'approchant d'un pas vers moi.

– Alors... alors qui êtes-vous ? ai-je insisté, m'intimant d'être forte.

– As-tu entendu parler des Divinités, jeune fille ? a-t-il demandé, sans prendre la peine de s'identifier.

Les seules Divinités dont j'avais entendu parler appartenaient aux contes de fées. Les enfants en parlaient, mais elles n'étaient pas réelles. Seuls les humains et les loups-garous peuplaient ce monde.

– J'ai entendu des enfants les évoquer, mais ce sont des êtres imaginaires.

– Oh non. Non, non, non, a-t-il répondu en secouant la tête. Les Divinités sont bien réelles. Il n'y a pas plus réel que *nous.*

– Vous êtes... ? ai-je commencé, plus terrifiée que jamais.

Non seulement un étranger s'approchait dangereusement de moi en pleine forêt mais celui-ci ne semblait pas avoir toute sa tête et déblatérait des histoires à propos de Divinités.

– Oui. Et très puissant avec ça, a-t-il affirmé, réduisant un peu plus la distance entre nous. Mais ne perdons pas de temps. Parlons de toi.

– De moi ? ai-je demandé, surprise. Que voulez-vous savoir de moi ?

– Je sais déjà tout de toi, jeune fille, a-t-il répliqué. Je sais tout de ton père et de ta mère.

– Quoi ?

– Ta mère travaillait au bordel, oui, mais c'était aussi une ensorceleuse, a-t-il déclaré. (Il n'était maintenant qu'à quelques mètres de ma fille et moi.) Quant à ton père, lui, c'était un vampire.

J'ai secoué la tête énergiquement, en serrant Snow encore plus fort.

– Mensonges ! Rien de tout ça n'est vrai !

Comment savait-il que ma mère travaillait dans un bordel ?

– Tout ceci est bien vrai, ma fille. Et c'est la raison de ma présence.

Je l'ai dévisagé et j'ai remarqué que son regard se focalisait sur le bébé dans mes bras – sur Snow.

– Vois-tu, ma fille, tes gènes sont très rares. Du sang d'ensorceleuse et de vampire coule dans tes veines, mais ses gènes, a-t-il dit en désignant Snow, ont tout ça, mélangé à du sang de loup-garou. Et pas n'importe lequel. Non. Celui de l'Alpha du Millénaire.

Mes yeux se sont écarquillés.

– Comment le savez-vous ?

– Je sais tout ! a-t-il tonné.

L'instant d'après, il avait retrouvé un calme absolu.

– Je vais vous la prendre.

J'ai bien regardé cet homme tout de noir vêtu, au regard plus profond que l'océan. Il était mauvais. Je le savais. Et jamais il ne prendrait ma fille.

– Non, ai-je répondu avec fermeté.

– Oh, ma chère fille, pardonne-moi. Ce n'était pas une question, a-t-il ricané.

Il était maintenant juste en face de moi, tendant la main vers Snow que je détournais de lui en marchant à reculons.

– Éloignez-vous ! ai-je entendu ma voix hurler, reprise en écho par la forêt.

Quand j'ai cligné des yeux, l'homme avait disparu.

J'ai pris une respiration hachée. Serrant de plus belle mon enfant contre mon cœur.

Elle était là. Nous étions en sécurité.

– Oh, jeune fille... ai-je entendu une voix, derrière moi.

J'ai fait volte-face et il était là.

– C'est le moment

– NON ! ai-je hurlé. Hors de question !

J'ai essayé de courir dans toutes les directions mais, irrémédiablement, l'homme apparaissait devant moi.

– Donne-la-moi, a-t-il dit, l'air sombre.

– NON !

– Donne-la-moi ou je te la prendrai de force. Je n'ai aucun problème avec ça, Evangeline, a-t-il déclaré avec un sourire diabolique.

Je me suis figée.

Evangeline.

Il connaissait mon nom. Mon véritable nom.

Personne n'était au courant. Ni Farrah ni Solomon. Seule ma mère possédait cette information, et elle avait disparu depuis fort longtemps. Mais cet homme le connaissait.

Avant que j'aie pu l'interroger à ce sujet, et sur qui il était, quelque chose d'étrange est arrivé. J'ai senti mon corps s'envoler, une chaleur m'envelopper, et quand j'ai essayé de bouger mes bras ou mes jambes, cela m'a été impossible.

J'ai ouvert la bouche pour crier, mais je n'y parvenais pas plus. J'étais complètement figée. Prise au piège au milieu du vide. Avec horreur, j'ai vu l'homme s'approcher, un sourire surnaturel sur le visage.

– Ma chère Evangeline, tu n'aurais pas dû t'opposer à moi. Cela aurait pu être si simple…

En réponse, j'ai gémi, sans pouvoir parler. Quand il a été directement en face de moi, il s'est arrêté. Puis il a tendu les bras et s'est saisi de Snow.

J'étais paralysée. Impossible de l'en empêcher. Je ne pouvais que le regarder.

– Tu m'as demandé mon nom. Je suis Barron Von Logia, a indiqué l'homme, tout en berçant mon bébé.

Elle s'est mise à pleurer. Jamais je ne l'avais entendue crier si fort. D'ordinaire, si un étranger la portait, elle lui souriait.

– Comme je te l'ai dit, je suis une Divinité. Tous mes actes ont un but. Cette fille, un grand destin l'attend, a-t-il expliqué en regardant mon enfant. Tout comme toi. Le jour de ton vingtième anniversaire, tu seras en mesure de suivre le Rituel.

Le Rituel ?

Qu'est-ce que racontait encore cet homme dément ? Comment m'avait-il fait léviter ? Étais-je en plein cauchemar ?

Cela ne pouvait pas être vrai ! Impossible !

– Tu peux choisir de devenir vampire. C'est ta destinée. Un jour, tu me remercieras, tu verras.

Et avant que j'aie pu comprendre ses paroles, lui et mon bébé… avaient disparu.

ÉPISODE 16

COLÈRE NOIRE

15 DÉCEMBRE 2017
LUMEN

Ève

Je me suis réveillée dans une pièce qui m'était étrangère, portant les mêmes vêtements qu'à l'Assemblée d'Équinoxe. Ma tête me lançait toujours et ma mémoire était embrumée.

Que s'est-il passé ? Comment je suis arrivée ici ?

J'ai regardé autour de moi. On aurait dit une chambre d'invités tout à fait normale. C'est là que tout m'est revenu.

L'Assemblée.

Le pyrokinésiste.

La maison des Morgan, désormais en cendres.

Et Raphael, qui m'avait marquée.

Ma main s'est précipitée sur mon cou, et immédiatement, j'ai senti les reliefs de la cicatrice. Un frisson m'a parcourue quand je me suis souvenue de sa façon d'embrasser mon cou, comment il avait griffé ma peau sensible de ses dents.

J'ai poussé un grognement, une vague de rage m'a traversée.

Il m'avait *marquée* !

Tandis que la colère déferlait dans mes veines, ma tête a commencé à me faire à nouveau mal. J'étais toujours aussi épuisée.

J'ai alors remarqué mon sac à main qui pendait au dossier d'une chaise, à l'autre bout de la pièce.

Les fioles.

Je me suis extirpée du lit pour m'approcher, saisissant le premier des flacons. Il était rempli de sang. Celui du pyrokinésiste. Sans perdre une seconde de plus, j'ai ôté le bouchon et avalé le liquide, me délectant de son goût métallique. J'ai tendu la main vers la deuxième fiole et l'ai vidée d'un coup, elle aussi. Avant de passer à la troisième.

Je pouvais sentir le sang du pyrokinésiste pénétrer mon système, envoyant une explosion d'énergie dans tout mon corps. J'avais fonctionné à vide pendant si longtemps. Bien sûr, les pilules R21 aidaient, mais elles n'avaient rien à voir avec la véritable substance. Cela faisait des mois que je n'avais plus bu de sang.

Maintenant, ma tête avait arrêté de me torturer et j'avais retrouvé de l'énergie, j'étais prête. Prête à quoi ? Eh bien, à arracher avec les crocs la tête de Monsieur l'Alpha du Millénaire, pardi ! Il allait devoir s'expliquer.

Je suis sortie de ma chambre et, dans le couloir, j'ai dépassé Reyna qui marchait dans le sens inverse.

– Hé, Ève, je peux te parler une min…

– Pas maintenant, Reyna.

Je ne me suis pas arrêtée, toujours sur la piste de Raphael. Dès que je me suis approchée d'une chambre tout au fond du couloir, j'ai senti qu'il était tout près.

J'ai ouvert la porte à la volée.

Il était là, étendu sur le canapé, à regarder la télévision. Comme si tout allait bien dans le meilleur des mondes. Quand il m'a vue, il a commencé à dire quelque chose, mais avant d'entendre quoi que ce soit, j'étais déjà assez proche pour lui décocher une immense gifle.

– C'était quoi, ça ? a-t-il grogné en sautant immédiatement sur ses pieds.

– Tu m'as marquée ! Je te l'ai *dit* ! Tu n'as PAS mon consentement ! Et malgré ça, tu as profité de mon état d'épuisement. Tu as abusé de ma faiblesse.

– Ce n'était pas de la faiblesse, s'est-il rengorgé.

– Quoi ?

– C'était de la force. Ce que tu as fait hier soir, Ève. Et *comment* tu l'as fait. C'était de la puissance pure. La chose la plus sexy que j'aie jamais vue. Alors, oui, je t'ai marquée. Je t'ai marquée pour qu'aucun homme de cette ville ne puisse te regarder et penser qu'ils ont ne serait-ce qu'une seule chance de t'avoir.

Putain.

Ce mec savait parler.

Mais il avait quand même fait fi de mes avertissements répétés ! Il savait pertinemment que je ne le voulais pas et il n'avait pas écouté.

Je lui avais dit que je ne voulais rien avoir à faire avec lui, que je le haïssais et, lui, il a pris ça pour une invitation à me faire sienne pour la saison ?

C'est quoi son problème ?

Être marquée ne voulait pas seulement dire que tout le monde serait au courant de ma vie privée au moindre regard sur mon cou, non, cela signifiait aussi que Raphael me considérait comme sienne. On ne pouvait être plus loin de la vérité.

Je n'étais pas sienne, ni pour la saison ni même pour un putain de jour.

Je n'appartenais à personne d'autre qu'à moi.

Et lui… il pensait que me faire gémir suffirait à me faire changer d'avis ! Que cela me convaincrait de lui appartenir !

La chaleur m'avait envahie, ma colère toujours en plein duel avec mon excitation. J'étais hors de moi, bien sûr, mais je ne pouvais pas m'empêcher de me rappeler combien j'avais aimé être embrassée par lui.

Sentir ses dents érafler ma peau, l'entendre grogner.

J'ai bien regardé ses yeux furieux, son visage mal rasé et, aussitôt, ma faim dévorante a grandi en moi.

Merde. Pas sûre que ma colère l'emporte, cette fois.

– Tu n'es pas vraiment en colère, a-t-il dit doucement, tout en s'approchant de moi pour poser ses mains sur ma taille.

Les mots parfaits pour raviver ma rage.

– Oh si, je suis bel et bien en colère, ai-je rétorqué en le repoussant. Tu te prends pour qui ? Tu crois que tu as le droit de faire ce que tu veux à qui tu veux ?

– Tu réfléchis trop, ma chérie, a-t-il dit, s'approchant encore une fois de moi. Je te veux. Putain, j'ai *besoin* de toi. Je ne peux pas m'arrêter de penser à toi, à ton corps… a-t-il grogné, ses mains se reposant sur ma taille pour m'attirer plus près.

Mon corps en réclamait plus.

Plus près !

– Arrête de me toucher.

– Très bien. J'arrête. Mais parlons, a-t-il déclaré en me faisant asseoir sur le canapé.

– D'accord.

Nous étions proches l'un de l'autre – si proches – et je pouvais sentir la chaleur de son souffle à chacune de ses respirations.

– Dis-moi ce que tu es.

Je l'ai dévisagé. Longuement. Si je ne pouvais pas lui révéler l'entière vérité, je pouvais au moins lui jeter un os à ronger.

– Je suis immortelle, ai-je répondu. Je dois mener à bien des missions, beaucoup de missions. Mais j'agis seule. Je l'ai toujours fait, et ce sera toujours le cas. C'est pourquoi nous ne pouvons pas… Je ne peux pas être avec qui que ce soit. Cela me ralentirait. Et ça n'arrivera pas.

Après un moment, il a hoché la tête.

– Merci. De m'avoir enfin donné une raison.

J'ai soupiré, soulagée. Peut-être que maintenant, il allait garder ses sales pattes pour lui.

Mais à ce moment, sa paume s'est posée sur ma cuisse, le bout de ses doigts frottant légèrement le tissu de mon pantalon.

– Ça ne va pas m'empêcher d'essayer, tu sais.

Et là, il s'est mis à m'embrasser. À vraiment m'embrasser.

Il m'a soulevée pour me poser sur lui, mes jambes autour de ses hanches. J'ai aussitôt senti son érection tout contre moi.

C'était comme s'il était déjà prêt, comme s'il savait tout de ma faim dévorante et qu'il ne demandait qu'à la rassasier.

Le feu brûlait bien trop intensément, en mon for intérieur, et envoyait tout ce que je venais de dire par la fenêtre. J'étais plus qu'excitée. L'énergie tirée du sang du pyrokinésiste avait fait redoubler les battements de mon cœur, mes désirs étaient, eux, décuplés.

Merde, ai-je pensé quand il m'a jetée sur le lit.

Il m'embrassait le cou, laissant sa langue parcourir sa marque. J'aurais pu exploser. C'était à vif, si sensible, que le moindre mouvement de sa part envoyait des éclairs de plaisir dans mon sexe palpitant.

En grognant, il a pris les bretelles de mon débardeur entre ses dents pour les faire glisser le long de mes bras. Puis il a embrassé ma clavicule et ma poitrine. Ses doigts ont trouvé mes seins, jouant avec mes tétons avant de les pincer.

– Huuum, ai-je gémi, les yeux fermés.

Je savais que c'était mal. Je savais que j'aurais dû l'arrêter, mais le feu en moi n'était pas satisfait. Pas encore. Même quand ses lèvres se sont attaquées à mes seins, disséminant des baisers sur ma peau avant de prendre mes tétons pour les sucer, j'avais toujours besoin de plus.

Rien ne me comblait.

La dernière fois que j'avais ressenti autant de plaisir, que j'avais été aussi excitée, c'était il y avait des siècles. Quand je n'étais qu'une gamine… quand j'étais…

J'ai repris mes esprits et l'ai aussitôt repoussé.

– NON ! ai-je crié, en remontant mon tee-shirt et filant vers la porte.

– Quoi… a-t-il hurlé, confus, se précipitant derrière moi.

– DÉGAGE, lui ai-je ordonné tandis que son corps massif me bloquait la route.

– Dis-moi ce qui vient de se passer.

– Bouge, et ne t'approche plus de moi ! Tu ne sais pas de quoi tu parles. Tu ne me veux pas, tu n'as pas besoin de moi ni de rien de tout ça !

– ÈVE ! a-t-il tonné. Qu'est-ce qui a changé ? Parle-moi, explique-moi…

– Tu veux que je te dise quelque chose, *moi* ? Alors, parlons du fait que c'est complètement irresponsable, déjà ! C'est puéril, et je n'en ai pas besoin, si on continue comme ça, il y aura une autre Snow et…

Sonnée, je me suis interrompue d'un coup.

Je ne pouvais pas croire que j'avais presque… Et maintenant, il me dévisageait, cherchant des réponses à ses questions.

– Une autre Snow ? Qu'est-ce que ça veut dire ?

C'en était trop – son nom sur ses lèvres, ma rage, la façon dont je perdais le contrôle.

Le pouvoir a jailli dans mes veines d'une manière inédite.

J'ai fermé les yeux.

C'était le sang du pyrokinésiste. Ses pouvoirs, ils devaient déferler en moi.

Prends le contrôle, me suis-je ordonné.

Mais la douleur me martelait la tête à nouveau, et tout le bâtiment s'est mis à trembler. Le pouvoir rugissait dans mes veines. Je savais que les murs bougeaient parce que je ne pouvais pas le maîtriser. Il fallait que je le domine, sinon…

– Ève ? m'a appelée Raphael en regardant autour de nous. Qu'est-ce que…

– IL FAUT QUE JE SORTE D'ICI.

J'ai entendu un grognement et le son étouffé d'une métamorphose en loup. Quand j'ai ouvert les paupières, j'ai vu que Raphael s'était transformé. Il était devant moi, sous sa forme animale.

Pas le temps de l'admirer. Avant que le bâtiment ne subisse une nouvelle secousse, il m'avait déjà précipitée par la fenêtre avec lui et emmenée loin de la Maison de la Meute.

ÉPISODE 17

QUELQUE PART LOIN D'ICI

15 DÉCEMBRE 2017
FORÊT BORDANT LUMEN

Ève

J'étais agrippée au loup de Raphael, mes doigts plantés dans sa chair ferme. Je ne lui faisais pas mal. Le loup de Raphael était massif. Son corps musclé était couvert de la fourrure la plus douce, la plus épaisse. Cela faisait des heures que j'étais accrochée ainsi tandis qu'il nous éloignait de Lumen.

Pendant qu'il courait, tout ce que je pouvais sentir, c'était le vent violent qui me giflait le visage à chacune de ses foulées. Ce n'était pas douloureux. Loin de là. C'était rafraîchissant.

Cela me rappelait qu'on était en vie.

J'ai observé les arbres défiler. Nous étions à bonne distance de la ville, seule la forêt nous entourait. Le ciel était passé de bleu à orange avant devenir gris, puis noir charbon. Maintenant, il faisait pleinement nuit.

Je me sentais presque hypnotisée, observant tous les changements autour de moi. Je savais fort bien que moi, je n'avais pas changé. Je me sentais davantage en contrôle. Mes nouveaux pouvoirs n'allaient plus m'échapper.

Mais je pensais aussi à l'homme, au loup, aux épaules duquel j'étais accrochée fermement. Comment il avait tout abandonné pour me venir en aide, pour m'éloigner de là. Il n'avait pas posé plus de questions, sur moi ou sur ce qui se passait. Il avait juste hoché la tête, s'était transformé et m'avait entraînée avec lui.

Et maintenant, nous étions toujours en train de courir.

Il devait être épuisé, sa fourrure tout emmêlée, ses paupières plissées pour protéger ses yeux du vent.

Comme s'il venait de lire dans mes pensées, Raphael a commencé à ralentir pour s'arrêter complètement, juste devant une rivière. Il m'a fait glisser de ses épaules, j'étais désormais accrochée à sa poitrine. J'ai plongé mes yeux dans les siens, de la même teinte chocolat que ses iris humains. J'y ai lu de l'inquiétude. De l'inquiétude à mon sujet. Et, pour la première fois de ma vie, je me fichais bien de me sentir vulnérable. Mais dès que mes bottes de combat ont foulé le sol, je me suis sentie revenir à moi. Mon énergie était de retour.

Je m'étais tournée pour observer le cours d'eau, pour admirer la façon dont les rayons de lune frappaient sa surface, quand j'ai entendu le même son étouffé que plus tôt, entre un grognement et un halètement. Mes yeux sont revenus sur Raphael, et j'ai surpris la dernière phase de sa transformation.

C'était le seul loup-garou de ma connaissance – probablement le seul au monde – à ne pas perdre ses vêtements quand il se métamorphosait.

Alors qu'il reprenait forme humaine, il était vêtu du jean et du tee-shirt qu'il portait à la Maison de la Meute.

J'ai presque levé les yeux au ciel.

De combien d'autres signes de supériorité avait-il besoin ?

Quand sa forme s'est stabilisée, il a passé une main sur ses joues anguleuses, sur ses mâchoires couvertes d'une barbe de trois jours et, enfin, ses yeux ont trouvé les miens.

Il s'est approché et a saisi mon menton.

– Tu vas bien ? a-t-il demandé, la voix rauque d'avoir trop grogné.

J'ai hoché la tête.

– Tout va mieux ici. Merci, ai-je répondu, car je le pensais sincèrement.

– De rien. Je te l'ai dit, Ève, a-t-il déclaré en me sondant du regard, je suis là pour toi. Tes problèmes sont mes problèmes.

Et là, ses lèvres ont couvert les miennes, m'attirant dans leur chaleur, dans la sécurité de ses bras. Pendant une seconde, je me suis laissé faire, mais j'ai bientôt senti le pouvoir déferler en moi, à nouveau. Je me suis souvenue de la façon dont le bâtiment avait tremblé.

Je me suis souvenue de ma rage, incontrôlable. Et de mon bébé.

Snow.

Tout m'est revenu, me noyant dans la rage, la frustration et la tristesse. Le plus profond des chagrins ayant jamais existé.

J'ai repoussé Raphael loin de moi et lui ai tourné le dos. Mes épaules étaient voûtées tant j'essayais de me forcer à ravaler mes larmes.

– Ève, a-t-il dit doucement.

Je l'ai entendu s'approcher. Il s'est arrêté juste à côté de moi.

– Je ne peux pas… ai-je répondu, ne sachant pas si j'étais en colère contre lui ou contre le monde. Je ne peux pas.

– Tu veux parler ?

– NON ! ai-je hurlé, assez fort pour faire vaciller les arbres.

À nouveau, il est venu se coller à moi, passant ses mains sous ma ceinture pour m'attirer à lui.

– Alors on peut rester là, comme ça. En silence.

Mais c'était quand même trop. Trop de lui, trop de contact entre nous.

– Non, ai-je dit encore, me libérant. Non. J'ai besoin… d'une distraction.

– Une distraction, a-t-il répondu en réfléchissant. OK. Alors, il était une fois…

– Raphael. Je ne veux pas d'un conte de fées.

– Contente-toi d'écouter. Il était une fois au xxe siècle, en Espagne, une famille. Ils étaient considérés comme des rois. Fortunés, respectés. Mais ils étaient des loups-garous à une époque où une telle chose était inacceptable. Les humains considéraient les loups-garous comme dégoûtants, sauvages, des animaux enragés. Ils les chassaient. Alors cette famille gardait son identité secrète.

Je l'observais tandis qu'il parlait.

Quand il s'est arrêté pour reprendre sa respiration, il m'a sondée du regard, et des frissons ont parcouru ma colonne vertébrale. Nous nous sommes assis et il a continué.

– Cette famille avait trois garçons, dont le cadet était né pour devenir Alpha. Il était fort et rapide, une vraie épine dans le pied pour quiconque se frottait à lui, a raconté Raphael en riant doucement. C'était un fauteur de troubles. Quand il a eu seize ans, il a hérité de l'odeur d'un Alpha et comme il rentrait chez lui, un jour, une meute l'a sentie. Ils ont suivi sa trace jusqu'au manoir de sa famille, ils ont frappé à la porte…

Il s'est interrompu.

– Eh alors ? ai-je demandé, captivée.

– Ils lui ont fait la requête d'être leur Alpha. Cela faisait un certain temps qu'ils n'avaient plus de chef et ils étaient au désespoir de trouver quelqu'un pour les diriger. Ils n'étaient pas civilisés. Leur exil avait retardé leur développement. Alors ils l'ont supplié.

– Et ?

– Il a refusé, ne pouvant se résoudre à abandonner sa famille, surtout pour aider des loups étrangers. Il leur a fermé la porte au nez. Du temps s'est écoulé et ses parents sont décédés. Son frère aîné était le chef de famille, à présent. Et le cadet, le fauteur de troubles, il n'aimait pas ça.

– Il n'appréciait pas son frère ?

– Oh si, il l'adorait. Il aimait profondément sa famille. Mais il avait ces… pulsions. Le pouvoir, quel qu'il soit, devait lui appartenir. Et que se passe-t-il quand un Alpha repousse son loup intérieur pendant des années ? Le loup se fraye un chemin vers l'extérieur. Il le doit.

– Alors, que s'est-il passé ensuite ?

– Un soir, tard, il n'a pu le retenir plus longtemps. Le loup a pris le dessus. Il a tué ses deux frères, détruit leur foyer.

Choquée, je me suis couvert la bouche.

– Puis il s'est rendu en ville. Il y a massacré tout le monde, n'épargnant personne, jusqu'à ce qu'il n'y ait plus âme qui vive. Ensuite il a retrouvé la meute, celle qui avait sollicité son aide, et il les a tous tués également. Ce n'est que bien plus tard, quand il s'est retrouvé dans une caverne enfoncée loin dans une forêt, que son humanité a refait surface. Quand il a réalisé ce que son loup avait commis, sa rage est revenue à la charge, le dévorant presque totalement.

– Presque ?

Raphael a hoché la tête.

– Quelqu'un est apparu dans cette grotte. Sorti de nulle part. Un homme… qui ressemblait à un ange. Il rayonnait, ses cheveux étaient dorés. Il a prétendu être une Divinité. Mais l'Alpha fauteur de troubles n'y croyait pas. Les Divinités appartenaient aux contes pour enfants, selon lui.

– Que voulait-il ?

– Il a dit être venu le tuer. Que l'Alpha mettait en danger l'équilibre de l'Univers et que les Divinités ne voyaient pas cela d'un bon œil. Mais l'homme, l'ange, son nom était Adonis, il a dit à l'Alpha que le tuer serait du gâchis, tant son talent était grand.

– Donc ?

– Donc il lui a fait une proposition. La Divinité le laisserait vivre s'il acceptait, en échange, de l'aider, lui et les siens, à maintenir l'équilibre de l'Univers. Pour l'éternité.

– A-t-il accepté ?

– Il était têtu. Mais finalement, il a cédé. Il est devenu immortel, a reçu des pouvoirs qui dépassaient ceux des loups-garous normaux. Et depuis ce jour, il est l'Alpha du Millénaire, a conclu Raphael qui m'a ensuite sondée pour jauger ma réaction.

J'ai réalisé ce qu'il venait de me dire, ce qu'il venait d'avouer. Il m'avait révélé l'histoire de sa vie. De son existence d'avant à maintenant.

Je pouvais lire la douleur dans son regard, la vulnérabilité, un sentiment que je ne connaissais que trop bien.

Car je le partageais.

Avant d'être celle que j'étais à présent, j'avais été une autre. Quelqu'un de bien plus innocent, de bien plus utopiste. Mon passé aussi était entaché d'humiliations et de trahisons. De carnage.

J'ai attrapé son visage pour l'attirer à moi et l'embrasser avec force. Je me sentais plus proche de lui que jamais, mais ça ne me suffisait pas.

J'en voulais plus.

J'avais besoin de savoir tout de lui.

De le sentir complètement.

Maintenant.

Ce n'était pas comme tout à l'heure. Je n'étais plus aussi épuisée.

Mon raisonnement n'était pas altéré. Mes décisions m'appartenaient.

Je l'ai embrassé plus fort.

Puis je lui ai grimpé dessus, mes jambes autour de sa taille.

Ce soir, j'allais tout lui offrir de moi. Nous allions coucher ensemble.

Nous allions céder à nos pulsions primitives, celles qui nous happaient dès que nous nous trouvions dans la même pièce.

Celles qui ne demandaient qu'à être nourries. Nous allions les satisfaire.

Ensemble, nous construirions un feu que nous regarderions brûler. Nous allions le laisser nous consumer.

Mais seulement pour ce soir.

Parce que, demain, j'allais devoir mener à bien la mission que Barron Von Logia m'avait confiée il y a dix ans de cela. Celle-ci devait être accomplie avant la fin de l'année.

Si je ne réussissais pas, Barron tuerait ma fille.

Alors oui, ce soir Raphael et moi céderions à notre désir.

Pour la première fois depuis 1516, nous plongerions dans toute la luxure que pourraient offrir nos deux corps.

Mais demain, j'allais devoir le tuer.

Pour Snow.

ÉPISODE 18

IMPOSSIBLE DE SE RETENIR

15 DÉCEMBRE 2017
FORÊT BORDANT LUMEN

Ève

Les jambes enfoncées dans l'herbe, je chevauchais Raphael.

Nos lèvres bougeaient l'une contre l'autre, l'une avec l'autre, et je sentais ma faim grandir. Mon corps bougeait contre lui, et il répondait à chacun de mes mouvements.

Il a grogné, aussi affamé que moi. Débordant de désir. Nous étions dans le même état.

Une seconde plus tard, il se redressait en me portant pour m'éloigner des arbres.

– Où… ai-je réussi à articuler.

Il m'a embrassée.

– Chut !

J'étais trop excitée pour objecter quoi que ce soit.

J'étais toujours fermement accrochée à sa taille, il s'est mis à patauger dans la rivière. Je pouvais sentir son érection tout contre moi.

– Pose-moi, ai-je ordonné, désirant profiter de la fraîcheur du courant contre mes jambes, voulant partager exactement les mêmes sensations que lui.

Il a obéi, me déposant doucement dans l'eau qui m'immergeait jusqu'à la taille. Mes pieds ont pris appui sur le lit de la rivière et j'ai senti peser le poids de mon jean mouillé. Il fallait que je m'en débarrasse, sans attendre. Je l'ai déboutonné avant de l'enlever. Quand Raphael a réalisé ce que je faisais, il m'a imitée. Il a pris mon vêtement trempé et le sien pour les jeter sur la rive.

Puis il m'a attirée contre lui en tirant sur l'ourlet de mon débardeur trempé. Nos poitrines se touchaient, séparées seulement par le fin tissu de nos hauts désormais complètement transparents.

Mes tétons étaient si durs, ils n'attendaient que sa bouche, alors il a baissé la tête et a répondu à leur appel. À travers mon débardeur, j'ai senti sa langue décrire de petits cercles autour de l'un, puis l'autre, puis le premier.

– Oh ! ai-je gémi, le désir s'emparant de moi.

J'allais exploser.

Mes yeux se sont ouverts sur son visage, ce visage qui pouvait m'exciter d'un seul regard et qui, en cet instant, était dévoué à mon plaisir. Ses paupières étaient closes, son expression, celle de l'extase. Comme si son excitation était maximale.

Je n'en pouvais plus.

J'avais besoin de lui.

J'ai approché son visage du mien pour goûter ses lèvres, les mordre. Fort.

Mes mains étaient sur ses hanches, accrochées à son tee-shirt détrempé pour le soulever et l'enlever.

J'ai reculé pour admirer son abdomen si bien dessiné, la façon dont ses muscles se contractaient quand il bougeait.

Putain.

Puis il m'a collée à lui à nouveau, ses mains parcourant mon corps plus vite, plus bas. Mon sexe palpitait, l'appelait et il semblait l'entendre parce qu'en un instant, ses doigts sont venus le soulager. D'abord, ils m'ont taquinée, me touchant doucement, sans s'insérer. Puis ils se sont mis à bouger plus rapidement, plus fermement avant de plonger en moi profondément.

– ... *Putain*... me suis-je exclamée, et sa bouche est venue mordre mon cou, juste au-dessus de ma marque, faisant exploser la douce chaleur du plaisir en moi.

– J'ai besoin de toi, maintenant, ai-je gémi.

Il m'a prise dans ses bras, me hissant sur lui pour qu'il soit positionné juste à l'entrée de mon sexe.

– Raphael, ai-je crié de frustration.

Je l'ai regardé, observant la faim sur son visage et le petit sourire en coin arrogant qui étirait ses lèvres. Mais avant que j'aie pu ajouter quoi que ce soit, il m'a pénétrée. Puis il s'est mis à bouger plus vite que je n'aurais pu l'expliquer.

Notre appétit devenait hors de contrôle. Il comblait chacune de mes pulsions, remplissait chacun de mes besoins, nos hanches se mouvaient de manière synchronisée alors que mes ongles s'enfonçaient dans son dos.

– *Ah !* ai-je crié, et je l'ai entendu pousser un grognement primitif en réponse.

Puis il m'a mordu la lèvre, le lobe de l'oreille, a égratigné ma marque de ses dents et j'ai senti le plaisir monter. Chacun de ses coups de reins, de ses grognements, me rapprochait de la libération, alors, quand il a baissé la tête pour mordre mon téton, j'ai explosé.

Comme la foudre qui s'abat, j'ai joui avec abandon, traversée par un courant électrique. Son orgasme l'a fait gronder aussi fort que le tonnerre, de manière si primitive que j'ai senti le lit de la rivière trembler.

Je me suis effondrée contre lui.

Il m'a tenue serrée pour sortir de l'eau.

Nous étions allongés par terre, nus, à essayer de reprendre notre souffle, quand il s'est tourné vers moi.

– Dis-moi, a-t-il commencé, son regard plongé dans le mien. Comment se fait-il que tu sois si puissante ?

Mes yeux se sont posés sur la rivière, sur les courbes douces des vaguelettes. Je n'ai pas pu m'empêcher de me remémorer...

23 FÉVRIER 1521
SUD DE L'ANGLETERRE

Angeline

Trois années avaient passé depuis que ma fille m'avait été enlevée. Depuis que Barron Von Logia l'avait arrachée à mes bras.

Après cette journée, tout avait été différent.

Je n'étais plus l'Angeline que j'avais toujours été. L'innocente jeune fille, l'Angeline pure... s'était envolée.

À sa place, Evangeline Knox était née.

Ève Knox.

Et elle était prête à tout pour retrouver sa fille.

Ève

Depuis trois ans, Solomon et moi nous préparions pour mon vingtième anniversaire.

Au début, je n'avais pas compris ce que Barron Von Logia avait voulu dire quand il avait évoqué le rituel auquel je pourrais me soumettre quand j'aurais atteint cet âge. Mais quand j'en avais parlé à mon frère, il m'avait tout expliqué.

Solomon et moi portions les gènes de vampire de notre père dans notre ADN. Le statut de vampire s'obtenait à la naissance, contrairement aux vampyres. Tous les vampires, quand ils atteignaient l'âge de vingt ans, avaient l'option d'effectuer ce fameux Rituel. S'ils choisissaient de ne pas le faire, alors ils ne devenaient pas immortels. Ils ne recevaient pas non plus leurs pouvoirs, quels qu'ils puissent être.

Solomon n'avait vu aucun intérêt à devenir un vampire, mais moi, je n'avais pas le choix. Je devais récupérer mon enfant, et pour cela, il me faudrait être la plus forte possible. Devenir vampire me donnerait de la puissance, de la force.

Solomon avait invité deux hommes, un sorcier et un vampire, dans le but de me préparer au Rituel.

Ganda, le vampire, était en charge de ma préparation mentale. Il m'a appris tout ce qu'il y avait à savoir sur le monde et les espèces qui le peuplaient.

Ermo, le sorcier, procédait à ma mise en forme. Il m'a aidée à devenir forte, plus forte que jamais auparavant.

Le jour de mon Rituel, Ganda et Ermo se sont approchés de la table où je prenais mon petit déjeuner. Ils m'ont expliqué comment tout allait se dérouler, ce qui était attendu de moi. Je n'ai pas été surprise. J'avais appris toutes ces choses depuis un moment.

La dernière partie, cela dit, me retournait un peu l'estomac.

– Qui ? ai-je demandé.

Ils se sont regardés et Ganda a pris la parole.

– Jotham. Il s'est porté volontaire.

J'ai pâli, me représentant le visage si bienveillant du valet.

– Non. Non ! Hors de question ! me suis-je écriée.

Ermo m'a pris la main, puis s'est penché pour que nos yeux soient au même niveau.

– C'est la meilleure des solutions, Evangeline, a-t-il affirmé en hochant la tête.

Après cela, les hommes sont partis tout installer à l'église.

***

Je me tenais au centre de l'église vide. Ermo avait dessiné à la craie blanche des cercles sur le sol. À l'intérieur se trouvaient des symboles étranges destinés à arrêter toute tentative des puissances du mal d'interrompre le Rituel.

Je me suis tenue au milieu du cercle blanc et Ganda, Ermo, Solomon et Jotham ont pris place autour de moi.

Ma longue robe immaculée tombait sur le sol. J'ai pris une profonde inspiration, essayant de me préparer.

– Tu es prête ? a demandé Ganda.

– Oui.

– Bien, a-t-il déclaré en se tournant vers Ermo, lui adressant un hochement de tête.

Ermo a commencé à parler dans une langue que je ne comprenais pas, usant de ses pouvoirs de sorcier pour faire pénétrer la magie dans le bâtiment.

Quand il a terminé, Ganda s'est tourné vers moi.

– Evangeline Knox. Lève les yeux vers le Christ, a-t-il indiqué.

J'ai levé la tête vers le plafond, vers le ciel, comme demandé.

– Prête allégeance au dieu de ton choix, a-t-il ordonné.

– Mon dieu est moi-même, ai-je récité, les mots m'étaient familiers de les avoir tant répétés. Je me prête allégeance à moi-même, Evangeline Knox, la déesse que j'ai choisie.

Quand j'ai jeté un œil à Ganda, ses yeux étaient écarquillés et son visage pâle. Il n'en croyait pas ses oreilles, mais il a tout de même continué.

– Tu dois maintenant signer ta loyauté avec du sang, a-t-il commandé.

J'ai regardé Solomon, qui tenait le couteau.

Avec précaution, il me l'a lancé. Personne d'autre que moi n'avait le droit de poser le pied dans le cercle. J'ai attrapé l'arme et l'ai fait glisser sur ma paume en prenant une profonde inspiration. Ma chair s'est ouverte, du sang a jailli de la blessure. J'ai retourné ma main et observé les gouttes rouges tomber sur le sol.

Quand elles l'ont touché, de la fumée s'est élevée dans les airs.

– Tu as scellé ton engagement avec la terre sacrée, a déclaré Ganda. Il est maintenant temps pour toi de renaître, devant les yeux de ces trois témoins.

Les battements de mon cœur se sont accélérés. Je savais ce que cela signifiait.

– Evangeline Knox, je t'offre Jotham Woods.

Avec terreur, j'ai observé Jotham pénétrer dans les cercles. Quand il n'a été qu'à un pas de moi, j'ai pu entendre mon propre pouls marteler dans mes oreilles. J'ai essayé de supprimer cette peur, de ne montrer aucune émotion, mais je savais que le vieux valet lisait clairement en moi.

– Tout va bien, a-t-il murmuré, pour que je sois la seule à l'entendre.

– Il est temps, Evangeline, a ordonné Ganda.

J'ai levé la lame, toujours rouge de mon sang, et l'ai regardée trembler entre mes doigts. Jotham a avancé encore d'un pas, penchant sa tête sur le côté, exposant la peau que j'allais devoir trancher. J'ai pris une profonde inspiration. Jotham m'a adressé un regard d'encouragement. Ses yeux semblaient dire : *C'est le moment.*

Une autre inspiration. Puis d'un mouvement net, même si ma main a tremblé, j'ai égorgé Jotham. Mes yeux se sont écarquillés, mais je ne pouvais pas m'arrêter maintenant.

J'ai posé mes lèvres sur la blessure, les agrippant à la blessure et commençant à aspirer. Goulée après goulée, ce liquide métallique remplissait ma bouche, c'était horrible au début. Dégoûtant. Mais alors, une chose des plus étranges s'est produite. Plus j'avalais, plus je sentais le sang en moi. Mes muscles se renforçaient, mes os s'épaississaient, mon esprit devenait plus stable, plus puissant.

Tandis que je sentais ces changements, en moi, le goût du sang a changé, lui aussi.

Je n'étais plus dégoûtée. J'étais ivre et j'en voulais toujours plus.

J'ai senti des crocs grandir dans ma bouche, et je les ai utilisés pour raffermir ma prise sur la blessure, les enfonçant dans la chair de Jotham. Je voulais plus de sang, que j'aspirais litre après litre. J'ai avalé et avalé jusqu'à avoir totalement vidé ma victime.

J'ai dégagé ma bouche et j'ai regardé le vieil homme effondré dans mes bras. Je l'ai déposé délicatement sur le sol.

– Bien joué, Ève, ai-je entendu Ganda dire, derrière moi. C'est terminé, à présent.

Mes yeux restaient rivés au corps sans vie, extrêmement pâle, de Jotham.

Je me sentais plus forte, plus puissante que je ne l'avais jamais été, mais à quel prix ? Celui de la vie d'un homme innocent. Dans mon esprit, j'ai gravé son image, celle de son cadavre allongé sur le sol. Puis je me suis tournée et j'ai fait face à Ganda, mon cœur à présent enveloppé d'une nouvelle armure.

– Oh non, cela ne fait que commencer.

ÉPISODE 19

CELA NE FAIT QUE COMMENCER

3 AOÛT 1817
LONDRES

Ève

Cela faisait trois cents ans maintenant que mon Rituel vampirique s'était déroulé.

J'avais vécu auprès de Solomon jusqu'à sa mort. J'avais assisté à son mariage ainsi qu'à la naissance de son fils. Il avait eu une bonne vie. J'aurais mené une existence des plus normales si je n'avais sans cesse pensé à Snow.

Son image était la première que je voyais quand je me réveillais, et la dernière qui m'apparaissait quand je m'endormais. Elle peuplait mes rêves. Je fantasmais de la récupérer. J'avais tout essayé pour la retrouver et, en premier lieu, localiser Barron, mais rien n'avait fonctionné.

Le pouvoir que j'avais acquis, maintenant que j'étais vampire, celui que j'avais acquis avec le Rituel, était la télékinésie. Je pouvais faire bouger les objets avec mon esprit. Même avec cette magie, il m'était pourtant impossible de retrouver ma fille. Je ne parvenais pas à me rapprocher d'elle, qu'importe ce que j'essayais.

Après la mort de Solomon, il m'avait été trop difficile de rester à l'endroit où j'avais perdu et ma fille et mon frère. La femme de Solomon l'avait compris. Je lui ai fait mes adieux, à elle et à mon neveu, puis j'ai mis le cap sur Londres.

La dernière fois que j'avais vécu dans cette ville, j'avais été Angeline, la servante. Une anonyme. On m'avait forcée à fuir la ville, enceinte et isolée, persuadée que j'allais mener une vie de honte. Mais maintenant... maintenant, j'étais Ève Knox. J'étais puissante. Déterminée. Je n'avais rien à perdre.

Dès l'instant où j'avais remis le pied à Londres, j'avais repris la mission que je m'étais donnée à moi-même. Mon objectif avait été d'en apprendre autant que possible sur Barron Von Logia, ainsi je serais mieux armée pour le retrouver.

Une fois que ce serait fait, je le détruirais.

Je n'avais pas eu de mal à me mettre au travail. Grâce à ma beauté – celle qui selon Farrah, ma gardienne au manoir Maynard, était synonyme d'ennuis –, j'avais été en mesure de me trouver un lord sans attendre.

Lord Hayden était un homme calme. Un humain qui cherchait une compagne, doté d'une magnifique propriété et de richesses à n'en plus savoir que faire. Il s'était épris de ma beauté, comme la plupart des hommes, et peu de temps après notre rencontre, je suis devenue sa Dame. Nous n'avons jamais été intimes, mais Lord Hayden se montrait gentil envers moi. Tout ce qu'il désirait, c'était quelqu'un à qui parler ; tout ce que je voulais, moi, c'était avoir accès aux ressources me permettant de mener à bien ma quête.

Ensemble, nous étions parfaitement satisfaits.

Quand Lord Hayden est décédé, j'ai hérité de son manoir.

Dès que les hommes de Londres ont entendu parler de sa mort, ils ont commencé à frapper à ma porte, me suppliant de les autoriser à me courtiser. Je n'étais pas intéressée par la romance. Au fond de moi, je savais que plus jamais je n'aimerais. Après ce que l'Alpha du Millénaire m'avait fait, il y avait des siècles de cela, rien que l'idée de l'amour me remplissait d'appréhension. Alors j'avais construit de hauts murs autour de mon cœur, jusqu'à ce que du béton emplisse mes veines.

La seule pour qui il battait encore était Snow. Elle vivait dans mon cœur. L'unique raison qui me faisait avancer.

Alors je me suis mise à manipuler mes prétendants pour la retrouver. J'acceptais de parler à chaque homme qui se présentait à ma porte dans l'espoir que l'un d'eux sache quelque chose, quelque chose qui me mènerait à elle.

– On vous demande à nouveau, Lady Ève, m'a prévenue Agatha, ma fidèle servante, depuis le rez-de-chaussée.

J'ai terminé mon verre de vin et je suis descendue, me demandant ce qui m'attendait cette fois.

Un autre homme pressé, trébuchant sur les mots à cause de ses nerfs ?

Un businessman à qui tout réussissait, pensant qu'il était prêt à relever le défi ?

Ou peut-être un veuf, comme mon dernier visiteur, essayant de raviver la chaleur dans son cœur auprès de la plus belle femme de la capitale ?

Je me suis éclairci la gorge et il s'est tourné pour me regarder, se levant d'un seul mouvement. Bien habillé, il devait avoir autour de vingt-huit ans, des mèches sombres lui tombaient devant les yeux.

– Bonjour, Lady Knox, a-t-il dit, se précipitant vers moi pour se saisir de ma main. Mon nom est Harold, Harold Trotter, de Trotter Estate.

– Bonjour, Harold. En quoi puis-je vous aider ?

– Derrière vous, Lady Ève, a indiqué Agatha, et je me suis retournée pour lui prendre des mains les deux verres de vin qu'elle nous apportait.

– Oh... en rien. Vous ne pouvez pas m'aider. Voyez-vous, j'espérais que vous me permettriez de vous inviter. Pour dîner ou voir un spectacle, à l'opéra, peut-être ?

J'ai levé ma main gantée, et il s'est aussitôt tu. Je lui ai offert le même sourire que j'avais adressé depuis trois cents ans à chacun de mes courtisans avant lui.

– Harold, avez-vous entendu parler d'un certain Barron Von Logia ?

Ses yeux se sont plissés, comme s'il était confus.

– Barron Von Logia. Non... Non. Je ne crois pas. Pourquoi ? a-t-il répondu en secouant la tête.

– Je suis désolée, Harold, ai-je soupiré. Malheureusement, je ne cherche pas de nouveaux amis.

– Oh, je ne souhaite pas que vous deveniez mon amie, a-t-il fini par articuler alors que je l'accompagnais déjà vers l'escalier.

J'ai entendu Agatha l'escorter jusqu'à la porte, l'ouvrir et la fermer derrière lui en la claquant. Puis j'ai entendu qu'on frappait à nouveau.

J'avais presque rejoint l'étage quand je me suis retournée pour observer Agatha qui ouvrait la porte encore une fois. Je ne suis pas parvenue à distinguer qui était son interlocuteur.

Après un moment, elle m'a cherchée du regard.

– Lady Ève ?

– Qu'y a-t-il, Agatha ?

– Voilà encore de la visite.

– Vraiment ? À cette heure ?

– J'ai essayé de le dire à cette dame, mais...

– C'est une femme ? ai-je demandé, intriguée.

– Oui.

– J'arrive.

J'ai terminé mon verre, resserré la ceinture de ma longue robe, et je suis redescendue.

Agatha avait fait entrer ma visiteuse dans le petit salon, où je l'ai rejointe. La femme portait un long voile noir, sa tête et son corps étaient presque entièrement recouverts de l'épais tissu.

– Asseyez-vous, je vous en prie.

Elle a repoussé sa cape et s'est exécutée.

J'ai observé ses épais cheveux bruns. Ils tombaient sur le sol en une natte incroyablement longue. Ses traits étaient magnifiques, doux et délicats. Mais sa structure osseuse était tout en angles et en muscles puissants. Je n'avais jamais vu quelqu'un comme elle.

Avant que j'aie pu parler, elle a pris la parole, sur un ton ferme et posé.

– Je suis androgyne.

– Pardonnez-moi ?

Mes yeux ont arrêté de la parcourir pour se plonger dans son regard.

– Je suis un être entre homme et femme. Je suis les deux, je ne suis ni l'un ni l'autre. Une troisième catégorie, si l'on puit dire.

– Je vois. C'est très intéressant, mais il se fait tard, ai-je dit en me levant.

La femme n'a pas bougé.

– J'ai entendu dire que vous éticz à la recherche de Barron Von Logia, a-t-elle déclaré.

Aussitôt, je me suis rassise.

– Qui êtes-vous ?

– Mon nom est Llinos Von Logia.

– Sa sœur ?

– Non, a-t-elle dit avec un doux rire. Mais oui, en quelque sorte. Nous sommes des Divinités. Connectées et confrontées les unes aux autres, toutes ensemble. Barron est une Divinité du mal, mais ça, vous le savez déjà.

– Il a… Il a ma… ai-je balbutié.

Mon cœur s'est emballé.

– Je sais. Mais ce n'est pas la raison de ma venue, a-t-elle affirmé en posant une main sur mon genou.

Ses ongles étaient longs et peints en noir, de la même teinte que ses cheveux.

– J'ai une requête pour vous.

– Vous êtes une Divinité du bien, alors ?

– Oh non, a-t-elle dit en secouant la tête, son doux rire la reprenant. Non, non. Pas du bien. Pas du mal, non plus. Je suis neutre. Je préserve l'équilibre. Vous voyez, j'ai le pouvoir de donner la vie, de la sauver, mais aussi la tâche de l'enlever.

– Que voulez-vous dire ?

– La nature attend certaines choses de moi. Pour maintenir son équilibre. C'est pour cela que je suis ici.

– Vous êtes une sorte de… Grande Faucheuse ? ai-je dit en la dévisageant.

Elle en avait assurément le style.

– J'imagine, oui, a-t-elle répondu. Et j'aimerais obtenir votre aide.

– Dans quel but ?

– La nature souhaite que j'éradique la race des vampires. La vôtre, a-t-elle déclaré, avec une expression toujours aussi placide. Mais je n'ai aucun intérêt à en détruire autant. Quand Barron m'a parlé de vous, j'ai pensé…

– Non. Impossible, ai-je dit en l'interrompant.

Divinité ou pas, je n'allais pas la laisser venir chez moi me demander d'éradiquer l'intégralité de ma propre race. Certainement pas alors que j'avais ma propre mission à mener à bien : retrouver ma fille.

– Merci d'être passée, c'était très instructif, mais je ne vais pas…

– Barron est fort. Certains pensent qu'il s'agit de la Divinité la plus puissante en ce monde, a commencé Llinos. Vous êtes peut-être une vampire, mais vous êtes loin d'avoir assez de force pour le vaincre.

J'ai fixé la femme assise en face de moi.

– Ève Knox, si vous m'aidez, je ferai en sorte que vous retrouviez votre fille.

– Mais comment ?

– Quand le temps sera venu, quand tous les vampires auront été rayés de la surface de la planète, je viendrai vous trouver et je vous amènerai à lui. Je vous mènerai à Barron.

J'ai inspiré très fort.

C'était une offre que je ne pouvais pas refuser. Si Llinos était bien qui elle prétendait être, elle devait disposer de la même puissance que Barron.

Ça voulait dire qu'elle pouvait le trouver.

– Comment puis-je savoir que vous dites la vérité ?

– Sur qui je suis ?

– Déjà. Et quelle assurance ai-je que je serai récompensée, une fois ma mission accomplie.

Llinos a souri, ses yeux se sont plissés.

– Ève Knox, de toute mon existence, jamais je n'ai menti sur qui j'étais. Je suis bien trop unique pour m'en tirer si l'envie m'en prenait. Et je paie toujours mes dettes, a-t-elle affirmé en se levant.

Elle m'a attrapé la main et, l'instant d'après, nous étions dans le couloir.

– Acceptez-vous les termes de notre accord ? m'a-t-elle demandé.

Mon cerveau allait à toute vitesse, mais j'ai quand même hoché la tête.

– Oui.

– Très bien. Alors je vais vous transmettre les pouvoirs.

– Les pouvoirs ?

– Les pouvoirs dont vous allez avoir besoin pour votre mission d'extermination. Les pouvoirs du Diable.

Elle m'a fait m'agenouiller.

– Oh ! ai-je protesté.

Agatha s'est précipitée dans l'entrée.

– Excusez-moi, mais qu'est-ce que vous faites ? s'est-elle exclamée, l'air terrorisée.

– Tout va bien, Agatha.

– Partez, lui a ordonné Llinos. Cette maison doit être complètement vide. Partez, maintenant !

J'ai fait un signe de tête à Agatha et, en tremblant, elle est sortie.

Immédiatement, Llinos a porté ses mains à mes tempes. La douleur la plus brutale que j'avais jamais ressentie m'a traversée. J'étais à l'agonie, comme si un millier de cailloux me lapidaient l'esprit, ne laissant derrière eux qu'un crâne en bouillie. Cela a duré des heures. Même si je l'avais voulu, je n'aurais pas pu parler ou crier.

Malgré la douleur, j'ai réussi à ouvrir les yeux. J'ai vu Llinos, les paupières closes, l'expression sereine. Comme si elle était en paix.

Un éclair de douleur a ensuite traversé mes épaules, comme des couteaux dont on aurait chauffé la lame à blanc, qu'on aurait plantés dans mes omoplates. Un liquide chaud a coulé le long de mon dos. Mes yeux se sont à nouveau fermés. J'ai deviné que c'était du sang.

Mon sang.

Mon dos était lacéré. Du sang en jaillissait.

Mes paupières se sont serrées de plus en plus fort. Tout mon corps a tremblé… puis le noir total.

Quand je suis revenue à moi, j'étais étendue sur le sol de l'entrée. J'ai senti de nouveaux membres me sortir du dos. J'ai tourné la tête et j'ai aperçu des ailes, aussi sombres que la nuit.

Aussitôt que j'ai réalisé leur présence, elles ont disparu sous ma peau. Je pouvais les contrôler avec mon esprit, les faire sortir dès que je le souhaitais.

– *C'est fait*, ai-je entendu dire une voix en mon for intérieur.

J'ai tourné la tête pour voir Llinos, accroupie à mes côtés.

– Tu dois maintenant mener à bien l'extermination de tous les vampires de la surface de la terre.

J'ai hoché la tête. Je ne sentais plus rien à présent.

– Autre chose, a-t-elle dit en ôtant un magnifique anneau d'argent de son doigt.

Elle l'a posé sur le sol froid, près de mon corps.

– C'est pour toi. Il te sera utile. Quand tu en auras besoin, jette-le dans les airs. Il s'adaptera à la situation, a-t-elle précisé avec un clin d'œil.

Puis elle s'est relevée.

– Oh. Et profite bien de tes nouveaux cheveux, a-t-elle lancé alors qu'elle se tenait devant la porte.

Quoi ?

J'ai tiré sur une longue mèche pour la regarder, mes yeux écarquillés au maximum.

À compter de ce jour, ma tête ne serait plus couronnée d'or.

Non, mes cheveux seraient désormais noirs. Noirs comme le goudron, ou comme l'encre.

Noirs comme mon cœur.

ÉPISODE 20

PASSER À L'ACTION

16 DÉCEMBRE 2017
FORÊT BORDANT LUMEN

Ève

Quand Raphael et moi nous nous sommes réveillés, enlacés, après avoir passé la nuit dans la forêt – une nuit pleine de sexe sauvage et fiévreux –, je savais que j'allais devoir le tuer.

J'avais cédé à mes désirs, et cela avait été merveilleux.

La meilleure nuit de ma vie.

Mais ce n'était rien, comparé à la joie pure que j'avais ressentie en serrant ma fille contre moi. Or la seule manière de la récupérer était d'achever la mission que Barron m'avait confiée. Tuer l'Alpha du Millénaire.

C'était ma seule option.

Après la visite de Llinos, j'avais passé le siècle suivant à Londres à mener à bien sa quête. Pendant plus de cent ans, j'avais traqué des vampires et les avais tués. Peu m'importait qu'ils soient bons ou mauvais, jeunes ou vieux : s'ils étaient des vampires, je mettais fin à leur existence.

Je suis devenue une chasseuse hors pair, et une formidable tueuse. Par-dessus tout, j'excellais à garder mes sentiments loin de tout cela. Quand j'identifiais une cible, il n'y avait plus de place pour l'émotion. Alors j'ai tué, et j'ai tué encore.

Après avoir exécuté le dernier couple de vampires, l'homme et la femme, j'avais attendu.

J'avais attendu que Llinos vienne à moi. C'était à son tour de respecter sa parole.

J'avais passé un siècle à tuer. Elle devait me conduire à ma fille.

Toute la nuit, j'étais restée assise sur le porche de ce couple. Leurs corps étaient à l'étage et moi, j'attendais.

Mais Llinos n'était pas venue. J'avais pensé que, peut-être, elle m'attendait à Londres. Alors j'avais quitté Moscou et j'étais retournée à mon ancien manoir.

Mais Llinos n'était pas là non plus.

J'avais passé un long moment à Londres, avant d'abandonner.

J'avais cessé d'espérer le retour de cette Divinité neutre. À nouveau, j'avais essayé de prendre les choses en main. Même avec mes nouveaux pouvoirs – mes pouvoirs de Diable –, je n'avais pas été pas en mesure de retrouver Barron Von Logia.

Jusqu'à ce qu'il vienne à moi.

Barron m'était apparu dix ans plus tôt, pour me proposer ce pacte.

Simplement, il m'avait annoncé qu'il ne me rendrait Snow qu'à une seule condition : si je faisais quelque chose pour lui. Si je tuais l'Alpha du Millénaire.

Quand il m'avait trouvée, j'avais déjà mené à bien la mission de Llinos. J'avais assassiné des milliers de vampires. Exécuter des gens ne me faisait plus rien.

Alors l'Alpha du Millénaire ?

Celui qui avait ruiné ma vie alors que je n'étais qu'une gamine, qui avait pris mon innocence avant de m'abandonner, enceinte ?

Ce serait du gâteau.

J'avais accepté l'accord.

Cela avait sans doute été stupide de ma part, puisque la dernière Divinité qui m'avait missionnée avait renié sa parole. Mais j'étais désespérée. Mon existence entière, depuis le XVIe siècle, avait consisté à chercher ma fille. Non seulement je perdais patience mais je manquais d'idées. Alors j'avais accepté de tuer Raphael Fernandez. L'Alpha du Millénaire devait être mis à mort avant le 1er janvier 2018.

Je l'ai dévisagé. Nous étions allongés sur le sol de la forêt, ma tête posée sur sa poitrine nue. Il dormait toujours, les yeux fermés. Sa respiration était douce. Plonger la lame de ma faux dans son cœur ne me demanderait aucun effort.

Je pouvais le faire en trois secondes.

Je pouvais me voir le faire.

Je pouvais déjà sentir ma faux déchirer sa peau, trancher son cœur et faire jaillir un flot infini de sang.

Mais pour une raison qui m'échappait, je ne pouvais pas bouger. Je ne pouvais pas m'arrêter de le regarder respirer. J'étais hypnotisée. Je me sentais si calme, en paix.

Jusqu'à ce que mon téléphone vibre dans ma poche.

Je m'en suis saisie et j'ai consulté l'écran.

Reyna : Ève ?
Reyna : T'es où ?
Reyna : Il y a des choses bizarres ici.
Ève : Quoi donc ?
Ève : Où es-tu ?
Reyna : Au lycée.
Reyna : Y a deux frères.
Reyna : C'est leur premier jour.
Reyna : Personne les connaît, ils sont hyper chelous.
Ève : Chelous comment ?

Reyna : L'un des deux m'a appelée « reine ».
Reyna : Il est passé à côté de moi dans le couloir et il m'a dit « Salut, ma reine ».
Ève : J'arrive.
Ève : Va chercher Anya et cachez-vous dans les toilettes.
Ève : Verrouillez la porte.
Reyna : On est en danger ???
Ève : Va chercher ta sœur.

– Hé, tout va bien ? a demandé Raphael, derrière moi.

Je l'ai regardé et il m'a souri.

Mais je n'avais pas le temps d'être distraite par sa beauté.

– On doit y aller.

– Quoi ? Déjà ? Non, reviens dans mes bras…

Il s'est rapproché de moi, mais je lui ai tapé sur les mains avant de me mettre debout.

– On doit y aller, ai-je répété. Reyna et Anya ont des problèmes. En combien de temps peux-tu me ramener à Woodsmoke High ?

***

Dès que nous sommes arrivés sur le parking du lycée, j'ai sauté du dos de Raphael.

– À partir de maintenant, je gère.

– Laisse-moi t'aider.

– Pas besoin, ai-je affirmé en le regardant droit dans les yeux. Rentre chez toi.

Je n'ai pas attendu qu'il réponde. J'ai marché jusqu'à la porte arrière dont j'avais découvert l'existence lors de l'assemblée dans l'auditorium, celle qui débouchait sur le gymnase, et je l'ai ouverte.

Un cours avait lieu. Un groupe de gamins se jetaient des ballons. Je crois que ce jeu s'appelait la « balle au prisonnier ». J'ai rasé les murs pour sortir du gymnase, et je me suis retrouvée dans un couloir vide.

Ève : Reyna, où es-tu ?
Ève : Je suis au lycée.
Ève : Reyna ?
Ève : Hé ho ?
Ève : REYNA ?

J'étais de plus en plus nerveuse.
Réfléchis, Ève.
J'ai recommencé à taper.

Ève : Anya ? Où es-tu ?
Anya : En cours.
Ève : Reyna ne t'a pas trouvée ?
Anya : De quoi tu parles ?
Ève : Reyna a dit que vous aviez des problèmes.
Ève : Elle devait venir te chercher pour que vous alliez vous cacher toutes les deux.
Ève : OÙ ES-TU ?
Anya : OMG.
Anya : OK, d'accord, je suis dans les gradins.
Anya : Je séchais les cours avec des potes.
Anya : Où est Reyna ?
Anya : Elle va bien ??

Merde.

J'ai couru dans le couloir jusqu'à surgir des portes menant au stade de football. Dès que je suis arrivée au niveau des gradins, j'ai hurlé :

– ANYA !

J'ai vu sa queue-de-cheval blonde s'agiter entre deux rangs de sièges avant qu'elle ne vienne vers moi, tête baissée.

– Dépêche-toi ! ai-je crié.

Elle s'est mise à courir.

– Où ta sœur irait se cacher ?

– Comment je pourrais savoir ?

– C'est très sérieux, ai-je répliqué en perdant patience. Il s'agit d'une vraie menace. Réfléchis. Quel endroit est le plus sûr, ici ?

Anya a pris un air concentré avant de se mettre en marche vers la porte.

– Où ? lui ai-je encore demandé en la suivant dans les couloirs.

– Dans les coulisses de l'auditorium, il y a une loge. Tous les gens bizarres et un peu gothiques traînent là-bas…

On a couru vers l'auditorium, puis dépassé les rangées de chaises pour monter sur la scène. J'ai poussé les rideaux pour débouler dans les coulisses, Anya sur mes talons.

– Dans quelle direction ?

Elle a pointé une porte du doigt. Dès que je m'en suis approchée, j'ai senti que quelque chose de très puissant se trouvait derrière. *Merde.*

– Tu restes là, ai-je ordonné à Anya.

– Quoi ? Non ! a-t-elle couiné.

– Je suis sérieuse, ai-je répondu en lui décochant un regard noir.

Anya n'avait que quinze ans. Elle était bien trop jeune pour être témoin de ce que je trouverais derrière cette porte, que je me suis empressée de défoncer pour surgir dans la pièce.

Elle était là.

Reyna.

Un homme maintenait ses épaules contre le mur. Il la regardait dans les yeux comme s'il essayait de s'insinuer dans son esprit.

– Recule et laisse-la partir, lui ai-je ordonné d'une voix ferme.

– Qui que tu sois, sors de cette pièce avant que je vous tue toutes les deux, a-t-il tonné en retour, les yeux toujours fixés sur Reyna, qui avait l'air pétrifiée.

Je doute sincèrement que tu y parviennes.

Cette remarque a piqué son attention. Il s'est tourné pour voir qui venait de parler et quand il a vu mon visage, un sourire en coin s'est aussitôt formé sur son visage.

– À qui ai-je l'honneur ?

– Ève Knox, mais tu peux m'appeler le Diable.

– Sans façon.

– Comme tu voudras. Qui t'envoie ? lui ai-je demandé en me rapprochant de lui.

Il avait l'air d'avoir une vingtaine d'années, ni beau ni moche, ni petit ni grand. Mais puissant. Ce qui signifiait qu'il cachait forcément son jeu.

– Personne ne m'envoie, a-t-il craché.

– Comment as-tu appris qui était Reyna Morgan ?

– Tout le monde sait qui elle est.

– Que lui faisais-tu ? Pourquoi tu la fixais comme ça ?

– Je n'ai pas à répondre à tes questions.

– Il voulait m'enlever ma mémoire ! s'est exclamée Reyna, derrière moi. Il a dit qu'il avait le pouvoir de…

– La ferme ! a cinglé l'inconnu.

– Toi, tu la fermes ! lui ai-je ordonné. Qu'est-ce que tu disais, Reyna ?

– Il a affirmé avoir le pouvoir de voler les souvenirs, et il voulait un des miens… mais je ne vois pas de quoi il parle !

– Que cherches-tu exactement ? ai-je demandé à l'homme.

Encore une fois, il m'a adressé un sourire en coin avant de plonger vers moi, son poing à deux doigts de s'écraser sur ma joue. Je l'ai évité, jetant mon anneau en l'air dans le même temps. En un instant, il s'est transformé en faux. J'en ai attrapé le manche et j'ai agité la lame vers l'homme. À son tour d'être dos au mur, la lame de ma faux sous le menton.

– Je t'ai demandé quel souvenir tu cherchais, exactement.

– Sa mère lui a confié où elle avait planqué sa fortune, a-t-il expliqué en plissant les yeux.

– Dans une banque.

– Pas du tout, a-t-il argué en crachant sur ma lame, ce qui m'a contrariée.

J'ai enfoncé la pointe dans son cou, faisant jaillir assez de sang pour qu'il la ferme.

– Qui es-tu ?

– Anthony. Anthony Whitethorn.

– De quelle espèce es-tu ?

– Vampire. Je suis né ainsi.

– Impossible. Essaie encore.

Mais Anthony Whitethorn a fait quelque chose de très étrange. Il a souri.

– Ah ! C'est ça que tu voulais dire quand tu t'es présentée comme le Diable. Eh bien, je suis heureux de t'apprendre que ta mission a échoué. Tu ne nous as pas tous eus.

– De quoi tu parles ?

– Ma famille s'est échappée. On s'est cachés, a-t-il affirmé, et son sourire de petit malin s'est étiré davantage.

– Comment ? ai-je soufflé.

Mon cerveau partait dans tous les sens. Si je n'avais pas tué tous les vampires, alors il était normal que Llinos ne soit pas venue me trouver. Cela signifiait que depuis tout ce temps, je m'étais trompée…

– On a eu de l'aide. De la part d'une des Divinités, d'ailleurs.

– Quelle… Divinité ? ai-je martelé, enragée.

– Barron Von Logia. Tu le connais ? a fait Whitethorn, goguenard.

– Combien reste-t-il de membres de votre espèce ? ai-je insisté.

– Ce serait une info très utile à avoir, pour toi… m'a-t-il provoquée avant que je pousse la lame plus fort contre sa peau.

– Je te laisse encore une chance avant de t'envoyer rejoindre le reste de ton engeance.

– Personne, à part moi, a-t-il réussi à articuler entre deux respirations hachées. Je suis le dernier. Le dernier des Whitethorn.

J'ai soupiré.

La seconde d'après, la lame de ma faux était enfoncée dans le cœur d'Anthony Whitethorn et je l'observais prendre son ultime respiration.

Barron leur était venu en aide.

Ma rage était totale.

J'étais certaine que Barron était au courant de mon pacte avec Llinos. Il avait caché cette famille de vampires pour que je ne puisse pas accomplir ma part du marché, pour que Llinos ne m'aide pas à retrouver ma fille.

Et quand Barron était venu à moi, quand il m'avait réclamé la tête de l'Alpha du Millénaire, il savait que je n'avais plus le choix.

Il me savait persuadée que Llinos m'avait trahie.

Pendant tout ce temps, il avait fait de moi sa marionnette.

Mais maintenant... maintenant, tous les Whitethorn étaient détruits. Ce qui signifiait que les vampires étaient anéantis.

Donc, soit j'attendais que Llinos vienne à moi... soit je prenais la situation en main.

Je n'étais plus la femme ignorante que j'avais été quand j'avais passé ce pacte. J'en avais marre d'attendre qu'on me vienne en aide.

– Ève... Ève... tu vas bien ? ai-je entendu Reyna me demander d'une voix terrifiée, derrière moi.

Quand je me suis retournée, je l'ai vue figée dans un coin de la pièce, les yeux rivés sur le cadavre de Whitethorn. J'ai soupiré, tout en essuyant le sang sur la lame de ma faux et la jetant en l'air pour qu'elle redevienne une bague, puis je l'ai glissée à mon doigt.

– Je vais bien. Toi aussi, Reyna. Allons retrouver ta sœur.

En disant cela, une nouvelle vague de détermination m'a traversée. Protéger ces filles ne suffisait pas. Non, il fallait que je protège ma propre fille, également.

Même si Barron m'avait manipulée comme une poupée de chiffon, un pacte était un pacte. Et j'allais faire n'importe quoi pour récupérer Snow.

J'allais respecter ma parole.

Et tuer Raphael.

ÉPISODE 21

INTOUCHABLE

16 DÉCEMBRE 2017
LUMEN

Ève

Dès que nous avons mis le pied à la Maison de la Meute et une fois les filles raccompagnées à leurs chambres, je me suis précipitée dans le couloir menant à la chambre de Raphael. À l'aide de mes pouvoirs mentaux, j'ai fait voler sa porte. Je suis entrée. Il était là, assis à son bureau à lire un document.

Ma détermination me consumait. Jamais je n'avais vu aussi clairement ce que j'avais à faire.

Je le regardais, mais je ne le voyais pas. Il n'était qu'une étape dans mon chemin vers ma fille. C'était aussi simple que cela.

Tuer Raphael me mènerait à Snow.

J'ai jeté ma bague dans les airs, je l'ai regardée tournoyer et se transformer en faux avant que je marche vers l'Alpha. Il a regardé par-dessus son épaule, réalisant qu'il n'était pas seul et quand il m'a vue tenir la lame, ses yeux se sont écarquillés.

– Ève ! Qu'est-ce que…

J'ai pointé la lame sur sa poitrine.

– Tais-toi, ai-je soufflé.

Ma main commençait à trembler. Ma détermination était toujours présente, mais maintenant, je voyais à nouveau Raphael, la teinte chocolat de ses yeux si doux, ses cheveux sauvages, la fermeté de sa mâchoire.

Pourtant, cela n'avait aucune importance. *Il faut que je le fasse.*

Si je reculais, Snow resterait sous le contrôle de Barron. Elle continuerait à être sa prisonnière, on ne sait où.

Personne d'autre n'était à sa recherche. J'étais son seul espoir. J'étais sa mère, pour l'amour de Dieu !

Il faut que tu le fasses, Ève. Il le faut.

La lame touchait sa peau, à présent. Elle tremblait contre le tissu de son tee-shirt.

Il a pris une profonde inspiration, ses yeux passant de la faux à moi.

– Pourquoi ? m'a-t-il demandé, la voix pleine de douleur.

– Je n'ai pas le choix.

– Pourquoi ? a-t-il répété.

Incapable de formuler des mots, j'ai secoué la tête.

Je ne pouvais pas lui parler de Snow. Pour cela, je serais obligée de lui remémorer ce qu'il m'avait fait, il y avait des siècles de cela.

– Tu ne peux pas, Ève, a-t-il dit doucement.

Hein, quoi ?

Qu'est-ce que ce connard à l'autre bout de ma faux vient de me dire ?

– Pardon ? ai-je lancé.

– Tu ne le peux pas. Tu ne peux pas me tuer. J'ignore ce que tu essaies de faire, mais tu en es incapable. C'est impossible.

– J'ignore si tu en as conscience, mais tu n'es pas la personne la plus puissante dans cette pièce, lui ai-je aboyé dessus. Tu es peut-être l'Alpha du Millénaire, mais mes pouvoirs sont tout aussi…

– Ce n'est pas ce que je dis, m'a-t-il interrompue. Je sais combien tu es puissante, Ève. Mais peu importe. Tu ne peux pas me tuer.

– Bien sûr que si ! ai-je tonné, en enfonçant ma lame dans sa poitrine.

Elle a tranché plusieurs couches de son épiderme, du sang a jailli, mais ce n'était pas une blessure profonde.

– C'est tout ce que tu parviendras à faire, a-t-il déclaré, sans aucune réaction, comme s'il avait pitié de moi.

J'ai regardé mes mains tremblantes. Jamais, alors que je tentais de tuer quelqu'un, cela ne m'était arrivé.

– Pourquoi ? me suis-je exclamée.

– Tu le sais, Ève.

– Je n'ai aucune idée de ce que tu dis ! ai-je affirmé en essayant d'appuyer plus fort pour que la lame pénètre dans son thorax, dans son cœur, mais c'était comme si mes mains ne voulaient pas me laisser faire.

Mon corps refusait de coopérer avec mon esprit.

– Tu te souviens de cet été-là, à Los Angeles ? Quand je t'ai vue dans la rue ?

– Ce n'est vraiment pas le moment de plonger dans nos vieux souvenirs.

– Écoute-moi, Ève. Repense à ce moment.

3 JUILLET 2003
LOS ANGELES

Ève

Cela faisait maintenant quelques jours que j'étais à L.A. et je peux vous dire que je détestais ça. Partout où je posais les yeux, il y avait des humains stupides, riches et magnifiques.

Oh, et de temps en temps, un vampire. C'était la raison de ma présence.

Les vampires américains ne semblaient vivre que dans deux villes, New York, sur la côte Est, et Los Angeles, sur la côte Ouest.

C'est sur cette dernière que je me concentrais, tentant d'accomplir ma mission pour Llinos.

Je suivais un type. Un vampire. Je l'avais vu tuer une humaine et la vider de son sang dans une allée sombre. Tant mieux. Je me sentais moins mal de les tuer quand il s'agissait de salopards. Même si, de nos jours, je n'avais plus beaucoup de scrupules. Donc, je suivais ce type, l'observant marcher sur Sunset Boulevard, quand j'ai senti la présence de quelqu'un.

Quelqu'un de puissant.

Je me suis retournée et je l'ai repéré. Celui que je n'avais plus vu depuis des siècles, mais à qui j'avais souvent pensé.

Raphael Fernandez.

L'homme qui m'avait mise enceinte et totalement oubliée.

Le fils de pute était de l'autre côté de la rue. Il avait même l'air *heureux*. Insouciant.

Mon sang était en ébullition.

Il était bras dessus bras dessous avec une belle femme dont les seins faisaient la taille de citrouilles.

Sans effort, il pouvait passer pour un célibataire en vue de cette ville. Sa peau bronzée contrastait agréablement avec sa chemise blanche, déboutonnée jusqu'en haut de ses abdos.

Il a dû sentir ma présence. Il s'est retourné, et nos regards se sont rivés l'un à l'autre. Immédiatement, chaque cellule en moi s'est mise à me brûler. Ce n'était pas du feu, mais du désir. Du besoin. En un instant, je m'étais transformée. Je ne pouvais plus contrôler mes pensées, mon corps. L'espace entre mes jambes était devenu si chaud et humide…

Il fallait que je fasse quelque chose. Maintenant.

Tout mon corps me tiraillait, chaque centimètre me démangeait, réclamant d'être touché. Plus que tout, je ressentais ce que je n'avais plus éprouvé depuis que j'avais été la servante de Lord Maynard. Mon cœur s'était remis à battre.

Merde.

J'ai réalisé que je n'avais pas quitté Raphael des yeux, et lui non plus. Nous étions bloqués dans une sorte de transe, chacun d'un côté de la rue. Je savais qu'il vivait la même chose que moi. J'étais incapable de l'expliquer. Ni ma réaction physique ni la course folle de mes pensées. Tout ce que je savais, c'était que mon corps réclamait l'homme que je haïssais le plus au monde. Mon cœur l'exigeait. Mais mon esprit refusait d'avoir quoi que ce soit à faire avec lui.

Alors, même si ça m'a demandé beaucoup d'efforts, j'ai détourné les yeux. Et je me suis mise à courir.

16 DÉCEMBRE 2017
LUMEN

Ève

– Alors ? a demandé Raphael, impatient.

– Quoi ? ai-je répondu, la lame de ma faux toujours pressée contre sa poitrine.

– Tu t'en souviens ?

– Je t'ai vu de l'autre côté de la rue, oui.

– Qu'as-tu ressenti ?

J'ai observé son visage et, immédiatement, les sensations sont revenues. Ma peau me chatouillait, mon sexe était saturé de chaleur et mon cœur s'est emballé.

Tout ça pour lui.

Nos regards se sont rivés l'un à l'autre, comme quatorze années auparavant. Ce que j'avais essayé de refouler, la chose que je savais, tout au fond de moi, sans l'accepter est remontée à la surface. Comme une gifle, me faisant reculer.

La faux est tombée sur le sol et j'ai dû me soutenir au mur pour rester debout.

Raphael avait raison. Je ne pouvais pas le tuer. Pas parce que je n'en avais pas la force. Pas parce que mes pouvoirs étaient inférieurs aux siens ou parce que j'étais trop émotive, que je me sentais trop coupable.

Non. Rien de tout ça.

Raphael Fernandez n'était pas juste un homme qui avait pris mon innocence et m'avait abandonnée il y avait des siècles de cela. Il n'était pas seulement responsable de m'avoir mise enceinte, d'avoir scellé mon destin en tant que fille-mère.

Non, Raphael était quelque chose d'autre.

Mon cœur me le hurlait, en battant de manière erratique. La chair de poule qui recouvrait tout mon corps aussi. Et la chaleur, en mon for intérieur, qui menaçait d'exploser faisait rage autant que ma colère.

Raphael… il était mon compagnon.

Dès que la vérité s'est affichée sur mon visage, il s'est avancé vers moi. Du sang se répandait lentement sur son tee-shirt blanc, mais il l'ignorait complètement.

Il m'a attrapé le visage et m'a embrassée. Durement.

Alors qu'il se pressait contre moi, j'ai pu sentir la chaleur de son sang contre ma poitrine. À présent, il me tenait les mains au-dessus de la tête. Et je le laissais faire.

Il a reculé un instant, et nous avons tous deux baissé les yeux vers la plaie sur son torse. Il a enlevé son vêtement et j'ai haleté en voyant la blessure se cicatriser devant moi. Jamais auparavant je n'avais vu quelqu'un guérir aussi vite. Même moi. Petit à petit, la peau se recomposait jusqu'à ce que la coupure ait totalement disparu.

C'est là qu'il s'est mis à m'embrasser à nouveau.

Dans ses gestes, il n'y avait plus aucune douceur. Nous étions sur la même longueur d'onde, nous savions la même chose.

J'avais tenté de le tuer, mais j'en étais incapable. Personne ne pouvait mettre à mort son compagnon.

Pas même le Diable.

Pas même moi.

Raphael a continué à m'embrasser, à se presser contre moi et je sentais son érection durcir. De plus en plus.

Il me mordait les lèvres, faisant couler mon propre sang, et je ne l'en empêchais pas. Après le carnage que j'avais causé aujourd'hui, c'était bon de laisser quelqu'un d'autre prendre le contrôle.

Que quelqu'un d'autre fasse couler le sang.

Puis Raphael est descendu le long de mon corps. Il m'a mordu l'oreille. Ses dents ont égratigné ma marque, me rendant folle.

Le désir brûlait profondément dans mon sexe. Toutes mes frustrations momentanément aveuglées par mon besoin intense. Mon besoin de l'avoir. D'obtenir chaque centimètre de son être.

Il a déchiré mon tee-shirt avant de s'en prendre à mon pantalon. Les boutons ont volé, mais ni l'un ni l'autre n'y prêtions attention.

Puis il s'est accroupi, la tête au niveau de mon sexe. Il m'a embrassée à travers ma culotte, utilisant sa langue pour me faire gémir. En réponse, il a grogné, avant de déchirer le fin tissu satiné au niveau de mes hanches pour enfoncer sa langue plus profondément en moi.

Mes yeux se sont plissés de plaisir, j'ai gémi plus fort que je ne l'avais jamais fait. En vérité, ce devait être un cri. Parce que nous baisions d'une manière différente.

D'une manière primitive.

Charnelle.

Et je comptais profiter de chaque seconde.

ÉPISODE 22

DÉJÀ-VU

17 DÉCEMBRE 2017
LUMEN

Ève

Je me suis réveillée au beau milieu de la nuit.

La pièce était sombre.

J'ai regardé autour de moi.

Je n'étais pas dans ma chambre.

Mes yeux ont parcouru la pièce.

J'ai remarqué des vêtements sur le sol, les miens et ceux de Raphael.

OK.

J'étais dans sa chambre à lui.

Sauf que j'étais seule.

Où était-il ?

La dernière fois qu'on m'avait laissée seule dans un lit – dans son lit –, c'était des siècles auparavant. Une sensation de déjà-vu m'a frappée.

À l'époque aussi, j'avais pensé qu'il était mon compagnon. En ce temps-là, je n'étais qu'une gamine. J'aurais considéré n'importe quel homme qui m'offrait un tant soit peu d'attention comme mon compagnon.

Cette fois, je savais avec certitude que Raphael était ma moitié. Il le savait aussi. Malgré tout, il m'avait laissée seule, quelques heures seulement après notre nuit d'amour.

J'ai senti la rage bouillonner en moi. Je n'allais pas me laisser abandonner par cet homme, pas encore !

Désormais, j'étais plus âgée de quelques siècles, et bien plus forte ! Si forte. Je venais de lui planter la lame de ma faux dans le corps, merde !

J'ai déboulé dans le couloir, échevelée et la tête embrumée.

– Raphael ! ai-je hurlé, me fichant de qui pouvait bien m'entendre.

Un garçon aux cheveux en pétard est sorti d'une des chambres.

– Ève ?

C'était le crush de Reyna, Jed.

– Où est Raphael ?

Il s'est frotté les yeux et s'est approché.

– Qu'est-ce qui se passe, Ève ?

– Où est-il !

Je fulminais, tout mon corps tremblait. Jed était juste devant moi.

– Raffe ? Il est au Texas.

– Au TEXAS ?!

– Ouais. C'est ça. Il est parti avec Zachary et Shade, il y a une heure environ.

– QU'EST-CE QU'IL VA FOUTRE AU PUTAIN DE TEXAS ? ai-je hurlé, me fichant bien qu'on soit au beau milieu de la nuit ou que je connaisse à peine le type sur qui je criais.

Mes nerfs étaient à bout, et je n'appréciais vraiment pas qu'on ne m'ait pas tenue informée.

– Vous devriez peut-être vous calmer, a dit doucement Jed.

Un sourire s'est frayé un chemin sur mon visage. Ce garçon n'avait aucune idée d'à qui il venait de dire de se calmer.

– Si tu ne commences pas à me répondre *maintenant*, je vais séparer ton visage du reste de ton corps.

– Il est allé là-bas à cause des chasseurs divins !

– Les chasseurs divins ?

– Oui, les humains qui chassent les loups-garous.

– Je sais, ai-je lâché, cinglante. Je pensais que vous leur aviez réglé leur compte il y a des années de ça !

– En effet, mais un nouveau groupe vient de surgir et ils sont surmotivés. La meute du Texas nous a demandé de l'aide.

– Pourquoi Raphael ne me l'a pas dit ?

Jed m'a dévisagée.

– On vient juste d'être appelés, il y a une heure.

– Merci, ai-je répondu en tournant les talons pour retourner dans la chambre de Raphael.

– Attendez !

J'ai fait volte-face.

– Quoi ?

– Reyna m'a dit ce que vous avez fait pour elle. Comment vous l'avez sauvée… encore une fois. Je voulais vous dire… merci.

– Pourquoi toi, tu me remercierais ?

Pour la seconde fois, cette nuit, il s'est approché de moi pour ne s'arrêter qu'à quelques centimètres de là où je me tenais. La tête baissée, les mains fourrées dans les poches. Puis il a relevé les yeux.

– Je l'aime beaucoup. C'est une fille bien. Je suis soulagé que rien ne lui soit arrivé.

– Super. Tant mieux, ai-je dit en hochant la tête.

– Et je suis désolé, a-t-il ajouté.

– Désolé ?

– Oui… quand je vous ai vue pour la première fois… Raphael et vous… votre façon d'interagir… ça m'a semblé étrange. À moi et aux autres. Tous les loups du Millénaire, on ne savait pas quoi penser de vous. Mais depuis, on a vu comment vous vous démeniez pour protéger les Morgan et tout est plus clair, à présent.

J'ai plissé les yeux.

– Qu'est-ce que tu veux dire ?

– Avant, on pensait que Raffe et vous étiez ennemis. Vous savez, que vous essayiez de le tuer, ou un truc du genre, a doucement ri Jed.

Sans pouvoir m'en empêcher, j'ai gloussé aussi.

– Quelle idée !

– Ouais. Mais maintenant, je vois bien la vérité.

– Et quelle est-elle ?

– Vous ne le détestez pas. Au contraire… vous l'aimez.

J'ai bien regardé le visage innocent du loup du Millénaire qui se trouvait en face de moi et mon sourire s'est aussitôt évanoui. À la place, une moue de dégoût est apparue. J'ai fait demi-tour et suis allée m'enfermer dans la chambre de Raphael, claquant la porte au nez de Jed.

Dès que j'ai été de retour au lit, j'ai sorti mon téléphone.

Jed avait dit que Raphael et quelques-uns des loups étaient partis au Texas sur la piste des chasseurs divins, mais ils ne se seraient pas déplacés sans qu'il y ait une véritable urgence.

J'avais besoin d'informations, alors j'ai envoyé un message à Killian.

Ève : Killian, j'ai besoin de tout ce que tu pourras trouver sur les chasseurs divins.
Ève : ASAP.
Ève : Bien reçu ?

J'ai attendu que mon écran s'illumine, mais je n'ai reçu aucune réponse.

Des minutes sont passées. Puis d'autres. Et rien.

J'ai soupiré. J'ai jeté mon téléphone sur le côté et j'ai posé ma tête sur les oreillers. C'était le milieu de la nuit, j'allais lui laisser jusqu'au matin.

Mais quand je me suis réveillée le matin, il n'y avait toujours rien.

Ce n'était pas si inattendu, Killian se déconnectait parfois complètement quand il avait une mission. Sauf que je ne lui en avais pas donné. Pas depuis le cas Morgan. La boule qui se formait dans mon ventre m'indiquait que quelque chose clochait. Alors j'ai appelé Kimbringe.

– Oui ?

Il a décroché dès la deuxième sonnerie.

– Kim, c'est moi, ai-je dit rapidement. Tu as vu Killian ?

– Pas depuis la fin des cours, la semaine dernière, a-t-il répondu. Pourquoi ?

Kimbringe était un des fondateurs de l'Académie Denger, une école dédiée à l'entraînement des jeunes gens qui disposaient de talents extraordinaires. Et par « talents », je voulais dire « pouvoirs magiques ». Killian fréquentait l'Académie depuis ses dix ans.

– Il ne répond pas au téléphone.

– Ève, ne t'inquiète pas, il a dû se déconnecter volontairement, a tenté de me rassurer Kimbringe.

– J'ai un mauvais pressentiment.

J'ai entendu Kimbringe soupirer.

– Donne-lui quelques jours. Je suis certain qu'il va bien. Il doit juste exécuter le sale boulot que tu lui as confié.

– Justement, je ne lui ai pas donné de nouvelle mission.

– Relaxe, Ève. Il est fort.

– Tes sens hyper aiguisés de Divinité ne sonnent pas l'alarme, de ton côté ?

Kimbringe s'est mis à rire.

– Non, je n'entends pas de petites cloches pour l'instant.

Au moins, c'était bon signe.

– OK. Merci, Kim, ai-je dit avant de raccrocher.

J'ai tenté de chasser les pensées négatives, celles qui me laissaient penser que Killian était en danger. Je me sentais responsable de lui. C'était mon pupille. Mon devoir était de m'assurer qu'il soit en sécurité. Si un autre gamin sous ma protection devait être blessé... je ne le supporterais pas.

Toc toc toc.

J'ai tourné la tête vers la porte.

– Entrez, ai-je lancé.

– Salut, a dit Reyna après avoir ouvert.

– Tu vas rester plantée là ?

Elle m'a souri et s'est avancée dans la pièce pour venir s'asseoir sur le bord de mon lit.

– Je voulais juste te dire merci. Jed m'a dit qu'il t'avait vue... qu'il t'avait parlé... et je voulais m'excuser, moi aussi.

J'ai dévisagé cette ado. Elle était mûre pour son âge, c'était certain.

– Tout va bien, Reyna.

– Non, vraiment pas. On s'est comportées comme des connasses envers toi, alors que t'essayais juste de nous protéger. Et même après la première fois où tu nous es venue en aide... on a été... de vraies ingrates.

J'ai souri.

– C'est vrai. Mais ce n'est pas grave. J'ai l'habitude.

– Mais... ils sont partis, à présent ? Les vampires qui nous chassaient ?

J'ai hoché la tête.

– Les Whitethorn ont été tués, oui. Mais ça ne signifie pas que plus personne ne veut votre peau, Reyna. Ne baisse pas ta garde.

Avant que je puisse continuer, elle a plongé vers moi et m'a entourée de ses bras.

– Euh... ai-je réussi à sortir, surprise, avant de soupirer et de lui rendre son câlin.

Après un moment, j'ai reculé. Assez d'embrassades pour aujourd'hui.

– Tu veux pas venir déjeuner ? Jed a dit que Zavier avait préparé du Mac & Cheese.

Je lui ai souri.

– D'accord. Allons manger.

***

Nous étions tous installés autour d'une longue table, le nez dans nos assiettes, quand j'ai senti le regard de quelqu'un sur moi.

Gabriel.

Raphael et les autres n'étaient pas encore de retour, alors l'Alpha n'avait plus personne pour le superviser.

– Comment se passe l'organisation du bal de Yule ? lui ai-je demandé pour lui faire bien comprendre que son regard ne m'intimidait pas le moins du monde.

S'il avait quelque chose à me dire, ou une question à me poser, il n'avait qu'à cracher le morceau. Si ce n'était pas le cas, alors qu'il garde ses yeux pour lui pendant que je m'empiffrais de fromage.

– Ça avance. Nous essayons de rester concentrés malgré toute cette folie ambiante.

– Les chasseurs divins, ce n'est pas de la blague, a renchéri Zavier.

– Les chasseurs divins ? s'est enquise Anya en le regardant. C'est qui ?

– Des humains qui détestent les loups-garous. Ils se méfient du pouvoir qu'on a accumulé, a répondu Jed.

– Ils déciment nos frères de la meute du Texas, a expliqué Gabriel à Anya dont les yeux se sont écarquillés d'horreur.

– Ils représentent un véritable danger, et nous essayons de les arrêter avant qu'ils ne deviennent un problème encore plus grand. Voilà ce que font Raphael et son équipe, a continué Gabriel, mais je n'ai pas entendu le reste de son explication.

Dès que j'ai entendu le prénom Raphael, de la chaleur a explosé en moi. Cela dit, cette fois, c'était différent, je pouvais sentir le feu brûler entre mes jambes. C'était plus chaud, plus urgent, plus Frénétique. J'ai serré les cuisses, espérant que cela suffise à étouffer le brasier, mais à la place, cela l'a attisé. Mon cœur s'est emballé, mes paumes se sont couvertes de sueur, mes tétons se sont durcis. Tout arrivait en même temps. Mon corps était un champ de bataille, mes sens luttaient avec mon désir. Mais plus que du besoin, qu'un appétit sexuel dévastateur, je ressentais de l'extase.

Du bonheur semblait couler dans mes veines en vagues successives, chacune plus puissante que la dernière. J'étais remplie de joie comme jamais auparavant.

Mon esprit allait à toute vitesse.

Est-ce que quelqu'un a mis quelque chose dans mon verre ?

Non, ce n'était ni de l'alcool ni de la drogue. J'étais bien trop puissante pour qu'une substance comme celles-ci m'affecte à ce point. Tout est devenu clair.

La Frénésie.

Elle venait de commencer.

J'ai regardé tout autour de la table, essayant de me retenir, de ne pas céder à mon désir et de me frotter jusqu'à l'orgasme en plein milieu du déjeuner. Personne d'autre ne semblait en être affecté. Ils discutaient tous posément.

Je ne pouvais pas rester assise.

J'ai agrippé tellement fort les accoudoirs de ma chaise que mes jointures en sont devenues blanches. Si je les lâchais, j'allais commencer à me toucher. Ou à danser, tant la joie me consumait. J'ignorais quel était le pire de ces deux scénarios…

Que la Frénésie me frappe en premier ne m'a pas surprise. Pas vraiment.

J'étais l'être le plus puissant autour de cette table, ce qui signifiait que mes sens étaient les plus aiguisés.

– La saison a commencé ! La Frénésie est là ! ai-je hurlé, incapable de me retenir plus longtemps.

Toute l'assistance s'est tournée vers moi.

J'ai sauté de ma chaise et j'ai fait le tour de la table, les bras grands ouverts. J'avais tant d'énergie qu'il fallait que je bouge.

– Elle arrive ! ai-je répété.

– De quoi elle parle ? a demandé Reyna.

– La Frénésie, a répondu Jed qui ne me lâchait pas des yeux.

– Il ne manquait plus que ça, a marmonné Gabriel. Davantage de chaos !

– Haut les cœurs, Alpha, s'est mis à rire Zavier. Un peu de sexe affûte le cerveau !

J'ai dépassé les chaises de Jed et de Reyna, les observant alors qu'ils échangeaient des regards et rougissaient. Mon sourire est devenu encore plus grand. Ils étaient si adorables !

Je n'en pouvais plus d'être à l'intérieur. J'avais besoin d'air frais, de soleil, d'espaces ouverts ! Il fallait que je danse avec la nature ! Je me suis précipitée hors de la salle à manger, de la Maison de la Meute, et je me suis mise à décrire des cercles, à tourner sur moi-même dans la cour.

Je dansais avec les arbres, je me mêlais à eux, je me laissais aller comme je ne l'avais jamais fait par le passé, pas même lors des centaines d'autres saisons que j'avais traversées. Cette saison était bien plus forte que les autres. Elle me frappait bien plus intensément, m'apportant plus de joie. De joie et de désir.

J'étais excitée.

Non, plus que ça.

Je sentais l'air frais me frôler, taquiner ma peau de sa douce caresse, comme si la nature elle-même me tourmentait.

J'avais besoin d'être soulagée.

J'ai fermé les yeux, continuant à tourner et à tourner, jusqu'à ce que le visage de Raphael occupe tout mon esprit.

Oh, comme j'ai besoin de lui ! De lui à l'intérieur de moi, de ses mouvements de va-et-vient...

Je pouvais presque le sentir, le goûter. Le humer. Ce parfum si masculin, entre la lessive et le bois brûlé. Doux et accueillant, viril et puissant, tout cela à la fois.

J'ai senti des bras m'envelopper. Des bras forts. Dotés de muscles énormes. Le contact peau à peau m'a fait gémir de plaisir avant même que je sache si ces bras voulaient me causer du tort ou m'apporter du plaisir.

Dans cet état, j'étais incapable de combattre. J'étais partie trop loin. Je débordais de joie, le désir saturait chaque cellule de mon corps.

– Je suis de retour, a dit une voix rauque tout contre mon cou.

ÉPISODE 23

ABANDON TOTAL

18 DÉCEMBRE 2017
LUMEN

Ève

– Tu danses, a-t-il grogné dans mon oreille.

J'ai tourné sur moi-même pour jeter mes bras autour de son cou.

– C'est la Frénésie, ai-je annoncé en m'agitant contre lui.

J'avais besoin de contact physique. J'avais besoin que quelqu'un me rejoigne pour danser avec moi et partager ces sensations.

– Tu la sens ?

Avec un grand sourire, j'ai hoché la tête.

– Elle est si puissante.

– Je ne t'avais jamais vue sourire autant, a-t-il affirmé. J'adore.

– Ne t'habitue pas trop, ai-je répliqué avant de l'embrasser.

Il a reculé.

– Désolé de t'avoir laissée, la nuit dernière. Je n'imaginais absolument pas que j'allais être appelé en urgence au Texas et...

– Tais-toi, lui ai-je ordonné en pressant mes lèvres contre les siennes.

Là, maintenant, le passé m'importait peu. Tout comme le futur. Seul le présent existait.

Et maintenant, je le désirais à la folie.

On s'embrassait si intensément qu'à un moment donné, j'ai dû le faire basculer, parce que, sans que je m'en aperçoive, il était allongé sur le sol et j'étais sur lui. Mes hanches décrivaient des cercles contre lui et la chaleur montait de seconde en seconde. Cette friction allait me faire perdre la tête. Mais cela ne suffisait toujours pas.

J'ai tiré sur son tee-shirt pour le lui enlever mais il m'a arrêtée. Encore une fois.

– Attends, Ève, juste une seconde, a-t-il réussi à articuler, l'air de ne pas croire ce qu'il venait de dire. On est devant la Maison de la Meute.

– Et alors ? Les loups-garous savent ce que c'est que le sexe.

– Notre Frénésie n'est pas encore là. Ils ne comprendraient pas, a-t-il déclaré en me prenant dans ses bras pour me ramener à l'intérieur.

Mes jambes étaient fermement accrochées autour de sa taille et je sentais son érection se presser contre moi.

– Depuis quand le grand méchant Alpha s'inquiète de ce que pensent les autres ? ai-je murmuré à son oreille.

– Ne me provoque pas, m'a-t-il avertie en pressant le pas.

Il fallait que nous atteignions sa chambre *maintenant*, mais nous n'étions qu'au rez-de-chaussée. J'allais pouvoir le taquiner pendant quelques minutes encore.

– Ou quoi, Raphael ? Tu vas me prendre là, dans l'entrée ? Tu vas me plaquer contre le mur, me retirer ma culotte et...

Avant que j'aie pu terminer ma phrase, il s'est immobilisé pour attraper mon visage d'une main et m'embrasser.

C'était un baiser vicieux, loin d'être doux.

Ce baiser comportait un message.

Il me rappelait qu'il avait encore le contrôle.

Du moins, c'est ce qu'il espérait.

Tout ce que je savais, c'était que j'adorais la force brute de ses lèvres contre les miennes, la façon qu'il avait de bouger contre moi et de m'imposer son tempo, son rythme... J'aimais me laisser diriger.

Cela dit, jamais je ne l'assumerais. Pas même si ma vie en dépendait.

Il a lâché mon visage pour foncer dans les escaliers jusqu'à ce qu'on arrive devant sa porte. Il l'a ouverte aussi vite que possible. Je n'ai pas attendu qu'il la referme. J'ai sauté au sol avant de le plaquer sur le canapé.

Nous n'étions plus qu'une mêlée de membres, bougeant de manière Frénétique. Je l'embrassais sur la bouche, le cou, j'égratignais sa peau de mes dents. Il a grogné. Puis il a grogné à nouveau, plus fort.

Je l'ai regardé. Ses yeux brillaient – de désir, de malice. Du feu s'agitait en eux.

Voilà.

La Frénésie l'avait atteint.

Un nouveau grognement, puis il m'a sauté dessus à son tour.

En moins d'une seconde, il m'avait retournée sur le dos pour m'ôter mon jean, il s'en est pris ensuite à mon débardeur. Il était moulant et comme il lui résistait, frustré, il l'a déchiré.

– J'adorais ce tee-shirt ! l'ai-je réprimandé.

Avec sa bouche, il m'a fait taire. Tout ce que j'ai pu dire, en réponse, c'était : « hmmm ».

J'ai senti ses doigts tracer une ligne sur ma poitrine, puis mon ventre jusqu'à la couture de ma culotte. Puis il a commencé à frotter la dentelle, juste au niveau de mon sexe.

J'ai gémi. Ce n'était pas juste… Il ne me donnait pas ce que je voulais vraiment.

– … *Maintenant…* ai-je soufflé à un Raphael incapable de me résister.

Il a baissé ma culotte, posant à nouveau ses doigts sur mon sexe, puis les enfonçant en moi et… *Oh, mon Dieu, c'en était trop…*

J'ai senti mes yeux rouler. C'était extatique. Qui avait besoin de drogue quand on pouvait… *Ah !* Il était en moi.

Sans crier gare, il m'avait pénétrée.

La faim me consumait plus férocement que jamais. Cela ne me suffisait pas. J'avais besoin qu'il accélère. Qu'il aille plus vite et qu'il me prenne par tous les angles à la fois.

J'ai ouvert les yeux pour le regarder et c'était comme s'il avait instantanément reçu le message, sans que j'aie besoin de dire un mot.

Il m'a fait me retourner pour que je sois allongée sur le ventre, a attrapé mes jambes et s'est enfoncé en moi par-derrière.

– Putain !

Et cela a continué comme ça.

Pendant des minutes, même des heures.

La saison l'avait transformé en machine. Il allait et venait, me caressait, me léchait tout en même temps, s'occupait de chaque partie de mon corps qui nécessitait son attention.

Ce premier orgasme de la saison a été… démentiel.

Je n'étais pas du genre religieux, mais j'ai bien cru voir Dieu en personne.

Les sept jours suivants ont été une extase mâtinée de sexe. Raphael et moi n'avons pas quitté la chambre, ni pour nous nourrir ni pour travailler, pas même pour nous préoccuper de nos proches. Nous nous sommes enfermés entre quatre murs et n'avons quitté le lit que pour mieux baiser à même le sol.

La saison nous avait transformés en animaux.

Jamais nous n'avions été aussi Frénétiques, sans doute parce que nous n'avions jamais vécu cela ensemble.

Ensemble, les compagnons ressentaient les effets de la Frénésie bien plus fort qu'avec qui que ce soit d'autre.

Le septième jour, un samedi, j'ai roulé sur le lit pour observer Raphael. Il a ouvert les paupières, réveillé de sa sieste par mon simple regard.

– Qu'y a-t-il ? a-t-il demandé, les yeux rêveurs.

– Tu sais... ça ne change rien, ai-je affirmé avec douceur. Nous ne pouvons pas être ensemble.

– Ève...

– Je suis sérieuse.

Quelqu'un a frappé à la porte et a interrompu notre conversation. On a échangé un regard. Personne n'avait osé toquer depuis une semaine. Raphael s'est levé et, après avoir passé une serviette de bain autour de ses hanches, a ouvert la porte.

– Zack ?

J'ai levé les yeux au ciel. *Bien sûr que c'était son Bêta qui venait nous déranger...*

– Hé, Raffe... désolé, mec... Je suis juste venu te rappeler qu'aujourd'hui... il y a... le bal de Yule ?

J'ai surpris son regard s'aventurer derrière Raphael et scanner la chambre, alors je lui ai fait un petit signe de la main.

– Je voulais juste savoir si vous deux... vous aviez prévu de nous rejoindre... à un moment ?

Je n'ai pas pu me retenir, j'ai éclaté de rire.

Son malaise me remplissait de joie. Était-ce dû à la Frénésie ou à mon sens de l'humour un brin cruel ? Je l'ignorais.

– Ouais, on arrive. Donne-nous quelques minutes.

Il a fermé la porte et s'est concentré sur moi. Je l'ai vu : le feu n'était pas éteint, il embrasait encore son regard.

Anya : Tu l'as vue ?
Anya : Genre elle a pas été là de la SEMAINE ?! !?
Reyna : Qu'est-ce que t'en as à faire, Anya...
Anya : C juste trop bizarre !!!!
Anya : Et un peu dégueu.
Anya : Elle est censée nous PROTÉGER.
Reyna : Jusqu'ici, elle a bien rempli sa mission.
Reyna : Bref, c'est la saison, quoi.
Anya : Beurk, je veux pas penser à elle en train de faire ça.
Reyna : OK la prude !
Anya : Je suis PAS prude.
Anya : C'est toi qu'as pas encore embrassé Jed !!!
Reyna : Va te faire voir !
Reyna : Sérieux, arrête de m'écrire.
Anya : OK.
Anya : Tu vas porter quoi ce soir ?

Reyna

À la Maison de la Meute, Anya et moi, on devait partager une salle de bains. Alors on se retrouvait pressées comme des citrons derrière le comptoir à essayer de nous coiffer et de nous maquiller en même temps.

Le bal de Yule était dans une heure seulement. D'habitude, je n'en aurais pas eu grand-chose à faire de mon apparence. Mais ce soir, ça m'importait. Parce que ce soir, je voulais embrasser quelqu'un pour la première fois. Je voulais embrasser Jed.

Et ce ne serait peut-être pas la seule de mes premières fois...

Juste avant que la Frénésie le frappe, il m'avait confié qu'il m'aimait bien. Genre, vraiment bien. Et c'était carrément réciproque.

Pour la première fois de ma vie, un type me donnait la sensation d'avoir des papillons dans le ventre. C'était presque trop beau pour être vrai, et ma mère me manquait encore plus cruellement. Elle aurait su quels conseils me donner. Elle aurait été folle de joie pour moi.

À la place, je me retrouvais avec mon agaçante petite sœur ou mon écervelé de père. Ou Ève, qui avait genre littéralement grogné la seule fois où j'avais essayé de la serrer contre moi...

– Je peux avoir le fer à boucler ? a demandé Anya, d'un ton pressé, les mains sur les hanches.

En levant les yeux au ciel, je lui ai tendu l'appareil.

– T'es jolie quand tu ne mets pas trop d'eye-liner, a-t-elle dit, en me regardant dans le miroir.

Mes yeux ont rencontré les siens. Je ne pouvais pas croire qu'elle venait de dire ça. Ce devait être le premier vrai compliment que je recevais de sa part.

– Merci.

– Pas de souci.

– Hé... tu as déjà... embrassé quelqu'un ? ai-je demandé devant les yeux écarquillés de ma sœur.

– Non. Pourquoi ? Tu vas... avec Jed ?

– Non ! Enfin... peut-être. Je ne sais pas...

– OH, MON DIEU ! Tu devrais carrément ! Il te kiffe à mort. C'est évident.

J'ai immédiatement regretté de m'être confiée à elle.

Après avoir fini d'appliquer mon mascara, j'ai rangé mon matériel et je me suis dirigée vers la porte.

– Je ne sais pas, on verra, ai-je dit pour conclure la conversation.

– Reyna ! s'est-elle exclamée en couinant. T'es genre... vachement plus cool que j'aurais pensé !

J'ai hoché la tête. Là, je retrouvais ma sœur.

Ève

Ça faisait plus d'une semaine et je n'avais toujours aucune nouvelle de Llinos. Ce qui signifiait deux choses : j'avais eu raison de perdre foi en notre pacte et j'allais devoir prendre les choses en main.

Comment ? Je n'en avais aucune idée.

Je pensais que me rendre au bal de Yule me distrairait de ces pensées incessantes. Comme si mon cerveau était un labyrinthe dont je ne parvenais pas à trouver la sortie.

Pour récupérer Snow, il fallait que je tue Raphael, mais j'en étais incapable.

Alors que me restait-il ?

Généralement, quand je cessais de me focaliser sur mes problèmes, les idées me venaient toutes seules, alors le bal serait une distraction bienvenue. J'allais boire du vin, me faire reluquer et un plan allait juste… tomber du ciel. C'était ma seule option.

Quand je suis retournée dans ma chambre, j'ai pris dans mon placard la robe que j'avais prévue spécialement pour l'événement. Je l'avais commandée quelques semaines plus tôt, après un coup de foudre en ligne.

Je me suis déshabillée et, une fois nue, j'ai ôté la robe de son cintre pour l'enfiler. Je l'ai remontée le long de mes courbes et l'ai zippée avant de resserrer la ceinture. Puis je me suis regardée dans le miroir. L'image que celui-ci me renvoyait était à peine croyable. C'était une robe vintage de style gothique, quelque chose que Lady Ève Knox aurait pu arborer dans son manoir londonien. Mes courtisans seraient tombés comme des mouches à sa simple vue.

Elle était noire avec des touches de violet et disposait d'un corset qui mettait en valeur mes seins et accentuait ma taille fine. La traîne de la robe était ample, le tissu semblait danser à chacun de mes pas.

J'étais belle.

Plus que ça, même.

Beaucoup de jeunes femmes, à Lumen, étaient plus que jolies. Les guérisseuses, notamment. Elles étaient époustouflantes. Le genre de filles qu'on retrouvait sur les podiums des défilés de mode.

Mais moi, je semblais venir d'un autre monde. Loin de moi l'idée de me vanter. Mon but n'était pas d'impressionner qui que ce soit. Non, mon physique m'avait toujours attiré plus d'ennuis que de privilèges.

Mais c'était la vérité.

En matière de beauté, que mes cheveux soient noir corbeau ou blond platine, personne ne m'arrivait à la cheville.

J'ai fait tourner mon anneau autour de mon doigt avant d'attraper mon sac à main et de me diriger vers la porte.

Mon estomac s'est serré, me rappelant que je n'avais toujours aucune nouvelle de Killian. Suivant le conseil de Kimbringe, j'ai ignoré mon pressentiment.

Je suis sortie dans le couloir, prête à me rendre au bal Peut-être que, cette fois, mon intuition se trompait.

Peut-être que, cette fois, j'allais trouver un moyen de récupérer Snow sans l'aide de qui que ce soit et sans que quelqu'un qui compte pour moi soit blessé.

ÉPISODE 24

New Action

25 DÉCEMBRE 2017
LUMEN

Ève

C'est seule que je suis entrée dans la salle de bal.

Je savais que Raphael et ses loups du Millénaire seraient déjà là, à faire leur devoir de politiciens. Il fallait qu'ils serrent les mains des habitants de Lumen, qu'ils voient et soient vus.

Il en allait de même pour les leaders de la meute de la côte Ouest. Gabriel et Zavier étaient à l'entrée de la salle, un sourire figé plaqué sur le visage. Je les ai repérés à la minute où j'ai posé le pied dans la pièce.

Je me fichais bien d'arriver seule.

Cela m'a rappelé un temps où je n'avais à me soucier de rien ni de personne, quand je pouvais porter une robe et intimider mes courtisans sans avoir à vérifier si le regard de l'Alpha du Millénaire était posé sur moi.

J'ai réalisé que cette liberté me manquait.

J'aimais m'apprêter, attirer l'attention, savoir que chaque personne dans la pièce m'observait, me détaillait, se demandant qui j'étais.

À l'époque, je détestais ça, avant d'avoir des pouvoirs, avant de devenir forte.

C'était effrayant parce que j'ignorais comment me défendre. Mais désormais, j'étais prête à affronter n'importe qui.

Alors oui, j'aimais tous ces regards.

J'étais presque arrivée au bar quand j'ai senti une main se poser sur mon coude.

M'attendant à trouver un jeune homme zélé, je me suis retournée pour voir à qui elle appartenait, mais mon souffle s'est coupé.

C'était Raphael.

Et il était à tomber.

La Frénésie flottait toujours dans l'air, et je me sentais mouiller rien qu'en le regardant.

Il rayonnait. Ses cheveux sauvages coiffés en arrière, ses yeux brillant de malice… Il portait un smoking – à peu près le même que tous les autres hommes présents –, mais sur lui, il avait l'air différent. Comme s'il avait été taillé pour lui, et uniquement pour lui. Cette tenue mettait en valeur sa taille, sa puissance. Il n'avait jamais eu l'air aussi viril.

Ses yeux me dévoraient avec une intensité avide.

– Tu es bouleversante, a-t-il grogné près de mon oreille après s'être approché.

– Raphael, arrête, ai-je dit en le repoussant gentiment. Nous sommes en public.

Il a grondé à nouveau

– Je m'en fous. Cette robe, ce corps…

Il s'est interrompu et un frisson m'a parcourue.

– Reprends-toi, lui ai-je ordonné au moment où un joli couple s'approchait de nous.

J'ai reconnu l'homme, c'était Aiden Norwood, l'Alpha de la meute de la côte Est. Et sa compagne… elle me semblait familière. J'avais déjà dû lui parler.

– Alpha du Millénaire, a salué Aiden en serrant la main de Raphael d'une manière bien virile. Que c'est bon de vous voir.

– De même, Aiden. Sienna, a-t-il ajouté en faisant un signe de tête à la femme.

C'est ça : Sienna.

– Bonjour, a-t-elle dit en me jetant un regard insistant, comme si elle essayait de se figurer comment me parler d'un sujet important.

À la place, elle a juste demandé :

– Est-ce que vous appréciez ce bal ?

J'ai observé sa longue chevelure rousse, sa robe moulante couleur ivoire. Elle était vraiment magnifique. Jeune, mais j'ai senti sa puissance. Une qualité que j'affectionnais chez une femme.

– C'est une magnifique célébration, ai-je répondu, ce qui a surpris Raphael.

Il n'avait jamais dû m'entendre décrire quoi que ce soit de manière positive.

– Depuis combien de temps êtes-vous unis ? ai-je demandé pour faire la conversation.

– Cela fait quelques années, maintenant, s'est-elle exclamée en lançant un regard énamouré à son Alpha.

– Et vous deux ? nous a-t-elle interrogés après s'être à nouveau tournée vers nous.

– Oh, nous ne sommes pas unis, ai-je vite répondu.

Pas besoin de le regarder pour savoir que Raphael avait un sourire en coin.

– Ah, non ? a-t-elle demandé, confuse. Vous avez l'air si… connectés.

– Nous ne le sommes pas.

– Mais bientôt, peut-être ? a-t-elle insisté, ne semblant pas comprendre.

Je sentais l'agacement bouillonner en moi.

Je me fichais de savoir combien cette fille était puissante. Je n'allais pas me laisser questionner sur ma vie intime par une quasi-inconnue.

– Je ne crois pas, non. Veuillez m'excuser, ai-je ajouté sèchement, en tournant les talons pour traverser la piste de danse.

– Elle ne se sent pas bien, ai-je entendu Raphael expliquer au couple après mon départ furieux, ce qui m'a encore plus énervée.

Il ose s'excuser pour moi ?!

Il n'avait aucun droit de se montrer protecteur envers moi. Aucun droit d'être possessif. Il n'était pas mon compagnon !

Officiellement, nous n'étions rien l'un pour l'autre. Rien d'autre que des amants très doués.

J'avais besoin de liberté. Un besoin absolu.

J'ai attrapé le premier homme que j'ai croisé au milieu de la piste. Il était jeune, peut-être vingt et un ans, donc nous avions l'air d'avoir le même âge. Ses cheveux blonds épais lui donnaient un air de surfeur, même en smoking. À la seconde où j'ai posé ma main sur lui, ses yeux se sont écarquillés.

– Euh… sa… salut, a-t-il balbutié, l'air tout excité.

– Ne parle pas. Contente-toi de danser, ai-je ordonné, glissant mes bras autour de son cou.

Ses mains sont venues se poser sur mes hanches et il a commencé à bouger en suivant le tempo. Plus je dansais, plus je sentais que mes nerfs s'apaisaient.

Tant mieux.

C'est si bon.

Je dansais avec un étranger, et cela ne signifiait rien pour moi. Pas de sentiments, pas d'obligations. Je pouvais partir quand cela me chantait. Pour l'instant, j'allais juste profiter et admirer le visage si mignon qui était flatté de danser avec moi.

Il a murmuré quelque chose à mon oreille, mais je n'ai rien entendu car j'écoutais la musique.

– Quoi ?

– Tu veux boire un truc ?

Je lui ai souri. Il était aussi adorable qu'un chiot.

– Après. Continuons à danser, ai-je répondu.

La musique se faisait plus douce.

J'ai regardé autour de moi, remarquant que les couples de danseurs se rapprochaient.

Martin était dans un coin, à boire du vin, seul. L'air absent, il regardait les gens bouger sur la piste. Sa femme lui manquait, clairement. Pas besoin de lire ses pensées pour le savoir.

Je me suis concentrée de nouveau sur le jeune homme en face de moi. Il attendait que je fasse le premier pas. Apparemment, j'avais dégoté un gentleman. À nouveau, j'ai passé mes bras autour de son cou, laissant mon corps s'approcher du sien.

Il n'y avait rien de sexuel là-dedans. Il ne m'intéressait absolument pas. Tout ce que je voulais, c'était ressentir de la liberté ainsi que le désir des autres pour moi, et pouvoir en disposer comme je le voulais. Réagir ou l'ignorer, comme bon me semblait. Nous bougions en rythme, nous balançant l'un et l'autre, et il me guidait pour que nous évitions les autres couples présents autour de nous. C'était sympa, simple. Je n'avais plus aucun souci au monde.

Jusqu'à ce qu'une main se pose fermement sur mon épaule, me tirant en arrière.

Avec force.

J'ai fait volte-face, prête à en découdre, avant de reconnaître le visage en colère de Raphael.

– Qu'est-ce que tu fous, putain ? a-t-il grondé, son regard noir passant du jeune homme aux cheveux en bataille à moi.

– Nous ne faisons que danser, Raphael, ai-je répondu, sentant mes yeux se lever vers le ciel avant d'avoir pu m'en empêcher. Détends-toi.

« Détends-toi » n'étaient pas les mots à dire à un Alpha prêt à exploser de rage. Son visage est devenu cramoisi, plus rouge que je ne l'avais jamais vu, il a serré les poings.

– Tu ne fais « que danser » avec un gamin ? Pourquoi ? Pour me rendre jaloux ? Pour me faire passer un message ?

– Je n'ai rien à te dire, ai-je dit en le dépassant, lui et la petite foule de curieux qui s'était formée.

J'ai entendu des pas derrière moi, mais je ne me suis pas retournée. Pas besoin. Quelques secondes plus tard, il était devant moi et me bloquait le passage.

– Tu *vas* me répondre.

– Est-ce un ordre du grand Alpha du Millénaire ? ai-je demandé, sèchement.

J'aurais pu jurer avoir vu ses narines se gonfler.

– Ève.

– Quoi ?

– Qu'est-ce que tu fais ?

– Je n'essaie ni de te rendre jaloux ni de te faire passer un message. Je n'essaie rien du tout, en fait, ai-je répliqué.

– Alors, qu'est-ce que tu fais ? a-t-il répété.

– Je VIS MA VIE ! ai-je crié, me fichant bien que des têtes se retournent en m'entendant. On n'est pas ensemble, ai-je continué, plus bas. Je te l'ai clairement dit. J'ai besoin de ma liberté. Je ne suis la propriété de personne, ni la tienne ni celle d'un autre.

– C'est ça, le problème ? Ta liberté ? s'est-il moqué. Tu arrives avec cette robe en sachant très bien l'effet que ça aura sur moi et sur tous les hommes ici présents. C'est ce que tu as choisi. Tu voulais que tout le monde te regarde.

– Et ? ai-je ajouté, ma colère montant de plus en plus.

Quel droit a-t-il de critiquer ma tenue, de me juger... ?

AUCUN.

– Je ne peux pas m'empêcher de me sentir possessif. Unis ou pas, tu es à moi, Ève. Tu le sais au plus profond de toi. Tout en moi me le crie. Alors voir d'autres mecs te regarder, te toucher...

– Je ne t'appartiens pas !

Il m'a ignorée.

– Tu savais exactement comment j'allais réagir quand tu t'es mise à danser avec ce gosse.

– Non, je ne savais pas que tu étais un homme de Néandertal.

On tremblait tous les deux, de colère, de frustration, de savoir comment tout cela allait bien pouvoir se terminer. Nos regards se sont croisés et j'ai vu quelque chose de différent dans le sien. De la vulnérabilité.

– Est-ce que je compte un peu pour toi, au moins ? a-t-il demandé, la voix soudain brisée.

Il me regardait comme s'il n'y avait que nous deux dans la pièce. Ou sur la terre entière.

Je n'en pouvais plus. Je ne supportais ni son regard ni l'effet qu'il avait sur moi. Ses mots restaient suspendus entre nous et j'ai senti mes poumons brûler.

Je ne pouvais plus respirer. J'avais besoin d'air.

Alors, je me suis enfouie.

Reyna

Jed et moi étions près du bar quand nous avons vu Ève sortir en courant de la salle de bal. Elle avait l'air en colère, plus que jamais auparavant. Y compris les deux fois où deux mecs avec des pouvoirs étranges avaient essayé de la tuer.

– Je me demande ce qui se passe, a déclaré Jed qui suivait Ève des yeux.

J'ai haussé les épaules.

– Elle qui est d'habitude si calme et détendue...

– Assez parlé d'elle. Le vrai sujet c'est toi... dans cette robe ! s'est-il exclamé en m'admirant de la tête aux pieds.

Mes papillons dans le ventre étaient revenus, et ils s'étaient multipliés. Ils prenaient leur envol dans tout mon corps cette fois. Même quelque part de plus... sexy.

Avant de trop réfléchir, j'ai approché mon visage de celui de Jed.

Nous n'étions qu'à quelques centimètres l'un de l'autre quand je me suis arrêtée.

Allez, Reyna, tu étais si proche du but !

C'est Jed qui a fait le dernier pas.

Il m'a embrassée.

On s'embrassait !

C'était si... bon.

Jusqu'à ce que quelqu'un me tape sur l'épaule.

– Euh... Reyna ?

Je me suis tournée pour découvrir mon père, l'air choqué. Ma bouche s'est ouverte toute seule.

– Papa ! me suis-je exclamée, embarrassée à mort. Je... euh...

Avant que j'aie pu ajouter quoi que ce soit d'autre, Jed m'a attrapé la main et m'a guidée loin de mon père et de la salle de bal.

– Profitez bien de la fête, Monsieur Morgan ! a-t-il crié avant que nous ne sortions dans la cour, au milieu des fleurs.

– Oh, mon Dieu ! Je ne peux pas croire ce qui vient d'arriver ! me suis-je exclamée.

Jed m'a attirée à lui pour m'embrasser de nouveau.

– Tout va bien, a-t-il murmuré. Tu as dix-sept ans. Tu peux embrasser quelqu'un si ça te chante.

– Et j'ai le droit de faire d'autres trucs ? ai-je demandé, impressionnée par ma propre audace.

Jed a haussé les sourcils. Puis il a hoché la tête si fort que j'ai bien cru qu'elle allait se décrocher.

– Allons quelque part. Au chaud, a-t-il suggéré en me tirant par la main pour me ramener à l'intérieur.

Quand nous sommes arrivés à la bibliothèque, là même où nous avions atterri après l'Assemblée d'Équinoxe, Jed m'a encore embrassée.

Il me pressait contre le mur et tout est devenu plus intense entre nous. Alors que je sentais cette étrange chaleur s'épanouir entre mes jambes, j'ai entendu la voix d'un homme, à l'autre bout de la pièce.

– Tu dois être Reyna Morgan, a affirmé l'inconnu. Tu es une reine bien difficile à attraper.

ÉPISODE 25

SANS PROTECTION

25 DÉCEMBRE 2017
LUMEN

Reyna

J'ai dévisagé l'homme qui se tenait au milieu de la pièce.

– Tu es une reine bien difficile à attraper, m'a-t-il dit, et j'ai pris la mesure de son air maléfique.

Il me filait les mêmes frissons que ce type dans la loge. J'ai su que j'étais en danger. Pas un danger normal pour une ado, du genre « j'ai bu trop de bière bon marché et mon père va totalement capter ». Non, un véritable danger. Du genre « je vais me faire assassiner à cause de la fortune de ma mère ».

– Ne t'approche pas plus, a dit Jed, d'un ton menaçant.

Je ne l'avais jamais vu en colère mais là, il avait l'air enragé. Son visage était devenu pâle, et il remontait les manches de sa chemise. Comme s'il était prêt à se battre. Même si ma vie était en péril, que je savais fondamentalement que j'aurais dû être en train de chercher une échappatoire, je n'ai pas pu m'empêcher d'admirer sa beauté. Sa force.

Oh, là, là, Reyna ! Qu'est-ce qui cloche chez toi ?

Mais je n'avais pas le temps de me réprimander. L'intrus se rapprochait. Mon pouls battait la chamade.

Maintenant, j'avais peur. J'étais terrifiée. Je sentais ma respiration se hacher. Elle était erratique. J'hyperventilais avant d'avoir le souffle carrément coupé, comme si je ne contrôlais plus aucune partie de mon corps.

– Respire, m'a intimé Jed.

Même s'il ne pouvait pas me voir, il avait dû m'entendre.

J'ai essayé de reprendre le contrôle. Mais l'homme a alors attrapé Jed par les épaules et a plongé ses yeux dans les siens, de la même manière que l'autre intrus dans la loge.

Jed était comme… figé.

J'ai couru vers la porte, mais l'homme a levé un doigt et celle-ci s'est fermée d'un coup.

J'ai hurlé, ce qui a eu pour effet de libérer Jed de l'emprise de cet homme. Il a immédiatement bondi sur notre assaillant, essayant de le mettre au sol, mais le type a à peine bougé. Puis il a pointé son doigt vers Jed.

– Non ! ai-je crié, mais c'était trop tard.

Jed a volé en arrière et sa tête a heurté très fort le mur. Il a touché l'arrière de son crâne avant de regarder ses doigts. Ils étaient couverts de sang rouge foncé.

– JED ! ai-je hurlé en me précipitant vers lui.

Je me fichais que ce cinglé veuille me tuer. Je ne pouvais pas laisser Jed seul, surtout blessé. Quand je suis arrivée près de lui, je me suis agenouillée et j'ai utilisé mon châle pour faire un point de compression sur sa plaie.

Rapidement, j'ai tourné la tête pour localiser l'homme. Il était tout proche. À moins d'un mètre de nous, maintenant.

J'ai poussé un cri. Jed a tonné :

– Reste où tu es !

Mais en vain. L'homme se rapprochait.

Ève

Je fusais dans les couloirs de la Maison de la Meute, vers ma chambre. J'avais besoin d'être seule et de penser sans être interrompue. J'enrageais, je ne me souvenais pas d'avoir jamais été aussi en colère. Quelle audace, ce Raphael !

J'avais pourtant été claire. Je lui avais *exactement* dit ce que je refusais. Et qu'avait-il fait ? Il l'avait exigé de moi !

Tout ce dont je ne voulais pas, il le réclamait. Pire, il pensait le mériter !

Quelle arrogance de fils de...

– AAAAH !

Un hurlement féminin m'a stoppée net dans ma course. J'étais presque arrivée à l'escalier, mais le cri provenait d'une pièce près de l'entrée. Aussitôt, j'ai fait volte-face pour courir dans la direction opposée. J'essayais chaque porte, pour trouver la source du vacarme, mais toutes les pièces étaient vides. Tout le monde était au bal.

– Reste où tu es ! ai-je entendu une voix masculine crier.

Je l'ai reconnue.

Je me suis précipitée dans cette direction et j'ai pénétré dans la bibliothèque. C'est là que je les ai vus. Jed était assis contre le mur, blessé. Reyna, accroupie à côté de lui, appuyait quelque chose contre sa tête. Et un autre type se tenait près d'eux.

Je n'y croyais pas. Ces connards n'avaient peur de rien.

– Qui êtes-vous ? ai-je lancé.

Pas de temps à perdre. Ma colère était déjà à plein régime, j'avais besoin de réponses, et j'en avais besoin maintenant. J'ai jeté mon anneau dans les airs et il s'est aussitôt transformé en faux. J'ai attrapé le manche et me suis précipitée sur l'inconnu.

– Je t'ai demandé qui tu étais !

– Trevor Whitethorn. Et toi, tu es le Diable, je présume ? Tu as tué mon frère.

– Il a prétendu être le dernier d'entre vous.

– Il a menti.

– Alors, c'est toi qui vas payer pour ses péchés.

– Je ne pense pas.

Avant que j'aie pu plonger ma lame dans sa poitrine, Trevor Whitethorn m'a saisie par les épaules pour plonger ses yeux dans les miens.

Nous étions dans la même position que celle où j'avais retrouvé son frère et Reyna, dans la loge de l'auditorium. Cette fois, c'est moi qui me retrouvais figée.

Avant que j'aie pu comprendre ce qui m'arrivait, j'ai été transportée dans un autre lieu. Devant moi, à perte de vue, s'étendait une forêt enneigée sur laquelle se reflétaient les rayons du soleil. C'était magnifique.

J'ai entendu un rire. Le rire d'un bébé. Quand j'ai baissé les yeux, j'ai vu Snow, elle était dans mes bras.

Comment est-ce possible ?

Ça ne l'était pas. Je le savais. Ce n'était pas réel. Au plus profond de moi, j'en étais persuadée.

Mais comme j'aimerais que cela le soit…

Je le désirais tellement que… que quoi ? Que j'allais laisser Whitethorn gagner ? Le laisser me battre et tuer Reyna pour s'emparer de la fortune des Morgan ?

Ève, allez. Concentre-toi. C'est un Créateur de Peur. C'est son pouvoir. Il te force à replonger dans tes propres souvenirs, te remémore tes peurs les plus profondes. Puis, en les utilisant contre toi telles des armes, il te détruit.

Dès que cette pensée s'est formée, le souvenir s'est dissipé.

J'étais dans le noir. Un noir abyssal. Mais toujours pas dans la réalité.

J'ai regardé autour de moi.

J'étais dans une cave.

Il y avait une cage.

J'ai cillé, essayant d'habituer mes yeux à la pénombre. C'était une cage en acier, sale, décrépie. Exiguë. Et elle n'était pas vide.

Une petite fille l'occupait. Une petite fille blonde, âgée de sept ou huit ans.

Elle m'a regardée. Sa peau était si pâle qu'elle semblait rayonner dans l'obscurité. Ses yeux étaient si grands que je ne pouvais les ignorer. Je ne pouvais l'ignorer, elle.

– SNOW ! ai-je crié. NON ! ai-je hurlé. NON ! NON NON NON NON NON !

Elle était prisonnière de cette cage. Rien qu'à la regarder, je savais qu'elle était là depuis une éternité. Un temps incommensurable. Des siècles.

Je suis tombée à genoux. C'en était trop. Mon cœur, mon esprit ne pouvaient pas le supporter. J'étais sur le point de céder, de laisser la peur me consumer. De laisser Whitethorn gagner.

Mais je me suis arrêtée.

C'était seulement une projection de mon pire cauchemar, juste mon imagination.

Peut-être que Snow n'était ni dans une cellule ni dans une cage. Même si elle y était, il faudrait que je le découvre par moi-même. Je ne pouvais pas me laisser vaincre ainsi. Il fallait que j'apprenne la vérité.

Mais d'abord, je devais sauver Reyna. Je me suis remise debout et j'ai secoué ma tête, essayant de retrouver des idées claires.

– Je viens te chercher, ai-je murmuré à Snow, dont les yeux étaient toujours fixés sur moi depuis sa cage.

Puis je me suis concentrée.

Ce qui m'entourait ne me faisait plus peur. Plus maintenant. Ce n'était pas réel.

Cela a suffi pour sortir de l'emprise que Whitethorn avait sur moi, pour me ramener à la Maison de la Meute.

J'ai réintégré mon corps.

J'étais là, les yeux ouverts, rivés sur le dernier des frères Whitethorn.

Les siens se sont écarquillés quand il a vu que j'étais revenue à moi. J'avais réussi à échapper à son pouvoir, peu de gens en étaient capables.

Son regard n'avait plus d'effet sur moi, alors j'ai immédiatement plongé vers lui et, sans lui laisser le temps de réagir, j'ai planté la lame de ma faux dans son cœur.

– Argh ! a-t-il haleté, et le sang a commencé à jaillir de la plaie qui venait de se former.

D'un geste, j'ai retiré la lame, proprement, observant la vie quitter lentement les yeux de mon adversaire.

– Ève ! a crié Reyna, en accourant vers moi.

Cette fois, je l'ai stoppée d'un geste de la main. Derrière elle, à l'endroit où Jed était toujours affalé sur le sol, une énorme flaque de sang se formait sur le plancher en bois massif.

– Il a besoin de toi, lui ai-je dit avant de la laisser seule pour qu'elle puisse porter secours à son homme.

Moi aussi, j'avais besoin d'être seule, plus que jamais.

Ma colère ne s'était pas évacuée. En fait, tuer Whitethorn n'avait fait que la raviver. Tout ce que je faisais, c'était protéger et mettre à mort. C'était sans fin. Alors que la seule personne que je devais protéger et le seul homme que je devais mettre à mort, je ne pouvais les atteindre.

J'ai ouvert la porte de ma chambre et j'ai allumé l'interrupteur.

– Bonsoir, Ève, m'a saluée Llinos, assise sur une chaise, dans un coin de la pièce. Cela fait bien longtemps…

ÉPISODE 26

PULSION PROTECTRICE

25 DÉCEMBRE 2017
LUMEN

Ève

La Divinité et moi nous sommes dévisagées.

Llinos avait l'exacte même apparence que des siècles plus tôt. Ses traits étaient toujours doux et anguleux à la fois, ses cheveux toujours longs et noirs.

– Vous avez pris votre temps.

– Vous avez également pris votre temps pour éradiquer tous les vampires, a-t-elle rétorqué.

– J'avais des informations incohérentes quant à ceux qui restaient et leur nombre.

– Barron a caché les Whitethorn, a-t-elle dit en hochant la tête.

– Vous étiez au courant et vous n'avez pas pensé à me prévenir ?

– En quoi cela vous aurait-il avancée ? a-t-elle répliqué. Ce n'est pas comme si vous étiez une experte pour trouver les choses gardées par Barron.

Aïe. Elle tapait là où ça faisait mal.

– Bref. Maintenant, c'est fait. Emmenez-moi à elle.

– Vous avez besoin de vous reposer. Vos pouvoirs ne sont pas à leur capacité maximale.

– *Emmenez-moi à elle*, ai-je répété, ivre de rage.

Je me fichais que Llinos ait raison, que mes mains soient en train de trembler et que ma tête me lance horriblement. Peu importait que je ne sois pas au meilleur de ma forme. Pour ma fille, je donnerais tout ce qui me restait dans la bataille. Je n'abandonnerais pas tant que je ne l'aurais pas serrée dans mes bras.

– Non, a asséné Llinos, la voix ferme.

– Vous m'avez *promis* !

– Et je tiendrai ma parole. Cependant, je vous ai quand même menti sur un point. Vous n'avez pas tué tous les vampires.

– Comment ça ?

– Il en reste un. Avant que je ne vous guide vers votre fille, je vais vous amener à lui.

– Je ne suis pas votre chienchien.

– Croyez-moi, Ève, vous voulez la mort de cet homme plus que je la désire. Débarrassez-vous de lui et Snow sera à portée de main, je vous le promets.

– Oh vos promesses, je les connais, ai-je commenté en plissant les yeux.

J'aurais voulu la gifler. Plonger vers elle et lui éclater la mâchoire à coups de poing. Mais cette soirée m'avait pris toutes mes forces.

Pour couronner le tout, la porte s'est soudain ouverte et je l'ai reçue en plein dans le dos.

– AAAAH ! ai-je crié.

– Désolé, vraiment désolé, Ève, a dit Kimbringe, derrière moi, avant de se glisser dans la pièce. Oh, bonjour, Llinos…

– Salut, Kim.

– Qu'est-ce qui se passe, putain ? ai-je demandé, mon regard passant d'une Divinité à l'autre.

– Ne me regardez pas. Je n'ai aucune idée de la raison pour laquelle il est là, a déclaré Llinos.

– Ève, a dit doucement Kim en m'attrapant par les épaules pour me regarder en face. C'est Killian.

Et juste quand je pensais que la nuit ne pouvait pas empirer, une autre dague s'est enfoncée dans mon cœur.

– Quoi ? ai-je demandé, lentement.

– Tu devrais… tu devrais venir avec moi.

Kimbringe a pris ma main et m'a guidée hors de la chambre, puis en bas des escaliers jusqu'à l'infirmerie.

Il était là, étendu sur l'un des lits. Il n'avait plus rien du garçon que j'avais quitté sur ce parking, à Londres, quelques mois auparavant. Non, le Killian qui gisait devant moi était couvert de sang et de bleus, comme s'il avait été passé à tabac. Pas une seule fois, mais encore et encore.

– Killian ! ai-je crié en me précipitant vers lui.

Ses yeux sont restés fermés.

– Il respire. Il s'accroche, Ève.

– Où tu l'as trouvé ? ai-je hurlé, me sentant trembler des pieds à la tête.

– Quand tu m'as appelé, hier, et que tu as demandé si je sentais quoi que ce soit d'anormal, ce n'était pas le cas. Rien ne m'alertait. Mais il y a deux heures environ, cela a changé. J'ai eu l'intuition qu'il était en danger. Alors j'ai accouru.

– Où. Était. Il ? ai-je martelé, à nouveau enragée.

– Sur le bord d'une route, près de la forêt qui borde cette ville. Juste en dehors de Lumen, a indiqué doucement Kim en s'approchant de moi.

Je n'étais pas d'humeur à être réconfortée.

– Je t'ai spécifiquement demandé ton avis et tu m'as dit qu'il allait bien.

– Je sais. Je le pensais.

– À quoi ça te sert de penser si c'est pour dire des choses fausses après ? ai-je hurlé.

– Ève, respire. Tu as eu une dure soirée. Raphael est en train de prévenir la guérisseuse de la meute. Elle devrait arriver d'un moment à l'autre.

– Tu as prévenu Raphael ?

– Je l'ai croisé en chemin. Il est aussitôt parti chercher de l'aide.

– Il ne manquait plus que ça, Kim ! Raphael ! Putain de merde, c'est de pire en pire...

La porte s'est ouverte sur eux, Raphael et la guérisseuse de la meute de la côte Ouest. Daisy, je crois qu'elle s'appelait.

– Sors, ai-je ordonné à Raphael avant qu'il n'avance dans la pièce.

– Mais, Ève... a-t-il commencé.

Il voulait me remonter le moral, ses yeux étaient pleins d'inquiétude. Mais je m'en fichais. Je voulais qu'il s'en aille.

– PARS !

Avec un dernier regard, il a obéi.

J'ai observé Daisy se précipiter vers Killian et l'examiner.

– Oh mon Dieu, a-t-elle dit doucement en plaçant ses mains, paumes dirigées vers lui, à quelques centimètres de sa poitrine.

Elle a fermé les yeux et j'ai remarqué une douce lumière passer de ses mains au corps de mon pupille. La peau de ce dernier retrouvait peu à peu de la couleur et ses yeux ont commencé à papillonner.

Aussi vite que possible, je me suis approchée et j'ai attrapé sa main.

– Ève ? a dit Killian d'une voix à peine audible.

– Killian !

De l'excitation me parcourait. Il était *en vie* !

– Ève, a-t-il répété en toussant, et je me suis penchée pour lui éviter des efforts.

– Que s'est-il passé ? lui ai-je demandé, le regardant droit dans les yeux.

– Barron… Whitethorn… a-t-il commencé avant que ses paupières ne se ferment.

Barron. Whitethorn. Non. NON !

– Killian ! Reste avec moi, Kil.

Rien.

La couleur a quitté son visage jusqu'à ce qu'il soit d'une pâleur fantomatique. Ses yeux ne voulaient plus s'ouvrir.

– Que se passe-t-il ? ai-je demandé en me tournant vers Daisy.

– C'est normal. Son corps est en état de choc. Sa conscience essaie de trouver un moyen de se régénérer. Il flotte entre deux états… cela ne signifie rien, a-t-elle expliqué, essayant de me rassurer.

– Je ne veux pas continuer à lui transférer mon énergie. C'est trop dangereux. Il pourrait en devenir dépendant et…

– Vous sentez quelque chose émaner de lui ?

Elle a secoué la tête.

– Rien pour l'instant. Son pouls est faible, mais son cœur bat.

Il s'est mis à tousser encore, tout son corps tremblait.

Je me suis penchée sur lui.

– Killian ?

– Barron… a-t-il soufflé en clignant des yeux.

– Quoi ? Est-ce que c'est lui qui t'a fait ça ?

– Il a… dit… que… ton temps… était… bientôt… écoulé, a-t-il réussi à articuler, chaque mot ayant l'air de lui coûter autant d'énergie qu'un marathon.

Je ne pouvais pas y croire. Quelle cruauté ! Je savais que Barron Von Logia était une Divinité du mal, la pire de l'univers, sans doute. Mais cela ne semblait pas lui avoir suffi d'avoir kidnappé ma fille pour me faire chanter pendant des siècles. Cela ne lui avait pas suffi de me manipuler comme une vulgaire marionnette, me menaçant de lui faire du mal si je n'obéissais pas. Maintenant, il s'en prenait à mon pupille.

Il avait traqué Killian. Il l'avait battu quasiment à mort et pour quoi ? M'envoyer un message ?

– Whitethorn... était... là. Son... garde du... corps...

– C'est un Whitethorn qui t'a mis dans cet état ?

Sensiblement, Killian a bougé le menton, j'ai compris qu'il répondait par l'affirmative.

– Et Snow... a soufflé Killian, la respiration rauque et difficile.

Mes yeux se sont écarquillés et j'ai encore rapproché mon visage du sien.

– Tu l'as vue ?

De la chair de poule couvrait ma peau. Mon cœur tambourinait. J'avais besoin de réponses, mais je n'étais pas certaine de ce que j'allais en faire.

Qu'ils aillent se faire foutre, me suis-je dit.

J'allais gérer. Je pouvais tout affronter quand il s'agissait de mon bébé.

Très lentement, prudemment, il s'est mis à hocher la tête. Il l'a baissée et remontée avant de la baisser à nouveau, une grimace de douleur sur le visage.

– Où ? Où était-elle, Killian ?

– Dans une cellule... une... cage. Petite... blonde...

Il s'est interrompu et ses yeux se sont à nouveau fermés.

– Vous feriez mieux de le laisser dormir, a dit Daisy.

Je n'ai pas fait un geste. J'en étais incapable.

Elle a fait le tour du lit pour me poser une main sur l'épaule.

– Mais SNOW !

– Je sais, a-t-elle répondu en m'enveloppant d'un de ses bras pour me guider hors de la pièce. Je sais.

Je n'avais pas besoin de sa pitié ni de réconfort. J'avais besoin d'*action.*

Il fallait que je détruise ces putains de Whitethorn, cette maudite famille qui n'arrêtait pas d'apparaître pour faire du mal aux gamins que je protégeais. Il fallait que je reprenne le contrôle sur ma vie que Barron m'avait volée. Il m'avait pris mon enfant, mon pupille et ma liberté.

Il était temps.

Je me suis ruée dans l'entrée, j'ai remonté les escaliers pour me précipiter dans la chambre de Raphael. Dès que j'ai ouvert la porte, il m'a regardée.

– Quoi ? Tu veux m'arracher la tête ? C'est une nouvelle tentative de meurtre ?

Mais toute ma colère, toute ma rage m'avaient consumée. Elles avaient avalé toute mon énergie. Tout ce que je pouvais faire, c'était crier. Alors je l'ai fait.

– AAAAAAAAAAAAAAAAAAAAARGH ! ai-je hurlé, pour me libérer.

Puis je me suis effondrée sur le sol.

– Ça va mieux ? a demandé Raphael en s'approchant de moi.

– Non.

Je l'ai regardé et j'ai remarqué toute l'inquiétude qui marquait ses traits.

Mes yeux se sont plissés.

C'était lui, le responsable de tout ce bordel. S'il n'avait pas pris ma virginité, s'il ne m'avait pas mise enceinte et abandonnée, Snow n'aurait jamais été kidnappée. On aurait vécu des vies normales. Tous autant que nous étions.

Porter le poids du monde sur mes épaules m'exténuait. Il était temps d'en partager une partie. Alors, même s'il mettait mes nerfs à vif, j'ai regardé Raphael droit dans les yeux, les miens étaient désormais quasi clos.

– Je dois te dire toute la vérité.

ÉPISODE 27

LA VÉRITÉ CRUE

26 DÉCEMBRE 2017
LUMEN

Ève

Il était trois heures du matin, mais je n'avais pas le temps de dormir.

Killian était en bas, à l'infirmerie, inconscient.

Reyna était dans sa chambre, peut-être en sécurité ou face à une nouvelle menace que je n'avais pas su anticiper.

Et Snow était toujours la prisonnière de Barron.

Où ça ? Je l'ignorais toujours.

Ce que je savais, c'était que Raphael Fernandez ne pouvait passer un jour de plus sans être mis au courant.

Il fallait que je lui parle de Snow. Il fallait que je le fasse se sentir aussi mal que moi. Puisque je ne pouvais pas le tuer, il méritait au moins ça.

– Je dois te dire toute la vérité, ai-je déclaré en levant la tête vers lui alors que j'étais toujours assise sur le sol de sa chambre.

Il a hoché la tête et a pris place en face de moi.

– Snow.

Mon visage a pâli.

– Tu es au courant... ?

– Non, non. Mais tu as hurlé ce mot deux fois, quand je me suis transformé et que je t'ai conduite dans la forêt, et après ton combat face au pyrokinésiste. Et juste avant que je ne parte pour le Texas, tu as murmuré ce mot, « Snow », dans ton sommeil. Je n'ai aucune idée de ce que cela signifie. Ce que je sais, c'est que c'est important pour toi.

– C'est ma fille.

– Tu as... une fille ? a-t-il demandé, les yeux écarquillés.

J'ai hoché la tête. J'étais à deux doigts de lui livrer tout ce que j'avais sur le cœur.

Et tu es son père. La raison pour laquelle elle est née bien loin de l'endroit où elle a été conçue. La raison pour laquelle elle m'a été enlevée...

Mais j'en étais incapable. Au lieu de cela, j'ai juste répété ses mots.

– J'ai une fille. Elle m'a été volée un mois après sa naissance.

– Par qui ? a-t-il rugi.

– Barron Von Logia.

– La Divinité ?

J'ai acquiescé.

– Quelle... quelle ordure !

À nouveau, j'ai hoché la tête.

– C'est pour ça... que j'ai tenté de t'assassiner.

Raphael plissait les yeux, confus.

– Barron m'a proposé un accord. Si je te tuais, il me rendrait Snow. Mais je devais accomplir ma mission avant le premier jour de l'année 2018.

– C'est dans six jours.

– Je sais. Mais peu importe. Je ne peux pas te tuer. J'ai essayé et… c'est impossible.

Raphael a tendu la main vers la mienne, mais j'ai eu un mouvement de recul. Je ne voulais pas que l'on me console, et clairement pas qu'on ait pitié de moi.

– Arrête ça !

– Pourquoi veut-il ma mort ? a demandé Raphael.

– C'est tout ce qui t'intéresse ? ai-je explosé. Ma fille est otage depuis quatre cents ans et tu as l'audace de vouloir savoir pourquoi il en a après toi ?

– Arrête. Arrête de hurler. Réfléchis un peu.

– À propos de quoi ?

– C'était un pacte de pacotille, Ève. Il savait que tu serais incapable de me tuer.

– Qu'est-ce que tu veux dire ?

– C'est une Divinité, les Divinités sentent les liens unissant les compagnons.

– Mais on n'est pas unis. Nous n'avons pas procédé à la cérémonie.

– Peu importe. Tu es ma moitié et je suis la tienne. On le sait depuis plus d'une décennie. Barron a dû le sentir. Il est forcément au courant.

– Alors tu veux dire… qu'il n'a jamais eu l'intention de me rendre Snow.

Raphael m'a dévisagée en acquiesçant lentement.

Je ne pouvais pas le croire.

Mais plus j'y pensais, plus cela faisait sens. Barron m'avait utilisée pour son plaisir personnel. Il n'avait jamais prévu de libérer ma fille.

– Je vais t'aider. Je vais t'aider à la récupérer, a promis Raphael, essayant de saisir ma main, de nouveau.

Cette fois, je n'ai pas reculé.

***

Le lendemain matin, dès que le soleil s'est levé, je me suis précipitée dans les escaliers pour me rendre à l'infirmerie. Raphael y était déjà et attendait devant la porte.

– Daisy refuse de me laisser entrer. Elle a dit qu'elle sortirait quand il serait réveillé.

J'ai hoché la tête.

– Au fait, tu ne m'as jamais expliqué comment tu étais devenue sa gardienne, a noté Raphael.

Je me suis remémoré cet événement. C'était le jour où j'avais cru avoir tué les derniers vampires. À Moscou, en 2004.

Le jour où ma vie avait changé à jamais.

1er MARS 2004
MOSCOU

Ève

J'étais toujours focalisée sur la mission de Llinos, je parcourais le monde pour traquer chaque vampire jusqu'au dernier. Cela m'avait pris des dizaines d'années, mais j'avais fini par tous les éradiquer. Enfin, presque.

Je remontais une ruelle sombre, dans la banlieue de Moscou, les yeux plissés face au blizzard qui me soufflait au visage. La maison que je cherchais était au bout de la rue, et à l'intérieur se trouvaient les deux derniers vampires. Un couple marié.

J'ai marché jusqu'à la porte et j'ai frappé. Quelque temps plus tard, un homme a ouvert. Il devait avoir une trentaine d'années et son visage dégageait de la sympathie.

– Bonjour. Mon nom est Ève. Puis-je entrer ?

Les vampires du monde entier connaissaient mon nom. De leur point de vue, j'étais la Grande Faucheuse. Quand ils me rencontraient, ils savaient que leur temps était venu.

– Bien sûr, a-t-il répondu avec un fort accent russe.

Il a ouvert la porte en grand et m'a fait signe d'avancer.

– Je suis Costa. Costa Romanov. Mais vous le saviez déjà, a-t-il déclaré en me guidant dans le salon.

– Désolée d'arriver si tard, ai-je répondu en m'asseyant dans un fauteuil en cuir.

– Je vais prévenir mon épouse, a-t-il indiqué en hochant la tête et en repartant dans l'entrée.

Je l'ai entendu hurler : « Anne ! »

Puis, quelques secondes plus tard, des bruits de pas me sont parvenus des escaliers. Quand elle est entrée dans le salon, son mari sur les talons, mon souffle s'est coupé.

– Je suis Anne Romanov, s'est-elle présentée tandis que son mari et elle s'installaient dans le canapé en face de moi.

Je ne pouvais pas parler. J'étais figée. La femme assise en face de moi… Son visage… Je l'avais déjà vu. C'était le portrait craché de mon frère.

– Puis-je vous demander quel est votre nom de jeune fille ? l'ai-je interrogée quand j'ai fini par récupérer mes esprits.

– Knox, a-t-elle répondu. Ma famille vient d'Angleterre.

J'ai dégluti. Non seulement j'étais là pour tuer les deux derniers vampires de ce monde mais j'étais là pour tuer la descendante de mon frère.

– Eh bien, ai-je commencé. Vous devez connaître la raison de ma venue ?

Ils ont acquiescé.

– Je suis… vraiment désolée d'avoir à faire cela.

– Tout va bien, a dit Costa.

– Nous avons vécu une longue vie, a renchéri sa femme. Une vie longue de plusieurs siècles, Ève. Alors si c'est ce qu'il y a de mieux pour le monde…

– Nous sommes en paix, a conclu Costa.

– Il y a juste une faveur que nous aimerions vous demander, a ajouté Anne, sa voix me pénétrant par tous les pores.

– Quoi donc ?

Anne a jeté un regard à son mari avant qu'ils ne se tournent tous les deux vers moi.

– Nous avons un enfant, a-t-il indiqué. Un fils. Il n'a qu'un an.

J'ai observé les yeux pleins d'espoir des Romanov. Leurs mains jointes si fort.

Puis, lentement et délibérément, j'ai hoché la tête.

– Je vous remercie. Merci, a murmuré Anne en prenant ma main dans la sienne.

– Son nom est Killian, a ajouté Costa en essuyant une larme.

26 DÉCEMBRE 2017
LUMEN

Ève

Ébahi, Raphael m'a dévisagée.

– Alors, après ça, tu t'es occupée de lui ?

J'ai acquiescé.

– Killian était un enfant facile à vivre.

– Tu as donc passé toute ton existence à t'occuper des autres, s'est étonné Raphael en secouant la tête.

Avant que je puisse lui répondre, la porte de l'infirmerie s'est ouverte.

– Il est réveillé, a annoncé Daisy, et j'ai foncé à l'intérieur.

– Killian, ai-je dit en accourant près de lui.

J'ai détaillé son visage, ses ecchymoses, ses bosses, ses plaies qui commençaient à doucement se refermer.

– Comment te sens-tu ?

– J'ai connu mieux, a-t-il répondu avant de sourire du même sourire qu'il avait toujours arboré.

– J'ai besoin de toi, Kil. (J'ai tiré une chaise pour m'asseoir près de son lit et j'ai plongé mes yeux dans les siens.) Il faut que tu me dises tout ce dont tu te souviens. Chaque détail.

Il a hoché la tête.

– Il y a quelques semaines, j'ai reçu une info anonyme disant que Snow était en vie… Qu'elle était cachée quelque part au pôle Nord. Je ne voulais pas te donner de faux espoirs sans avoir vérifié que c'était fondé. Alors j'ai embarqué dans le premier vol que j'ai trouvé.

– Le pôle Nord, ai-je entendu Raphael répéter, derrière moi. Pourquoi là-bas ?

– C'est l'endroit le plus dangereux au monde, ai-je indiqué, me souvenant de ce que Ganda m'avait inculqué avant que je ne prenne part au Rituel vampirique, il y avait des siècles de cela. La seule région où la magie ne peut être contrôlée. Seules les espèces les plus puissantes osent y mettre le pied.

– Ça paraît évident, maintenant, a répondu Killian en riant doucement, même si l'effort l'a fait grimacer.

– Alors tu es allé là-bas.

– Voilà. Pendant quelques jours, dans un petit village. J'ai fouillé un peu, posé des questions. Un soir, je me suis rendu dans un pub. Un homme m'a approché. Il m'a demandé qui j'étais. Ce que je faisais ici. Je lui ai expliqué, je l'ai interrogé pour savoir s'il connaissait Snow.

– *Killian !*

– Je sais, je sais. Mais je me suis dit que s'il ne voyait pas de qui je voulais parler, il penserait que j'étais juste un touriste bourré qui tentait de blaguer au sujet du climat…

– C'était qui ce type ? Barron ?

Killian a secoué la tête.

– Brett Whitethorn. Il a dû me mettre K.-O., je ne sais pas, je ne me souviens plus. Quand je me suis réveillé, j'étais dans un tout autre endroit. Une sorte de cellule sombre avec des barreaux en métal tout autour de nous.

– *Nous ?* ai-je répété. Elle était là ?

– Elle était là, a-t-il affirmé en me regardant en face. Elle te ressemble, Ève. Même si ses cheveux sont blonds. Je n'ai pas pu beaucoup lui parler parce que Barron… est arrivé et m'a sorti de la cellule. Whitethorn m'a passé à tabac sous ses yeux. Et je me suis réveillé ici.

Sa voix était de plus en plus rauque et quand il s'est enfin tu, il a été pris d'une quinte de toux. Tout son corps tremblait. Daisy s'est précipitée vers lui.

– Il a besoin de se reposer, nous a-t-elle indiqué, et nous avons hoché la tête avant de nous lever.

Quand nous sommes sortis, je me suis tournée vers Raphael.

– J'y vais. Je dois y aller.

– Où ça ?

– Au pôle Nord.

– Tu es folle ? Ève, tu ne peux pas débarquer là-bas sans un plan.

– Ne me dis plus jamais que je suis folle ! Whitethorn est là-bas, Barron est là-bas. *Ma fille* est là-bas ! On le sait, maintenant ! Je ne peux pas rester ici en sachant qu'elle est enfermée.

– Bonjour, bonjour, vous vous souvenez de moi ?

J'ai fait volte-face pour apercevoir Llinos de l'autre côté du couloir, limant un de ses longs ongles noirs.

– VOUS ! ai-je dit en m'approchant d'elle. Vous allez m'emmener au pôle Nord et *maintenant.*

– Très bien, allons-y.

C'était un peu trop facile...

J'ai hoché la tête avant d'entendre la voix de Reyna, derrière moi.

– Ève ?

Je me suis retournée pour la voir nous dévisager, Llinos, Raphael et moi. On devait être le trio le plus étrange qu'elle ait jamais croisé.

– Qu'y a-t-il ? ai-je demandé en marchant vers elle.

– Est-ce que... d'autres Whitethorn vont venir ?

– Il n'en reste qu'un. Et je vais en finir avec lui, là, maintenant.

– Tu vas nous laisser seules ?

J'ai soupiré.

– OK, Reyna. Voilà le plan. Je vais créer un canal entre nous pour qu'on puisse échanger télépathiquement quand on en aura besoin. D'accord ? Au moindre signe de danger, tu me préviens. Où que je sois, je recevrai le message. Maintenant, regarde-moi bien.

J'ai placé mes mains sur ses épaules et j'ai rivé mon regard au sien pour pouvoir entrer dans son esprit.

Ouvrir des canaux télépathiques était parfois chose aisée et d'autres fois… bien plus complexe. Cela dépendait du type d'esprit qu'on essayait de joindre. Les esprits humains étaient les plus faciles d'accès. Ils ne disposaient d'aucune magie, d'aucun motif psychique compliqué.

Je m'attendais à entrer et sortir de sa psyché en quelques secondes. Mais dès que j'ai eu accès à l'esprit de Reyna, j'ai remarqué une chose étrange. Aucun cylindre facilement atteignable, comme je m'y étais attendue. Les motifs de son canevas psychique étaient bien trop détaillés. Un bazar sans nom de formes et de câbles indiquait clairement qu'elle était un hybride.

Comme un mélange de deux espèces.

Comme pas 100% humaine.

Hein ?

C'était impossible. Killian avait inventorié sa lignée avec précaution. Les Morgan étaient tous humains.

Alors que je scannais l'esprit de Reyna, utilisant plus d'énergie que je ne l'aurais pensé, je savais que je ne me trompais pas. Cette fille n'était pas humaine. Rien à voir. Cela m'a rappelé pourquoi j'étais venue les protéger – la raison pour laquelle leur lignée m'importait. Chaque jour, j'en apprenais plus au sujet de cette connexion. Mais je n'avais pas le temps de ressasser ça.

– Voilà, ai-je dit, le souffle court, en relâchant ses épaules.

Le canal était établi.

– Et Anya, alors ? a demandé Reyna.

– Restez ensemble pendant mon absence, OK ? Surveillez-vous mutuellement.

Reyna a hoché la tête.

– Tu t'en sortiras.

Encore une fois, elle a opiné du chef.

Sans dire au revoir – je détestais ça –, je suis retournée vers Llinos et Raphael.

– Prête ? ai-je questionné la Divinité.

– Quand vous le serez, a répondu Llinos.

– Prêt, a confirmé Raphael.

– Oh, le joli cœur vient avec nous ? s'est enquise Llinos en le détaillant.

Je n'ai pu m'empêcher de rire.

– Le joli cœur vient effectivement avec vous, a-t-il confirmé en attrapant ma main.

– Très bien, a commencé Llinos en nous prenant les mains à son tour. Direction le pôle Nord, alors.

ÉPISODE 28

SE RAPPROCHER

27 DÉCEMBRE 2017
PÔLE NORD

Ève

Dès que Llinos nous a téléportés au pôle Nord, nous avons atterri sur un sol gelé. J'ai observé autour de moi. À perte de vue, tout n'était que glace.

– Nous y sommes, a chantonné Llinos, et Raphael et moi avons échangé un regard.

J'étais trop inquiète pour me sentir excitée. Je craignais que Barron nous ait encore une fois manipulés. Que ce Whitethorn soit un homme de paille. Ou pire, que Snow soit bel et bien là, qu'elle aille bien, mais qu'elle ait conscience que j'avais échoué à la protéger. Et qu'elle ne me pardonne jamais.

Il y avait aussi l'option cauchemardesque que Snow soit là, mais trop blessée pour être sauvée.

Raphael a passé un bras autour de mes épaules.

– Allons-y. Où est Whitethorn ? a-t-il demandé à Llinos.

Cette dernière a pointé du doigt quelque chose, au loin. Cela ressemblait à une sorte d'immense cabane en bois.

Nous avons commencé à marcher dans cette direction.

Plus nous approchions, plus je sentais qu'un immense pouvoir en émanait. Un type de magie que je n'avais jamais croisée avant, pas même quand j'avais eu affaire à Barron.

– Je le sens aussi, a acquiescé Llinos avant même que je prenne la parole.

Nous nous sommes approchés de la porte et je les ai regardés, tous les deux.

Raphael a fait un pas vers moi, comme pour dire qu'il était prêt. Mais Llinos s'est contentée de hausser les épaules.

– Je n'entre pas.

– Comment ça ? a demandé Raphael.

– Ma promesse était de vous amener à Whitethorn, puis à Barron. Je vous ai accompagnés sur le pas de leur porte. Ne me confondez pas avec une Divinité du bien, joli cœur. Je suis neutre, c'est ce qui me constitue. Faites quelque chose pour moi et je ferai quelque chose pour vous. C'est tout.

Un instant plus tard, elle avait disparu.

Je n'avais pas le temps de m'inquiéter de ce qu'on allait faire une fois à l'intérieur ou comment nous allions rentrer, une fois Barron vaincu.

Non, le temps nous manquait. Snow était à l'intérieur, et elle avait assez attendu. J'ai pris une profonde inspiration avant d'ouvrir la porte à la volée et d'entrer. Raphael et moi avons observé la pièce, confus. Elle était sombre et froide, totalement vide.

– Ce doit être une erreur, ai-je murmuré.

Mais comme nous avancions plus loin dans cette cabane, j'ai ressenti quelque chose. De la magie.

– Attends un peu, me suis-je exclamée en marchant vers un coin de la pièce.

J'ai fermé les yeux et me suis agenouillée sur le sol. Puis mes yeux se sont écarquillés et j'ai frappé sur le plancher. J'ai entendu un son creux. Raphael aussi. L'instant d'après, je soulevais la porte d'une trappe avant de la relâcher dans un gros « boum ».

Et voilà.

Cet endroit disposait d'une cave. Raphael m'a sondée du regard et j'ai acquiescé. Sans perdre une autre seconde, j'ai commencé à descendre les escaliers sous la trappe. Si la cabane était sombre, l'escalier semblait plongé dans les ténèbres. Il faisait un noir d'encre, et c'était un euphémisme. Cette pénombre était épaisse et oppressante, comme si elle aspirait toute la lumière en nous au fur et à mesure que l'on descendait.

– Ça va ? ai-je entendu Raphael me demander, derrière moi.

– C'est si sombre. Attends, lui ai-je ordonné, me concentrant sur ma main droite.

J'ai fait jaillir une flamme, éclairant immédiatement les alentours. Après avoir bu le sang du pyrokinésiste, j'avais hérité de ses pouvoirs. Jusqu'ici, je n'avais pas eu l'occasion de les utiliser.

– Mieux ? ai-je demandé, en levant le bras pour éclairer notre chemin.

– Merci, a-t-il répondu.

Nous avons continué la descente pendant au moins dix bonnes minutes. Avec la lumière, je pouvais distinguer un escalier en spirale qui semblait ne jamais finir.

Mon impatience se transformait en frustration et je savais que j'allais perdre la tête si on n'arrivait pas bientôt.

Là, quelque chose s'est passé. On me fonçait dessus. Un visage. Un homme.

– AAAAAAAAAARGH ! a-t-il crié en plongeant sur moi.

J'ai précipité la flamme de ma paume sur son visage, le faisant crier plus fort alors que sa chair fondait. Puis j'ai bondi sur lui.

– ÈVE ! a hurlé Raphael derrière moi, mais je l'ai ignoré.

J'ai dévalé les escaliers, accrochée à Whitethorn, et quand nous sommes arrivés en bas, j'ai jeté mon anneau-faux dans les airs. J'étais prête à en finir, une bonne fois pour toutes.

– Fais tes adieux, Whitethorn !

Ses yeux se sont accrochés aux miens. Ils étaient rouge vif, aussi démoniaques que le sourire plaqué sur son visage.

– C'était un bon garçon, a dit Whitethorn.

– Quoi ?

– Un très bon garçon, a-t-il répété.

Puis il s'est mis à rire de façon gutturale et menaçante.

Je n'en pouvais plus. Ce rire était la goutte d'eau. Il résonnait dans toutes les cellules de mon corps et me provoquait des vertiges. Ma vision s'est troublée.

Qu'est-ce qu'il fabrique ?

J'ai senti des mains s'agripper à mon cou et commencer à serrer.

– ÈVE ! a hurlé à nouveau Raphael, ce qui m'a fait reprendre suffisamment mes esprits pour que je me rappelle la présence de la faux dans ma main.

Ma vision s'étiolait. Tout se faisait plus sombre. Mais, avec les forces qui me restaient, j'ai planté la lame de mon arme dans le corps qui me faisait face.

– EURGH ! a rugi Whitethorn en arrêtant net de rire.

Boum. Son corps a atterri sur le sol froid de la cave.

Un silence assourdissant s'est emparé de moi. J'ai retrouvé ma vision, et le martèlement, dans ma tête, a cessé. Raphael s'est précipité vers moi. Il m'a prise dans ses bras et m'a aidée à me redresser.

– Tu as réussi. Tu as tué Whitethorn.

Pas le temps de me réjouir. Parce que, comme mes yeux parcouraient la pièce, je l'ai vue. Là, dans cette cave poussiéreuse. Une cage qui occupait un tiers de l'espace. Elle était dotée de barres en métal de chaque côté qui montaient jusqu'au plafond.

À l'intérieur ?

Une petite fille.

Elle avait les cheveux blonds et la peau pâle.

J'ai couru vers elle, inspirant tout l'oxygène que je pouvais, et j'ai réalisé qu'elle avait l'air d'avoir quatorze ans. Elle était magnifique.

– Eh bien, bonjour, Ève, ai-je entendu dans mon dos.

J'ai fait volte-face, faisant naître une flamme et la dirigeant vers la voix.

Barron était là.

– Tu as tué mon animal de compagnie.

– Ce sont des excuses que tu attends ?

J'ai levé le doigt et j'ai désigné la cage qui retenait ma fille. Mon index a dessiné un cercle de la circonférence de la cellule, ce qui a fait céder les barres métalliques. Les morceaux sont tombés sur le sol, libérant Snow de sa captivité. Ses yeux se sont écarquillés. Elle ne comprenait pas ce qui se passait. Elle ne devait même pas savoir qui j'étais.

Comment l'aurait-elle su ?

Avant de me précipiter vers elle, avant de céder à mes émotions, j'ai pointé le doigt vers elle. Me concentrant, j'ai transmis de la magie à sa psyché, assez pour l'assommer.

Oui, j'ai mis K.-O. ma propre fille…

Je ne voulais pas qu'elle assiste à la suite des événements.

– Oh, c'est comme ça que tu penses décrocher le prix de mère de l'année ? a demandé Barron en applaudissant très lentement.

Je me suis retournée pour lui faire face, avançant de quelques pas vers lui. J'ai remarqué Raphael, posté non loin de l'escalier, qui attendait de voir ce que j'allais faire.

– Ah ! Tu as amené ton amant. Et il a l'air vivant et bien portant, s'est moqué Barron qui avait suivi mon regard.

– Va te faire foutre, toi et ta mission ! Je prends Snow avec moi. On en finit *maintenant*, ai-je tonné.

Barron s'est contenté de sourire.

– Je ne crois pas, non. Tu ne t'en sortiras pas si facilement. Maintenant, dis-moi, Ève, ton petit Alpha connaît-il l'entière vérité ?

J'ai fixé Barron.

Cela faisait cinq siècles que j'attendais ce moment, je n'allais certainement pas détourner les yeux.

– Il en sait assez.

– Eh bien, allons-y, comblons les blancs.

– De quoi il parle, Ève ? a demandé Raphael en s'approchant de moi.

– On en discutera plus tard.

– Non, je pense qu'on va aborder tout cela maintenant, s'est exclamé Barron en tapant dans les mains.

– Assez bavardé, ai-je dit en plongeant vers la Divinité.

Avant que j'aie pu traverser les pièces et l'atteindre, il avait rivé son regard au mien, me figeant net, tout comme il l'avait fait quand je n'avais que quinze ans.

– Ève, tu as pris trop confiance en toi ! Tu es un diablotin bien puissant, mais cela ne devrait pas te faire oublier qui je suis, moi.

– Libère-la, a grondé Raphael, les yeux lui sortant presque des orbites.

Je ne l'avais jamais vu dans un tel état.

– Ou alors quoi, petit Alpha ?

C'était la provocation de trop.

J'ai observé, immobile, Raphael foncer sur Barron qui ne semblait pas pouvoir utiliser sa magie sur lui en même temps que sur moi.

Alors Raphael a plaqué la Divinité au sol. Ils ont roulé par terre, s'envoyant des coups de poing et de pied.

C'était à moi de tabasser Barron Von Logia ! J'avais attendu cinq siècles ! Tout ça pour quoi ? Pour le voir se faire casser la gueule, bien installée au premier rang ? Mais Barron a échappé à la prise de Raphael, il s'est saisi d'une canne rangée jusqu'ici derrière un fauteuil à bascule, et l'a pointée en direction de mon compagnon. La canne s'est transformée en faux de la même manière que l'anneau de Llinos. Les yeux de Raphael sont devenus ronds. Il m'avait vue manipuler cette arme. Il savait qu'elle était létale.

– Voici ce qui va se passer, Monsieur, Madame, a annoncé Barron. Vous savez tous deux à quel point Snow est importante à mes yeux. C'est un investissement inestimable. Elle deviendra le meilleur soldat que j'aie jamais eu, le temps venu.

– Comment ça ? a rugi Raphael, toujours étendu sur le sol.

J'étais encore figée, incapable de répondre.

– Vous voyez, cela fait bientôt cinq siècles qu'elle occupe cette cellule. Malgré tout ce temps, elle n'a pas encore coupé tous les liens qui l'attachent à son ancienne existence.

Mon cœur a sombré. Mes cauchemars disaient vrai. Snow avait été coincée ici pendant toutes ces années !

– Elle est trop puissante, je ne peux pas la contrôler complètement, a continué Barron. Pas comme je le voudrais, en tout cas. Je dois attendre qu'elle fasse table rase de son passé.

Alors Snow combattait Barron, à sa manière !

J'ai senti l'orgueil fuser dans mes veines – tant de fierté que j'ai bien pensé qu'elle allait s'échapper de moi, et cela a suffi pour me sortir de la torpeur induite par Barron.

J'ai retrouvé mes sensations et j'ai à nouveau plongé vers mon adversaire. Cette fois, il ne m'avait pas vue venir, alors j'ai réussi à le faire chuter.

Raphael arrivait derrière nous, je pouvais l'entendre. Il a plaqué les épaules de Barron sur le sol, me laissant distribuer coup après coup directement dans le visage de la Divinité.

– BÂTARD ! ai-je hurlé. CETTE PETITE FILLE EST PLUS COMBATIVE QUE TU NE LE SERAS JAMAIS ! TU AS ESSAYÉ DE ME PRENDRE MA FILLE, D'EN FAIRE UNE ARME ET ELLE T'A VAINCU ! ELLE T'A VAINCU !

À cet instant, Barron a disparu. En un instant, il n'était plus là.

– Où est-il passé ?

Aussi confus que moi, Raphael a regardé dans toutes les directions.

– Prends-la, ai-je dit en faisant un geste vers Snow. Emmène-la, transforme-toi et fuis loin d'ici ! Ramène-la à la Maison de la Meute !

– Non, Ève, je ne peux pas t'abandonner.

J'ai attrapé ses mains et l'ai embrassé rapidement, une dernière fois.

– Si c'est la dernière chose que tu fais pour moi, alors ce sera suffisant. Tu comprends ? C'est tout ce dont j'ai besoin. Tout ce dont j'ai besoin de ta part.

Raphael a hoché la tête. Et là, avant d'avoir pu changer d'avis, j'ai couru dans les escaliers jusqu'à atteindre la sortie. Quand je me suis retrouvée dans ce paysage glacé, j'ai appelé :

– Barron ! Je suis seule, à présent. Montre-toi !

Aucune réponse.

– Tu veux un combat à la loyale ? Je suis prête.

Mes yeux ont parcouru l'immense étendue de glace, mais toujours rien.

– OK, battons-nous à la loyale, a lancé une voix derrière moi.

J'ai fait volte-face. Il était là.

– Raphael est en train de sortir de la cabane avec Snow. Tu peux te retourner et les regarder faire, ou pas. Peu importe. Sache juste que je ne m'arrêterai jamais de vous pourchasser.

Je n'ai pas regardé derrière moi. Hors de question que je quitte Barron Von Logia des yeux avant de l'avoir vaincu.

– Tu n'es qu'un beau parleur.

– Oh, j'agis beaucoup aussi, je t'assure. Je me fais juste discret. Prenons l'année 1739, par exemple. Il se trouve que j'étais à Madrid… et Raphael aussi. Quelle coïncidence ! Sauf que ce n'en était pas une. Vois-tu, j'avais Anthony Whitethorn avec moi. J'imagine que vos chemins se sont croisés. Son pouvoir était de voler les souvenirs. Il s'est emparé d'un de ceux de Raphael.

J'ai senti mon rythme cardiaque augmenter. Immédiatement, j'ai deviné ce que Barron s'apprêtait à dire.

– La mémoire d'Angeline.

– C'est ça, la mémoire d'Angeline.

– Alors Raphael n'a aucunement souvenir que nous nous sommes déjà rencontrés. Qu'il a pris ma virginité et m'a abandonnée.

– Effectivement, Ève. Plus rien de tout ça, a affirmé Barron en s'éclaircissant la voix et en ramenant sa canne devant lui. Bon, on se bat, maintenant ?

ÉPISODE 29

LE DERNIER AFFRONTEMENT

27 DÉCEMBRE 2017
PÔLE NORD

Ève

Barron et moi nous affrontions au corps-à-corps. C'était le duel le plus intense auquel j'avais jamais pris part. Il était puissant. Sûrement l'être le plus puissant du monde. Chaque coup porté était contré par un aussi fort.

Si je n'avais pas été aussi décidée à le détruire, je l'aurais bien gardé sous la main pour m'entraîner avec lui. Mais tandis que les heures passaient, je remarquais combien la fatigue l'assaillait. Personnellement, je ne sentais pas l'épuisement. Ma détermination était trop forte.

Pour mettre ma fille en sécurité, pour que mon compagnon puisse continuer à vivre, il me fallait abattre

Barron Von Logia. Rien ne m'arrêterait jusqu'à ce que ce soit fait. C'était aussi simple que cela. Alors je continuais à me battre. Et quand j'ai vu qu'il arrivait à bout de ses forces, j'ai fait glisser mon anneau de mon doigt et je l'ai lancé en l'air. J'ai attrapé ma faux d'une main et je lui ai fait fendre l'air jusqu'à ce que la lame vienne se poser juste au-dessus de l'artère jugulaire de Barron. La grosse veine dans son cou.

Pour la première fois, j'ai vu ses yeux s'écarquiller de peur. Son regard n'était pas posé sur la lame, non. C'est moi qu'il fixait.

J'ai entendu une voix, une voix que je connaissais :

– Salut, Barron !

C'était Kimbringe.

– Kim, qu'est-ce que tu fiches là ? ai-je demandé, doucement.

J'étais à deux doigts d'égorger Barron, de m'en débarrasser pour l'éternité.

Le bruit des pas de Kim s'est rapproché jusqu'à ce qu'il soit juste à côté de nous.

– Cela fait des siècles que je n'ai pas croisé Barron. N'est-ce pas, mon cher ? En fait, on ne se voit que quand je reçois une vision.

– Une vision ?

– C'est ça. Des visions du futur. Je suis la seule Divinité à en être capable. Des visions qui se sont révélées prémonitoires depuis des siècles et des siècles.

– De quelle vision tu parles, Kim ?

J'enrageais, j'essayais de lui communiquer de manière un peu passive-agressive que ce n'était pas vraiment le moment.

– Une vision de ce duel. Et de tous les duels qui arriveront entre vous après cela. Tu vois, Barron, tu ne perdras pas cette bataille, mais tu ne la gagneras pas non plus. Jamais tu ne l'emporteras, pas face à Ève Knox.

– Je ne te crois pas, a sifflé Barron, les yeux plissés.

– Crois ce que tu veux. Je te l'affirme. Ève ne s'arrêtera que lorsque tu seras détruit. Tu n'as aucun moyen de gagner.

Tu veux connaître la dernière vision que j'ai eue de toi ? Tu étais étendu au fond de l'océan Pacifique.

– Je ne peux pas mourir ! Je suis une Divinité !

– Je n'ai pas dit que tu étais mort, Barron. Juste... gelé.

J'ai dévisagé Kimbringe et j'ai su qu'il disait vrai.

C'était une Divinité du bien, il ne pouvait pas mentir. Même s'il le désirait. Quand je me suis retournée vers Barron, il n'était plus là. Il avait encore disparu. Cette fois, pourtant, je ne craignais pas son retour.

– Es-tu prête à retourner chez toi ? m'a demandé Kimbringe, et j'ai hoché la tête.

Il ne me restait plus d'énergie.

M'attrapant les deux mains, il s'est empressé de nous téléporter loin du pôle Nord.

***

Dès que Kimbringe nous a ramenés à la Maison de la Meute, j'ai couru à l'infirmerie pour prendre des nouvelles de Snow. Mais Daisy était devant la porte.

– Il faut que je la voie !

Daisy a posé une main sur mon épaule.

– Elle est dans un sommeil profond, Ève. Tu peux la voir, mais elle n'est pas consciente.

– Un sommeil profond ? Qu'est-ce que ça veut dire ?

Je me suis demandé si je n'y étais pas allée trop fort ou si elle s'était cogné la tête.

– Ne vous inquiétez pas, c'est moi qui l'ai induit. Son corps a énormément subi. Son esprit également. Il faut lui laisser le temps de se reposer pour qu'elle puisse se régénérer. C'est la meilleure des solutions pour elle, à l'heure actuelle.

– Je veux la voir.

Daisy a acquiescé.

Elle m'a guidée jusque dans l'infirmerie où nous nous sommes arrêtées derrière la vitre donnant sur la chambre de Snow. J'ai pu la voir, endormie sur son lit d'hôpital. Les paupières closes et ses cheveux étalés autour de son visage. Elle ressemblait à un ange.

– Vous pouvez entrer, si vous voulez, m'a proposé doucement Daisy.

J'ai secoué la tête.

– Je vais la laisser se reposer.

En vérité, j'avais peur que ma présence la dérange. Je ne voulais pas lui faire du mal à nouveau.

– Où est Killian ? ai-je demandé à la guérisseuse, quand je me suis aperçue qu'il n'était pas présent.

– Il se remet bien. Nous l'avons transféré dans une chambre, à l'étage.

J'étais si soulagée que j'ai fermé les yeux pendant une seconde. Ils allaient bien. Tous les deux. Tout le monde allait s'en sortir.

Après avoir quitté l'infirmerie, je me suis dirigée droit vers la chambre de Reyna, qui était vide. Tout comme celle d'Anya. J'ai regardé partout, la bibliothèque, la cour, la salle de bal. Je m'apprêtais à fondre en une gigantesque flaque d'épuisement quand j'ai senti mon estomac protester.

La cuisine !

Les gamins traînaient tout le temps là-bas.

J'ai marché rapidement à travers la Maison de la Meute, jusqu'à entendre leurs voix.

– N'essaie même pas ! a rugi Anya.

– Ou tu vas faire quoi ? l'a provoquée Reyna.

Je suis entrée, un grand sourire sur le visage.

Les deux sœurs se jaugeaient du regard. Reyna avait un cookie dans la main, sur le point de mordre dedans.

Dès qu'Anya m'a vue, elle a soupiré.

– Ève, dis-lui de pas le manger ! C'est le dernier !

Reyna a braqué ses yeux sur moi.

– Tu es revenue !

J'ai ri, observant les filles.

– Eh, oui, ai-je dit avant de tourner les talons et de retourner à l'étage.

Je rendrais visite à Killian un peu plus tard. D'abord, il fallait que je voie Raphael. Il devait apprendre la vérité.

Dès que j'ai atteint sa porte, je l'ai ouverte à la volée. Il faisait les cent pas, les yeux dans le flou, devant une télé allumée. Quand il a entendu la porte, il s'est focalisé sur moi.

– Tu es là ! Snow est à l'infirmerie. Daisy veut qu'elle se repose.

– Je sais. Donne-moi tes mains, ai-je demandé, en tentant d'ignorer sa beauté.

Hors de question d'être distraite par la façon dont ses cheveux bruns lui tombaient sur les yeux ou par la légère barbe qui lui couvrait les joues, le rendant sexy dans un genre un peu bad-boy.

– Qu'y a-t-il ?

– Allez, ai-je insisté.

Il a soupiré et m'a pris les mains. C'est tout ce dont j'ai eu besoin pour plonger dans son esprit et créer un canal de communication comme je l'avais fait avec Reyna. Le canevas de sa psyché était bien sûr plus complexe, mais je m'en fichais. J'étais déjà préparée à être épuisée. Après avoir navigué dans son cerveau, j'ai travaillé sur mon propre esprit. Je l'ai ouvert et j'ai laissé mes souvenirs se déverser dans le canal qui nous reliait.

J'ai observé son visage quand il a commencé à voir apparaître mes souvenirs, les uns après les autres.

Celui de 1516 où je n'étais qu'Angeline, une quidam qui travaillait au service de Lord Maynard. Il a vu la cruauté de celui-ci. Il a entendu les avertissements de Farrah concernant ma beauté. Puis il y a eu nous, le soir où nous nous sommes rencontrés. Le soir où il a dit que j'étais sienne.

Les souvenirs continuaient à affluer, les uns après les autres – le soir du bal de Yule, quand il avait pris mon innocence.

Le lendemain matin, quand il m'avait abandonnée.

La douleur s'est emparée de son expression, mais je n'ai pas arrêté le transfert.

Il a observé Farrah m'aider à m'échapper du manoir Maynard et m'apprendre la vérité sur mon frère. Mon arrivée au manoir de Solomon, ma stupeur quand j'ai appris l'exécution de Farrah.

Raphael a fait la grimace quand il m'a entendue dire à Solomon que j'étais enceinte.

Il a grondé quand il a aperçu Barron m'approcher dans la forêt, quand il l'a vu s'emparer de Snow.

Je lui ai envoyé davantage d'images : le jour où j'étais devenue vampire, où j'avais bu le sang de Jotham, la nuit où Llinos était venue me proposer sa mission et que j'avais acquis mes ailes, celui où Barron était revenu dans ma vie pour conclure un marché.

Je lui ai tout montré, je n'ai rien gardé pour moi.

Quand cela a été terminé, que je n'avais plus aucun souvenir à lui transmettre, j'ai retiré mes mains des siennes. Ma tête me lançait, et tout mon corps tremblait de fatigue, mon esprit était… drainé. Mais j'avais quand même besoin de voir sa réaction.

Ce qu'il allait faire.

Il s'est mis à marcher dans toute la pièce. Puis il m'a dévisagée, des larmes dans les yeux.

– On s'est rencontrés quand tu n'étais qu'une enfant.

– Oui, ai-je acquiescé.

– On a… et j'ai… je t'ai… abandonnée, a-t-il réussi à articuler.

– Oui.

Ses mains ont gesticulé dans ses cheveux, son expression était empreinte d'une douleur que je ne lui avais jamais vue avant. Puis il s'est accroupi et a abattu son poing contre le sol.

– ARGH ! a-t-il grondé, martelant le sol de son poing, encore et encore.

Je me suis précipitée vers lui pour attraper son bras et l'empêcher de recommencer.

– Raphael ! Raphael, arrête !

– Je t'ai abandonnée ! s'est-il exclamé en me regardant. Et je ne me rappelle même plus pourquoi. J'ignore où je me suis rendu ! Et pourquoi je ne t'ai pas dit au revoir !

– Tout va bien, ai-je dit en lui caressant les cheveux. C'était il y a longtemps. Tout va bien.

– Oh que non ! a-t-il tonné en se relevant et en s'éloignant à l'autre bout de la pièce. Comment peux-tu me regarder ? Je suis un monstre… un sous-homme. Tu étais si jeune… et j'ai… j'en ai profité… et tu es tombée enceinte !

– Raphael, regarde-moi, ai-je dit gentiment en m'approchant de lui. Je te pardonne.

– Comment le peux-tu ? Je me hais de t'avoir fait subir ça. Je ne serai pas capable de me pardonner, ni maintenant ni jamais.

– *Raphael,* ai-je insisté, et nos regards se sont rivés l'un à l'autre.

J'étais juste devant lui, alors j'ai tendu la main pour lui caresser la joue.

– Je te pardonne. Et toi, me pardonnes-tu ?

– Te pardonner ? De quoi ? a-t-il demandé en saisissant ma main pour la porter à ses lèvres et l'embrasser.

– Pour ne pas… ne pas avoir protégé Snow. Ne pas avoir protégé notre bébé.

– Ève, a-t-il murmuré en m'attirant contre lui. Tu l'as fait. Tu l'as sauvée. Elle est sauvée.

Maintenant, nous pleurions tous les deux, nos joues étaient trempées de larmes.

– Je t'aime, ai-je dit en relevant la tête pour le regarder.

Dès que ces mots ont quitté ma bouche, j'ai senti un courant électrique me parcourir. C'était comme si tout mon corps était en feu. Chaque cellule, en mon for intérieur, dansait et le réclamait. L'extase fusait dans mes veines et j'ai senti qu'il éprouvait la même chose. Nous souriions, nous tenant l'un l'autre aussi fort que possible, nos yeux illuminés par le désir.

Je l'avais fait.

Je l'avais laissé entrer.

L'union était scellée. Nous étions formellement, officiellement, techniquement… compagnons.

Et putain de merde, j'étais si excitée !

ÉPISODE 30

LA RENAISSANCE D'UN CŒUR

1er JANVIER 2018
LUMEN

Ève

– J'ai besoin de toi, ai-je murmuré à Raphael.

Jamais des mots n'avaient été aussi vrais.

Notre lien avait terrassé mon corps de désir, un désir plus vif que jamais.

Mon compagnon a réagi rapidement. Il m'a soulevée et m'a transportée sur son lit. Il s'est allongé sur moi, ses lèvres massant les miennes, ses mains relevant mon tee-shirt pour me l'ôter. J'ai essayé de faire courir mes doigts dans ses cheveux, sur ses épaules ciselées, ses bras si forts, mais je ne pouvais pas car il les maintenait au-dessus de ma tête.

– Huuum, ai-je gémi pendant que ses lèvres me parcouraient, qu'il léchait la marque sur mon cou, toujours rouge vif.

Ses dents l'ont égratignée, encore et encore, et mon corps s'est mis à se tortiller sous le sien. Mes hanches bougeaient en rythme avec les siennes et je pouvais sentir son érection, si dure, contre moi.

J'avais besoin de lui, de le sentir entre mes mains, dans mon sexe, qu'il soit le plus proche possible. Mais chaque fois que j'essayais de bouger, il maintenait plus fort mes poignets au-dessus de moi.

– Raphael… ai-je essayé de négocier, pour le forcer à me laisser partir, mais il s'est contenté de me regarder.

– Cette fois, c'est moi qui dirige les opérations, a-t-il grondé alors que son visage glissait sur mon corps.

Il a enfoui ses lèvres dans mon décolleté, embrassant et léchant mon sein droit.

– … Oh, mon Dieu, ai-je gémi.

Sa langue jouait avec mon téton, encore et encore, et je sentais les vagues de plaisir se faire de plus en plus intenses. Il s'est concentré sur mon sein gauche, le titillant de ses dents, de haut en bas. Cette sensation, cette friction, c'en était trop. C'était la saison la plus puissante que j'avais jamais vécue. Une saison avec mon compagnon, je venais de le réaliser.

Putain.

Si le sexe avec Raphael va être comme ça, dorénavant, pourquoi on ne s'est pas unis plus tôt ?

Il a quitté ma poitrine pour embrasser mon ventre, sous mes côtes, jusqu'à atteindre la ceinture de mon jean. Il a relevé la tête, le menton posé sur ma hanche, et il est revenu à mon niveau pour m'embrasser pendant quelques secondes avant de tendre la main vers quelque chose sur sa table de chevet.

Une cravate.

– Qu'est-ce que… ai-je commencé, mais avant d'avoir pu finir, je l'ai senti entourer le tissu autour de mes poignets et le nouer.

– Je te l'ai dit. C'est moi qui commande, cette fois, a-t-il grondé en m'embrassant à nouveau rapidement sur les lèvres avant de retourner au niveau de ma ceinture.

Il a ouvert le bouton et baissé la fermeture Éclair, me retirant le pantalon. Puis il s'est recouché sur moi, sa langue me narguant, traçant le contour de ma culotte et me rendant plus mouillée qu'une putain de rivière.

– Putain, ai-je gémi alors que sa langue poussait contre la dentelle.

J'étais sur le point d'exploser. Je ne pouvais plus résister. Mais il semblait apprécier l'effet que sa torture produisait sur moi.

– Raphael !

C'était tout ce qu'il lui fallait. Il a déchiré ma culotte et a plongé sa bouche contre moi sans prendre sa respiration. Sa langue décrivait des cercles autour de mon clitoris, encore et encore, ce qui m'a tiré un cri.

– PUTAIN !

J'ai senti un de ses doigts s'insinuer en moi. Il a commencé à bouger, dans un mouvement de va-et-vient, tandis que sa langue continuait son œuvre. Je ne pouvais plus me contenir. C'était bien trop puissant. Le feu qui me consumait menaçait de prendre le contrôle, de me réduire en cendres, et alors que j'arrivais au point de non-retour, il a ôté son doigt pour me pénétrer entièrement.

J'ai joui aussitôt.

Pendant ce qui a semblé être des minutes, j'ai surfé sur une vague de plaisir qui est devenue plus intense à chacun des battements de mon cœur.

Il bougeait lentement, mais peu importait. Je sentais chaque centimètre de lui. Chaque cellule. Nous étions connectés, nous brûlions de désir l'un pour l'autre. Et pour l'éternité.

***

Cela faisait trois jours que nous ne faisions rien d'autre qu'attendre. Attendre que Snow se réveille. Attendre l'occasion de lui parler et de nous excuser.

Alors, pendant ce temps-là, tout ce qu'on pouvait faire, c'était essayer de nous distraire. Ce qui signifiait : beaucoup de sexe entre compagnons. On avait baisé dans le lit, sur le sol, sur le canapé, puis nous étions retournés sur le lit. À présent, pour la première fois depuis un long moment, nous étions inertes. Enlacés, les cheveux emmêlés et nos visages couverts de sueur.

Toc toc.

Nous avons tourné nos visages vers la porte. Raphael a repoussé les couvertures et s'est glissé sur moi pour sortir du lit, enfilant un jean qui traînait par terre. Puis il est allé ouvrir.

– Pardon de l'interruption, ai-je entendu Kimbringe dire depuis le couloir. J'ai pensé que vous aimeriez savoir que Snow… s'est réveillée.

J'ai bondi hors du lit et jeté des vêtements sur moi aussi vite qu'il m'était possible de le faire. Je n'ai pas attendu que Raphael enfile un haut. Je me suis précipitée hors de la chambre et je l'ai entendu me suivre. On a couru dans le couloir, puis dans les escaliers. On s'est arrêtés juste devant l'infirmerie et on a jeté un œil à travers la porte vitrée. Immédiatement, Daisy nous a remarqués et nous a fait signe d'entrer.

– Elle est toujours dans la chambre. C'est peut-être mieux qu'Ève y aille seule, pour ne pas la submerger, a indiqué doucement la guérisseuse.

J'ai hoché la tête.

– Comment va-t-elle ? A-t-elle conscience de ce qui s'est passé ? Peut-elle parler ?

J'ai observé Daisy prendre une profonde inspiration, à la recherche des mots justes.

– Snow a été maintenue en captivité pendant près de cinq cents ans.

– Je sais, Daisy…

– Écoutez. Elle était emprisonnée, sans personne à qui parler. Elle ne fonctionne pas comme une adolescente de quatorze ans le devrait.

– Est-ce qu'on sait… est-ce qu'on sait pourquoi elle a quatorze ans ? Cela fait cinq siècles qu'elle est en vie…

Daisy a hoché la tête.

– C'est la raison pour laquelle je l'ai plongée dans un sommeil profond, Ève. Une quantité inimaginable de magie coule dans ses veines. Barron a dû la bloquer en elle quand elle n'était qu'un bébé, c'est le genre de magie qui empêche de vieillir. Et comme elle était gardée au pôle Nord…

– La seule région qui permettait de bloquer la magie en elle, ai-je conclu.

Daisy a encore acquiescé.

– C'est le seul endroit où la magie ne peut être contrôlée, sauf si vous êtes une Divinité. Les Divinités ont le pouvoir de contrôler la magie, là-bas, c'était l'endroit idéal pour Barron quand il voulait garder des otages.

– Mais maintenant, elle vieillit normalement ?

– Sait-on quand elle a recommencé à prendre de l'âge ? a demandé Raphael, confus.

– Je l'ignore, a commencé Daisy. Mon hypothèse, c'est qu'elle est extrêmement forte. Très puissante. Si je devais deviner ce qui s'est passé, je dirais qu'elle a brisé elle-même la barrière magique. Elle a brisé le pouvoir qu'exerçait Barron sur elle il y a quatorze ans de cela.

– Il y a quatorze ans… ai-je répété, mes yeux cherchant immédiatement ceux de Raphael. Cet été-là. À Los Angeles.

Il a hoché de la tête.

– Quand on s'est vus. Quand on a réalisé qu'on était compagnons.

Daisy a souri.

– Snow est très maligne. Déterminée. C'est une combattante.

– Comme sa mère, a dit Raphael, derrière moi.

J'ai hoché la tête.

– Je suis prête à aller la voir. Maintenant. S'il vous plaît.

Après cinq siècles. Après toute cette attente. Il était enfin temps...

Daisy m'a guidée jusqu'à la chambre. La porte était en bois massif, pas en verre. Je ne pouvais pas voir ce qui se passait à l'intérieur. Daisy a fait tourner la poignée et a pénétré à l'intérieur.

Elle était là.

Snow.

En posant les yeux sur elle, mon souffle s'est coupé. Elle était magnifique. Ses cheveux blonds étaient longs et ressemblaient à une rivière d'or, sa peau était lumineuse, rayonnante.

Elle a tourné la tête et m'a dévisagée.

Avant que je puisse prononcer un mot, un arc lumineux a quitté ses yeux pour venir m'entourer. Je ne parvenais pas à savoir si je l'imaginais ou si c'était bien réel.

Peut-être que je n'ai pas assez mangé aujourd'hui. Je dois être sévèrement déshydratée...

La lumière a disparu et les yeux de Snow se sont posés sur moi.

– Maman ?

Je me suis approchée.

– Oui, ai-je répondu en hochant la tête. Je suis ta maman. Tu es en sécurité à présent. Tu es près de moi, et plus jamais je ne te quitterai. Personne ne pourra te faire de mal, je te le promets.

Mes mots ont flotté dans l'air, entre nous, et j'ai vu ses traits se relaxer. Comme si tout faisait sens.

– Je suis si fière de toi. Tu t'es montrée si forte, Snow. Si forte. Tu t'es bien occupée de toi. Tu ne dois ta liberté qu'à toi-même. Tu comprends ? Tu t'es sauvée.

Snow a levé un doigt et désigné son propre cœur. J'ai acquiescé.

– Oui, tu t'es sauvée toi-même.

Elle a bougé le doigt et l'a dirigé vers moi. Vers mon cœur.

– Toi, a-t-elle dit doucement. Maman.

J'ai plissé les yeux, essayant de retenir mes larmes, mais j'ai aussitôt rouvert les paupières, ne voulant manquer aucun moment de nos retrouvailles.

– Oui, je t'ai aidée à sortir de ta cellule. Parce que tu es mon bébé, Snow. Tu es ma fille. Je n'ai jamais arrêté de me battre pour toi. Chaque minute de chaque jour, tout ce que je voulais, c'était te récupérer. Te tenir à nouveau dans mes bras.

Snow a lentement acquiescé. Comme si elle comprenait.

Puis on a toqué à la porte, et nous avons toutes les deux tourné la tête pour découvrir Raphael qui se tenait là.

– Puis-je... tu es d'accord pour que j'entre ? m'a-t-il demandé, et j'ai fait oui de la tête.

Avant qu'il n'ait pu faire un pas, Snow lui a envoyé le même rayon de lumière qu'à moi, l'enveloppant de la même façon. Quand, un moment plus tard, la lumière a disparu, Raphael m'a jeté un regard interrogateur. *C'était quoi, ça ?*

J'ai haussé les épaules avant de reporter mon attention sur Snow. Ses yeux étaient toujours posés sur Raphael.

– Papa ? a-t-elle demandé.

J'ai vu les larmes monter aux yeux de mon compagnon.

– Oui.

– On est là tous les deux, Snow, ai-je dit en m'approchant d'elle. On est là, et on ne partira jamais. Tu m'entends ? Pour l'éternité, on sera à tes côtés.

Doucement, j'ai levé la main pour la poser sur son épaule. Comme elle n'a pas eu de mouvement de recul, je l'ai entourée de mes bras. Au bout d'un moment, j'ai senti les siens venir m'enlacer.

C'était de la joie pure. Incroyable, sereine et parfaite.

Mieux encore, Raphael est arrivé près de nous et il nous a enveloppées toutes deux de ses bras. Sa famille. Nous sommes restés tous les trois comme ça, à nous serrer, pendant de longues minutes, ou de longues heures, je l'ignorais. J'ai fini par relever la tête, mon regard allant de Raphael à Snow. Leurs yeux étaient clos.

J'ai regardé au-dehors, dans la cour, où Reyna et Anya jouaient au frisbee avec deux garçons.

Reyna et Anya, les filles Morgan, mes protégées. Les descendantes de mon frère, Solomon.

Le jour où j'avais tué les parents de Killian, je m'étais juré de faire tout pour maintenir en vie la lignée Knox. Et ici, auprès de ces jeunes filles, c'est exactement ce que j'avais fait.

J'ai plissé les yeux pour mieux distinguer leurs partenaires de jeu. C'était Jed et Killian. Cela m'a fait sourire.

Les sœurs Morgan, mon pupille et le Delta de Raphael réunis.

Mon cœur s'est rempli d'espoir jusqu'à en déborder.

Mes amours étaient entre mes bras, et tous ceux que je voulais protéger étaient à portée de main.

La lignée de Solomon était préservée.

Snow irait bien.

Raphael et moi serions heureux.

Bien sûr, il y avait un tas de magie super effrayante dans le monde et j'ignorais ce que l'avenir nous réservait. Mais j'étais sûre d'une chose…

J'affronterais avec plaisir chaque salopard, humain ou Divinité, qui essaierait de s'en prendre à nouveau à ma famille.

Composition et mise en pages
Nord Compo à Villeneuve-d'Ascq